Le PRINCE déchu

Ce livre est une fiction. Toute référence à des évènements historiques, des personnages ou des lieux réels serait utilisée de façon fictive. Les autres noms, personnages, lieux et évènements sont issus de l'imagination de l'auteur, et toute ressemblance avec des personnages vivants ou ayant existé serait totalement fortuite.

Département de Hugo Publishing
34-36, rue La Pérouse
75116 - Paris
www.hugoetcie.fr

Collection New Romance®
dirigée par Hugues de Saint Vincent
Ouvrage dirigé par Bénita Rolland
Traduit par Caroline de Hugo
Conception couverture : Stéphanie Aguado

ISBN : 9782755637014
Dépôt légal : avril 2018
N° d'Imprimeur : 193857
Imprimé en France (Corlet)

ERIN
WATT

NEW ROMANCE®

LES HÉRITIERS
TOME 4

Le PRINCE déchu

ROMAN

Traduit de l'américain
par Caroline de Hugo

Hugo Roman

À toutes celles qui réclamaient
le retour d'Easton Royal.
Ce livre est pour vous.

Chapitre 1

– Rappelez-vous que, quelle que soit la fonction que vous choisissez, la somme des différences est contrôlée par la première et la dernière fonction, conclut madame Mann, juste avant que la cloche sonne la fin du cours.

C'est le dernier de la journée.

Tout le monde commence à ramasser ses affaires. Tout le monde, sauf moi. Je m'étire sur ma chaise et je tapote le rebord de mon manuel avec mon stylo en dissimulant un sourire. J'observe la nouvelle prof qui tente désespérément de retenir l'attention de ses élèves.

Elle est mignonne quand elle est énervée.

– Exercices 1A et 1B pour demain ! lance-t-elle.

Mais plus personne ne l'écoute. Ils courent tous vers la sortie.

– Tu viens, Easton ?

Ella Harper s'arrête devant ma table, ses yeux bleus plongent dans les miens.

Elle a l'air plus mince ces derniers temps. Je pense qu'elle a perdu l'appétit quand mon frère est parti.

Bon, ce n'est pas comme si Reed l'avait quittée. Mon grand frangin est toujours complètement dingue d'Ella, notre demi-sœur en quelque sorte. S'il ne l'aimait pas, il aurait choisi d'aller dans une fac prestigieuse, loin, loin de Bayview. Au lieu de ça, il s'est inscrit à State, qui est assez proche pour qu'ils puissent se voir tous les week-ends.

– Naan, j'ai une question à poser à la prof.

Madame Mann m'a entendu, ses épaules menues se crispent. Même Ella l'a remarqué.

– East…

Et elle se tait, mais ses lèvres ravissantes font la moue.

Je l'imagine bien en train de me faire la leçon.

Ça ne fait qu'une semaine que nous sommes rentrés en classe et j'en ai déjà par-dessus la tête. Qu'est-ce que je peux bien faire, à part déconner ? Je n'ai aucun besoin d'étudier. Je me fiche du football. Mon père m'a interdit de voler. À cette allure, jamais je n'obtiendrai ma licence de pilotage. Si Ella ne me lâche pas la grappe, je risque même d'oublier que c'est la petite copine de mon frère et de tenter de la séduire, juste pour le fun.

– On se retrouve à la maison, dis-je à Ella d'une voix ferme.

Madame Mann flirte avec moi sans relâche depuis le jour de la rentrée et, après une semaine d'échanges de regards enflammés, j'ai décidé de foncer. C'est mal, bien sûr, mais c'est ce qui rend la chose excitante.

Il est rare qu'Astor Park engage des profs femmes, jeunes et attirantes. L'administration sait pertinemment qu'il y a trop de jeunes garçons riches qui s'ennuient et qui cherchent un nouveau challenge.

Le directeur, monsieur Beringer, a dû couvrir plus d'une relation élève-enseignant, et je ne parle pas seulement de rumeurs vu qu'une de ces relations « inopportunes » me concernait. Si on considère comme une relation le fait de baiser avec ma prof de nutrition derrière le gymnase.

Moi pas.

– J'en ai rien à foutre que tu restes, mais tu serais plus à l'aise dans le couloir, je suggère à Ella qui rechigne toujours à sortir.

Elle me jette un regard cinglant. Il faut dire que peu de choses lui échappent. Elle a grandi dans des endroits glauques et elle connaît la chanson. Ou alors elle sait à quel point je suis pervers.

– Je ne sais pas après quoi tu cours, mais je doute que tu le trouves sous les jupes de madame Mann, murmure-t-elle.

– Comment le savoir avant d'y avoir jeté un coup d'œil ? je lui réponds d'un air malicieux.

Elle abandonne en soupirant.

– Faites gaffe, m'avertit-elle assez fort pour que madame Mann l'entende.

La prof rougit et fixe le plancher pendant qu'Ella sort de la salle.

Je refrène mon irritation. Pourquoi ce jugement ? J'essaie de vivre le mieux possible, et tant que je ne blesse personne, où est le mal ? J'ai dix-huit ans. Madame Mann est une adulte. Et qu'est-ce que j'y peux si son boulot, en ce moment, c'est d'être « professeur » ?

Après le départ d'Ella, le silence s'installe entre nous. Madame Mann joue avec sa jupe bleu pâle. Bon, merde. Elle hésite. Je suis légèrement déçu, mais tout va bien. Je ne suis pas du genre à sauter sur toutes les filles que je rencontre, principalement parce qu'il y en a trop. Si une fille n'est pas intéressée, je passe à la suivante.

Je me penche pour attraper mon sac à dos quand une paire de jolis talons se pointe dans mon champ de vision.

– Vous aviez une question, Monsieur Royal ? me demande doucement madame Mann.

Je lève lentement les yeux en détaillant ses longues jambes, la courbe de ses hanches, le creux de sa taille, là où sa blouse blanche impeccable est glissée dans sa jupe toute simple.

Sa poitrine se soulève pendant mon examen et son pouls bat sauvagement dans son cou.

– Ouais. Avez-vous une solution à mon problème scolaire ?

Je pose une main sur sa hanche. Elle respire avec difficulté. Je glisse un doigt le long de la ceinture de sa jupe.

– J'ai beaucoup de mal à me concentrer.

Elle prend une profonde inspiration.

– Vraiment ?

– Mmm-hmmm. Je crois que c'est parce que chaque fois que je vous regarde, j'ai comme l'impression que vous aussi, vous avez du mal à vous concentrer.

J'ajoute avec un petit sourire :

– Peut-être parce que vous fantasmez que vous vous faites renverser sur votre bureau sous le regard de tous les élèves de la classe de maths ?

Madame Mann déglutit avec peine.

– Monsieur Royal, je n'ai pas la moindre idée de ce à quoi vous faites référence. Ôtez votre main de ma taille, je vous prie.

– Bien sûr.

Je fais glisser ma main plus bas, jusqu'à atteindre l'ourlet de sa jupe.

– C'est mieux ici ? Parce que je peux m'arrêter complètement.

Nos regards plongent l'un dans l'autre.

C'est votre dernière chance, Madame Mann.

Nous sommes parfaitement conscients que je suis en train de bousiller sa jupe et peut-être aussi sa réputation, mais elle reste muette.

Quand elle finit par parler, c'est d'une voix rauque :

– C'est bon, Monsieur Royal. Je pense que vous allez pouvoir constater que la solution de votre problème de concentration est entre vos mains.

Je glisse mes mains sous sa jupe en lui offrant un sourire insolent.

– J'essaie d'éliminer les fonctions qui posent problème.

Elle ferme les yeux en signe de reddition.

– Vous ne devriez pas faire ça, s'étrangle-t-elle.

– Je sais. C'est pour ça que c'est tellement bon.

Ses cuisses se serrent sous mes mains. La grivoiserie de la scène, vu que nous pouvons être surpris à tout moment et qu'elle est vraiment la dernière personne que je devrais toucher, rend tout ce truc mille fois plus torride.

Ses mains agrippent mes épaules. Ses doigts s'enfoncent dans le blazer de mon uniforme scolaire Tom Ford à deux mille dollars, lorsqu'elle tente de garder l'équilibre. Mes doigts à moi bougent comme par magie. Des petits bruits sourds emplissent la salle de classe déserte, jusqu'à ce qu'on n'entende plus que sa respiration haletante.

Avec un soupir de satisfaction, madame Mann recule en lissant sa jupe froissée, avant de se mettre à genoux.

– À ton tour, chuchote-t-elle.

J'allonge mes jambes et je me penche en arrière. Cette classe de maths est décidément le meilleur cours que j'ai jamais eu à Astor.

Quand elle a terminé sa petite gâterie, elle esquisse un sourire hésitant. Ses cheveux caressent le haut de mes cuisses, elle se penche en avant et murmure :

– Tu peux venir chez moi ce soir. Ma fille se couche à dix heures.

Je me glace. Ça aurait pu se terminer de mille façons, et j'espérais éviter celle-ci. Une foule d'excuses me viennent à l'esprit, mais avant que je puisse en choisir une, la porte de la classe s'ouvre.

– Oh mon Dieu !

Madame Mann et moi, nous nous retournons en même temps vers la porte. J'aperçois une chevelure noir de jais et la veste bleu marine de l'uniforme d'Astor Park.

Madame Mann se relève en vacillant. Je la rattrape. Elle tremble sur ses jambes, je l'aide à s'appuyer contre un bureau.

– Oh mon Dieu ! Qui était-ce ? Vous pensez qu'elle a vu…

– Elle a vu, dis-je à voix haute.

Cette confirmation la fait flipper encore plus. Avec un gémissement angoissé, elle laisse tomber son visage entre ses mains.

– Oh mon Dieu ! Je vais être virée.

Je me ressaisis, j'attrape mon sac et j'y fourre vite fait mes affaires.

– Nan. Ça va aller.

Mais je le dis sans grande certitude, et elle le sait.

– Non, ça ne va pas aller !

Je jette un regard inquiet en direction de la porte,

– Chuuut ! Quelqu'un va vous entendre.

– Quelqu'un nous a vus, répond-elle en sifflant d'une voix tremblante, le regard paniqué. Il faut que vous trouviez cette fille. Trouvez-la, faites-lui votre Easton Royal et assurez-vous qu'elle se taise.

Mon Easton Royal ?

Madame Mann poursuit, avant que je puisse lui demander ce qu'elle peut bien vouloir que je fasse.

– Je ne peux pas me permettre d'être virée. Je ne peux pas. J'ai une fille à élever ! (Sa voix se remet à trembler.) Réglez-moi ça. S'il vous plaît, allez-y, arrangez ça.

Je la rassure.

– Ok, je vais régler ça.

Comment, je n'en ai pas la moindre idée, mais madame Mann est à deux doigts de péter un câble.

À nouveau, elle gémit à voix basse :

– Et cela ne peut plus jamais se reproduire, vous entendez ? Plus jamais.

Ça me convient parfaitement. Son accès de panique a cassé l'ambiance et m'a ôté toute envie de réitérer la chose. J'aime bien que mes plans cul se terminent aussi agréablement qu'ils ont commencé. Il n'y a rien de sexy à être avec une fille qui a des regrets. Il faut s'assurer dès le départ qu'elle est partante à cent pour cent. S'il y a le moindre doute sur son intérêt pour la chose, alors c'est hors de question.

– Pigé, dis-je en hochant la tête.

Madame Mann me dévisage avec des yeux suppliants, puis elle lance :

– Qu'est-ce que vous faites encore ici ? Allez-y !

Je jette mon sac sur l'épaule et je sors de la salle de classe. Une fois dans le couloir, je tente un rapide coup d'œil circulaire. Il y a plus de monde que d'habitude. Pourquoi est-ce que tout le monde traîne dans les couloirs ? L'école est finie, bon Dieu ! Rentrez chez vous, les gens !

Mes yeux s'arrêtent sur Felicity Worthington, qui rejette ses cheveux bond platine en arrière.

Claire Donahue, mon ex, me lance un regard bleu plein d'espoir. Depuis la rentrée scolaire, l'envie la démange de revenir avec moi. J'évite de croiser son regard et je m'avance vers Kate et Alyssa, les sœurs Ballinger. Aucune d'elles n'a les cheveux noirs. Je scanne le reste du couloir, sans résultat. Je suis sur le point de faire demi-tour quand Felicity se penche et murmure quelque chose à l'oreille de Claire. À la place exacte qu'occupait la tête de Felicity une seconde avant, je la vois. La fille a le visage tourné vers son casier, mais ses cheveux sont inratables, noir de jais avec des reflets presque bleus sous la lumière fluorescente des plafonniers.

Je m'avance à grands pas.

J'entends Claire m'appeler :

– Easton.

– Ne t'humilie pas devant lui, lui conseille Felicity.

Je les ignore et poursuis ma route.

– Hé !

La fille lève les yeux de son casier. Des yeux gris effrayés qui plongent dans les miens. Ses lèvres roses s'entrouvrent. J'attends un sourire, c'est la réponse que j'obtiens de 99% des femmes, quel que soit leur âge. Il ne vient pas. À la place, je récolte un visage recouvert de cheveux, parce qu'elle fait volte-face et part en courant.

La surprise me cloue le bec. Ça, et le fait que je ne veux pas me donner en spectacle. Nonchalamment, je referme son casier avant de la suivre dans le couloir. Une fois que j'ai atteint le tournant, moi aussi je me mets à courir. J'ai des jambes bien plus longues, du coup je la rattrape à la sortie des vestiaires.

– Hé, dis-je en me plantant en face d'elle, c'est quoi l'urgence ?

Elle s'arrête net, au risque de se casser la figure. Je la rattrape par l'épaule pour m'assurer qu'elle ne tombe pas la tête la première sur le carrelage.

– Je n'ai rien vu, lance-t-elle à brûle-pourpoint, en se rejetant en arrière pour éviter ma main.

Je jette un coup d'œil derrière elle pour vérifier que personne ne nous regarde, mais le couloir est vide.

Bon.

– Bien sûr que tu n'as rien vu. C'est pour ça que tu te barres en courant comme une môme prise la main dans le pot de miel.

– Techniquement, c'est plutôt toi qui avais la main dans le pot de miel, rétorque-t-elle. (Elle serre les lèvres quand elle réalise ce qu'elle vient d'admettre.) Mais je n'ai rien vu pour autant.

– Euh… euh.

Que dois-je faire de cette mignonne ? Dommage que je sois censé lui foutre les jetons.

Je m'avance. Elle recule sur le côté.

Je continue à avancer pour la plaquer contre le mur. Je me penche jusqu'à avoir mon front à seulement quelques centimètres du sien. Si près que je peux sentir le parfum menthe verte de son chewing-gum.

Arrangez ça, m'a demandé madame Mann. Et elle a raison. Ce qui s'est passé dans cette classe était censé être amusant. C'est tout ce que je veux, moi, m'amuser, pas détruire la vie des autres. C'était marrant de faire un truc cochon et interdit. C'était marrant de jouer avec l'idée d'être pris sur le fait. Mais faire perdre son boulot à madame Mann et enlever son toit à sa fille ?

Ça n'entre pas dans la catégorie des trucs marrants.

– Alors, je commence à voix basse.

– Hum… Royal, c'est ça ? m'interrompt la fille.

– Ouais.

Je ne suis pas surpris qu'elle me connaisse. Non que j'en sois fier, mais les Royal sont les maîtres dans cette école depuis des années. Heureusement, j'ai évité tout rôle de leader. C'est Ella la Royal qui commande à présent. Je ne suis que son second.

– Et tu es ?

– Hartley. Écoute, je te jure que je n'ai rien vu.

Elle lève la main en l'air comme si elle prêtait serment.

– Si c'était vrai, Hartley, tu ne te serais pas enfuie en courant.

Je tourne et retourne son nom dans ma tête. Il ne m'est pas inconnu, mais je n'arrive pas à le resituer.

Ni son visage. Pourtant, il n'y a pas beaucoup de nouvelles têtes à Astor. Je suis avec la plupart de ces trous du cul depuis aussi longtemps que je peux m'en souvenir.

– Sérieusement. Je suis une tombe.

Hartley poursuit sa pauvre défense en posant une main sur ses yeux et l'autre sur sa bouche.

– Rien vu de mal, rien dit de mal. Ce n'est pas que ce que tu as fait soit mal. Ou ce que tu pourrais avoir fait. Je n'ai rien vu d'ailleurs, de bien ou de mal.

Charmé, j'ôte sa main de sa bouche.

– Tu bredouilles.

– C'est le stress d'arriver dans une nouvelle école.

Elle arrange le blazer de son uniforme et relève le menton.

– Peut-être que j'ai vu quelque chose, mais ça ne me regarde pas, ok ? Je ne dirai rien.

Je croise les bras, mon propre blazer se tend sur mes épaules. On dirait qu'elle veut en découdre. J'adore ça, mais flirter avec elle ne va pas résoudre mon problème. J'introduis une menace dans le ton de ma voix, en espérant que la peur lui fera tenir sa langue.

– Le truc, c'est que je ne te connais pas. Alors, pourquoi je devrais te croire sur parole ?

La menace fonctionne… Hartley déglutit.

Instantanément, je me sens mal. Qu'est-ce que je suis en train de faire, en foutant les jetons à une fille comme ça ? Mais le visage paniqué de madame Mann resurgit à mon esprit.

Madame Mann a une môme, et Hartley n'est qu'une riche élève d'école préparatoire comme une autre. Elle peut bien supporter un petit avertissement.

– Ouais. Et que se passera-t-il si quelqu'un, Beringer le directeur par exemple, te pose la question ? (Je penche la tête d'un air de défi, en prenant un ton de plus en plus menaçant.) Alors, Hartley ? Qu'est-ce que tu diras ?

Chapitre 2

Pendant qu'Hartley réfléchit à ma question, je la détaille silencieusement. C'est une toute petite chose, elle fait sans doute trente centimètres de moins que mon mètre quatre-vingt-cinq. Au rayon roploplos, il n'y a pas grand-chose à se mettre sous la dent. Et en dessous, elle porte une paire de mocassins immondes. Les chaussures sont le seul détail vestimentaire qui n'est pas imposé par le règlement de l'école, la seule touche personnelle que l'on nous permette. Les garçons portent des sneakers ou des Timb[1]. La plupart des filles optent pour des trucs à la mode, comme des chaussures plates Gucci ou des escarpins à semelles rouges[2]. Je suppose qu'Hartley veut signifier par là qu'elle n'en a rien à foutre. Ce que j'apprécie.

Tout le reste en elle est ordinaire. Son uniforme est standard. Ses cheveux sont raides et longs. Son visage n'est pas assez frappant pour attirer

1. Pour Timberland, la célèbre marque de boots. (NdT, ainsi que pour toutes les notes suivantes)
2. Détail caractéristique de la marque de luxe française Christian Louboutin.

le regard. Celui d'Ella, par exemple, est sublime. Mon ex, Claire, a récemment été sacrée débutante de l'année. Cette fille, Hartley, a de grands yeux de manga et une bouche large.

Le bout de son nez remonte légèrement, mais aucune de ses caractéristiques physiques ne serait digne d'être publiée dans *Southern Living Quaterly*[3].

Ce nez qui se met à plisser quand elle finit par répondre :

– Bon, voyons, qu'est-ce que j'ai réellement vu là-bas ? Je veux dire… en fait, j'ai vu une prof qui ramassait quelque chose par terre. Et un étudiant, hum, retenait ses cheveux afin qu'elle puisse mieux voir. C'était très doux. Et gentil. Si le directeur Beringer me posait la question, je lui dirais que tu es un citoyen respectable et que je voterai pour toi au titre d'élève de la semaine.

– Vraiment ? C'est ça que tu ferais ?

J'ai une forte envie de rire, mais je suppose que ça ruinerait toute l'efficacité de ma menace.

– Je le jure devant Dieu. (Elle pose une petite main sur sa poitrine. Ses ongles sont coupés court et n'ont rien à voir avec les doigts parfaitement manucurés de la plupart des filles d'Astor.) Je lui réponds :

– Je suis athée.

Avec un froncement de sourcils, elle rajoute :

– Tu es difficile.

– Hé, ce n'est pas moi qui joue à Peeping Tom[4].

---

3. Magazine d'art de vivre US.
4. Expression anglaise qui signifie « faire le voyeur ».

Elle hausse le ton pour la première fois.

– On est à l'école ! Je devrais pouvoir jeter un coup d'œil dans n'importe quelle salle de classe !

– Alors, tu admets que tu m'espionnais.

Je m'efforce de continuer à sourire.

– Ok. Maintenant je comprends pourquoi tu es obligé de te mettre à la colle avec une prof. Aucune fille normale ne pourrait te supporter.

Devant son explosion de colère, j'abandonne l'intimidation, parce que je n'arrive pas à dissimuler plus longtemps mon sourire.

– Tu ne le sauras pas tant que tu n'auras pas essayé.

Elle me regarde bien en face :

– Sérieusement, est-ce que tu flirtes avec moi, là ? Ça va être dur.

– Dur, hein ?

Je lèche ma lèvre inférieure. Oui, je flirte, parce que même si elle est très ordinaire, elle m'intrigue. Et moi, Easton Royal, je suis naturellement poussé à rechercher tout ce qui est intéressant.

J'aperçois comme un éclair de fascination dans ses yeux. Rapide, mais j'ai toujours été capable de dire quand une fille me trouve sexy. Quand elle s'imagine comment ça serait de baiser avec moi.

Hartley est précisément en train d'y penser, en ce moment.

Vas-y bébé. Demande. Prends ce que tu veux.

J'adorerais voir une fille m'attraper, métaphoriquement comme littéralement, par les couilles et me dire qu'elle me veut.

Direct. Sans faux-semblants. Mais malgré tout ce truc sur le pouvoir féminin, je constate que la plupart des nanas veulent que ce soit les mecs qui leur courent après. C'est déprimant.

– Oh ! (Elle tente de reculer.) Sérieux, Royal. Fous le camp !

Je pose mes poings sur la boiserie de chaque côté de sa tête pour la garder prisonnière.

– Sans ça ?

Ces yeux gris étincellent et piquent à nouveau ma curiosité.

– Je suis peut-être petite, mais j'ai la capacité pulmonaire d'une baleine, alors si tu ne bouges pas, je vais pousser le cri du Kraken[5] jusqu'à ce que l'école tout entière déboule dans ce couloir pour me secourir.

– Le cri du Kraken ? Ça sonne bien cochon.

– J'ai l'impression que tout te paraît cochon, répond-elle froidement.

Mais un petit sourire apparaît à la commissure de ses lèvres.

– Soyons sérieux deux minutes, je me suis contentée d'ouvrir la porte parce que j'essaie de m'inscrire au cours de maths de madame Mann. Mais je vais garder votre petit secret, d'accord ? Tu choisis quoi, le Kraken ou la retraite ?

Les menaces ne vont pas fonctionner avec Hartley, surtout parce que je pense que je serais incapable de les mettre à exécution. Mon truc, ce n'est pas d'intimider

5. Créature fantastique issue des légendes scandinaves médiévales.

les filles, c'est de les rendre heureuses. Je vais donc devoir la croire sur parole. Pour l'instant, du moins. Hartley n'a pas l'air d'être du genre à baver. Et même si elle crachait le morceau, je peux toujours avoir recours au portefeuille. Papa devra peut-être payer une autre bourse d'études pour me sortir ce bordel avec madame Mann, mais il l'a déjà fait une fois pour Reed et Ella. Je pense que, moi aussi, j'ai droit à un petit don. En souriant, je me déplace un peu sur le côté.

– Écoute, si tu veux prendre le cours d'AP[6] en maths, je te conseille de lui en parler maintenant. Tu sais (et je lui fais un clin d'œil), mieux vaut battre le fer tant qu'il est chaud.

Hartley reste bouche bée.

– Est-ce que tu es en train de me suggérer de la faire chanter ? De lui dire que je garderai le secret si elle accepte de m'inscrire à son cours ?

Je hausse les épaules.

– Et pourquoi pas ? Tu dois penser à tes intérêts, pas vrai ?

Elle m'étudie un long, un très long moment. Je donnerais beaucoup pour savoir ce qui lui passe par la tête. Elle ne laisse rien transparaître.

– Ouais, je suppose, murmure-t-elle. À plus, Royal.

Hartley me passe devant. Je la suis du regard, je la vois frapper à la porte puis entrer dans la salle de classe de madame Mann.

6. Les cours AP (Advanced Placement) sont des cours universitaires dispensés aux élèves du secondaire, qui leur permettent de prendre de l'avance dans leur scolarité.

Est-ce qu'elle va tenter le chantage ? J'en doute, mais si elle le fait, son transfert sera immédiatement accepté. Madame Mann sera prête à tout pour faire taire Hartley.

Même si j'ai exécuté les ordres « d'arranger ça » avec succès, du moins je le crois, je ne quitte pas le couloir. Je veux m'assurer que tout se passe bien entre Hartley et madame Mann. Alors, je fais le pied de grue devant la salle de classe. C'est là que me retrouve mon pote et coéquipier, Pat Bhara.

– Yo, dit-il en me faisant les gros yeux. Tu étais censé me déposer chez moi en bagnole. Je t'attends en bas depuis au moins un quart d'heure.

– Oh merde, mec ! J'avais oublié. Mais on ne peut pas partir tout de suite, j'attends quelqu'un. Tu es ok pour attendre encore quelques minutes ?

Il reste planté devant moi.

– Ouais, pas de problème. Hé, tu as entendu parler du nouveau quarterback qu'ils essaient de recruter ?

– Vraiment ?

Nous avons perdu notre premier match de la saison vendredi dernier, et vu la façon de jouer de notre attaque, on ferait bien de s'y habituer. Kordelle Young, notre quaterback débutant, s'est cassé la rotule au deuxième jeu. Son départ nous a laissés avec deux nazes qui concourent pour le titre de *Dumb and Bumber*[7].

– Le coach pense qu'avec les blessures et tout ça, on va avoir besoin de quelqu'un.

7. *La cloche et l'idiot*, comédie US.

– Il a raison, mais qui va vouloir venir alors que la saison a déjà débuté ?

– La rumeur prétend que c'est soit quelqu'un de North, soit quelqu'un de Bellfield Prep.

– Pourquoi ces écoles ?

Je tente de me souvenir des quaterbacks de ces deux écoles, mais aucun ne me vient à l'esprit.

– Je suppose qu'ils ont le même genre de défense ? Le type de Bellfield est cool. Je suis sorti en soirée plusieurs fois avec lui. Un peu coincé, mais bien.

– Je ne vois pas où est le problème ? Comme ça, on aura plus à boire.

Je plaisante, mais je commence à me sentir un peu nerveux. Hartley est là-dedans depuis longtemps. Ça ne devrait prendre que cinq secondes à madame Mann pour inscrire son nom sur la liste des transferts.

Je regarde par la petite vitre dans la porte, mais la seule chose que je vois, c'est la tête d'Hartley. Madame Mann reste invisible.

C'est quoi, cette prise de tête ? Impossible que madame Mann ne donne pas immédiatement son accord à la requête d'Hartley.

– C'est vrai.

Le téléphone plaqué or de Pash vibre. Il lit le texto et agite ensuite son téléphone sous mon nez.

– Tu sors ce soir ?

– Peut-être.

Mais je ne lui prête pas vraiment attention. Je me retourne pour jeter un nouveau coup d'œil à la fenêtre de madame Mann. Cette fois, Pash s'en aperçoit.

– Mec, tu es sérieux ? Madame Mann ? lance-t-il en haussant un sourcil. Tu en as déjà marre des filles d'Astor ? On peut prendre l'avion de ton père pour aller à New York. La fashion week débute à peine, la ville va être blindée de mannequins. Ou alors on peut attendre le prochain QB et nous choper quelques régionales de l'étape ? (Il me lance un clin d'œil et me balance un coup de coude.) Même s'il n'y a pas mieux que les trucs interdits, hein ?

Un peu énervé qu'il m'ait découvert, je réponds laconiquement.

– Tu as tout faux. Elle est trop vieille.

– Alors, c'est qui ?

Pash essaie de me passer devant, parce que ma haute stature lui cache la vue.

– Personne. Il y a une nana à l'intérieur et je l'attends pour pouvoir partir, je veux être sûr d'avoir bien noté mes exercices.

– Les exercices sont tous en ligne.

– Ah, c'est vrai.

Mais je ne bouge pas pour autant.

Naturellement, Pash est encore plus intrigué.

– Qui est là-dedans ? demande-t-il en tentant de me repousser pour pouvoir regarder à l'intérieur.

Je décide de bouger pour le laisser regarder parce que, sans ça, il ne va pas s'arrêter.

Pash presse son nez contre la vitre, regarde un bon moment et conclut :

– Alors, tu es là pour voir madame Mann.

– Je t'ai déjà dit que non.

Mais, à présent, je suis embarrassé. Pourquoi en a-t-il conclu si vite que je ne m'intéressais pas à Hartley ?

Il regarde à nouveau son téléphone.

– Bon, ça devient chiant. Je vais t'attendre en bas sur le parking.

Alors qu'il s'éloigne, ma curiosité prend le dessus.

– Et pourquoi pas l'autre fille ? je lui crie.

Il se retourne, revient vers moi et dit :

– Parce que c'est pas ton genre.

– C'est quoi mon genre ?

– Sexy. Sexy à gros seins. Chaudasse, répète-t-il avant de disparaître à l'angle du couloir.

– Wouah ! Je suis absolument désespérée que ton pote me trouve froide et plate, lance sèchement une voix derrière moi.

Je fais un bond d'au moins deux mètres en l'air.

– Jésus, Marie ! Tu ne pourrais pas faire un minimum de bruit en te déplaçant ?

Hartley me sourit. Elle ajuste la courroie de son sac à dos tout en marchant.

– Ça t'apprendra à mater derrière la porte. Pourquoi es-tu encore là ?

– Est-ce que tu as pu régler ton problème ? je lui demande en la suivant.

Elle fait une grimace.

– Oui. Je suppose qu'elle a compris que c'était moi qui vous avais vus, parce qu'elle était tellement prête à m'accorder tout ce que je voulais que c'en était gênant. Je me sens mal.

– Tu ne devrais pas. La prof a commis une erreur, maintenant elle paie pour ça.

C'était censé être une vanne, mais je réalise que ça sonne faux quand Hartley me regarde en fronçant violemment les sourcils.

– Elle n'a pas déconné toute seule, Royal.

– Non, mais ça, ça aurait pu être super-bandant.

J'essaie de blaguer à nouveau, mais c'est trop tard.

Hartley pousse la porte de la cage d'escalier.

– Bon. Quoi qu'il en soit, nous avons réglé nos affaires. C'était sympa de bavarder avec toi.

Je me hâte de la suivre dans les escaliers.

– Hé, allez, ne sois pas comme ça. On commence à peine à faire connaissance.

Son reniflement résonne entre les murs de la cage d'escalier.

– Nous n'étions pas du tout en train de nous lier et nous ne nous lierons jamais l'un à l'autre.

Elle presse le pas. Elle dévale les marches quatre à quatre afin de s'éloigner de moi le plus vite possible.

– Jamais ? Pourquoi être si définitive ? Tu devrais apprendre à me connaître. Je suis un type charmant.

Elle s'arrête soudain, une main sur la rampe, les pieds prêts à prendre la fuite.

– Tu es charmant, Royal. C'est bien ça le problème.

Et, là-dessus, elle galope jusqu'en bas des escaliers.

– Si tu ne veux pas que je m'intéresse à toi, ce n'est pas la meilleure façon de faire, je lui lance en repartant.

Son cul paraît tout mignon sous la jupe plissée de l'uniforme d'Astor. Ce n'est que lorsqu'elle atteint l'autre extrémité de l'entrée qu'elle s'arrête pour me lancer un regard amusé.

– À bientôt, Royal.

Et avec un petit signe de la main, elle disparaît derrière les énormes portes de chêne. Mon regard reste scotché à son corps tout menu, et je me retrouve à sourire aux anges.

Ouais…

Je crois que je vais me pécho cette fille.

Chapitre 3

– Ella m'a dit que tu avais fait le con avec une de tes profs, me gronde mon grand frère quelques heures plus tard.

Je coince le téléphone contre mon épaule, j'enlève mon maillot de bain et je le laisse tomber sur le sol de ma chambre. J'ai passé la dernière heure à faire des longueurs avec mon frère Gideon. C'est Gid le nageur de la famille, mais comme je n'ai pas pu m'empêcher de penser à Hartley depuis que je suis rentré, je me suis dit que quelques dizaines de longueurs allaient m'aider à me laver la tête. Eh bien, pas du tout. Je pense toujours à des trucs cochons avec cette fille, et en plus, maintenant, je suis crevé et tout mouillé.

– Easton, grogne Reed, tu es là ?

– Je suis là.

– Tu as baisé avec ta prof ou quoi ?

Je lui réponds sur un ton désinvolte :

– Mmm… hmmm, oui. Et alors ? Ce n'est pas la première fois que je nique une prof.

– Ouais, mais tu es en dernière année à présent.

– Et alors ?

– Alors, grandis. Ella se fait vraiment du souci à ton sujet.

– Elle ferait mieux de s'occuper de vérifier que tu ne déconnes pas.

Il y a deux secondes d'un silence de mort pendant lesquelles Reed s'efforce de ne pas me hurler dessus. Il doit avoir mal à la gorge. Je souris d'un air satisfait au téléphone.

– Cela dit, merci d'avoir appelé, Papy. C'est chouette de savoir que je peux compter sur Ella pour me dénoncer si je fais quelque chose de mal.

– East. (Son ton se durcit, puis se radoucit.) Elle se soucie de toi, c'est tout. Comme nous tous.

– Wouah, je me sens tellement aimé !

En roulant des yeux, j'attrape une paire de jeans dans le tiroir de ma commode et je les enfile rapidement.

– On a terminé Reed ? Le dîner est servi.

– Non, on n'en a pas terminé.

Et bien que je puisse parfaitement raccrocher, instinctivement, j'attends qu'il continue parce que c'est mon frère aîné et que j'ai toujours suivi son exemple.

– Comment ça se passe avec le nouveau quaterback ?

– Ça ne se passe pas. Sa blessure au genou était plus grave qu'on croyait, il est out pour toute la saison. Et ses remplaçants sont deux première année, incapables de lancer correctement une balle, même si leur vie en dépendait.

– Merde !

– Yep. Je ne pensais pas qu'à Astor on puisse être aussi mauvais. Pourquoi n'ont-ils pas tout simplement recalé Wade ?

– Il serait parti de toute façon. Val n'est pas trop effondrée ?

– Nan, elle dit qu'il n'était qu'un mec de substitution. En plus, elle ne croit pas que les mecs puissent être fidèles quand les couples sont séparés.

Je ne peux pas lui en vouloir. Son premier petit ami l'a trompée à la seconde où il a posé le pied sur un campus universitaire. Reed soupire violemment dans mon oreille.

– Je sais. Cette nana en a bavé. J'espère qu'elle ne va pas déteindre sur Ella. Surveille-la pour moi, tu veux ?

– Non, impossible. Je n'ai aucune envie de surveiller Val Carrington. En plus, c'est ta responsabilité de t'assurer qu'Ella est heureuse. Pas la mienne.

Je raccroche avant qu'il ait le temps de dire un mot. Reed a toujours mené la danse lorsqu'il s'agit de nous deux, mais il n'est plus là. Il est à la fac, il joue en défense dans l'un des meilleurs programmes de football universitaire du pays. Il a une petite amie qui l'adore. Pour lui, l'avenir est plein de promesses.

Moi, je suis cloué sur place, à Bayview. Littéralement cloué au sol.

Papa a prévenu l'aéroport que je n'avais plus le droit de voler. Il m'a dit que je devais d'abord prouver que je suis devenu sobre et responsable. Je suis en terminale, alors à quoi bon être sobre et responsable ?

En plus, jamais je ne volerais bourré. Je ne suis pas aussi con, mais il ne me croit pas.

Mais même si j'avais les moyens de m'offrir un chouette petit Cessna, je ne peux pas soudoyer les contrôleurs aériens. C'est une situation merdique qui me met de très mauvaise humeur.

Je suis coincé, je me retrouve à faire tout le temps les mêmes merdes, ce qui inclut descendre dîner avec ma famille, une tradition interrompue après la mort de ma mère qui a repris quand papa a amené Ella chez nous. Après l'arrestation pour meurtre du père biologique d'Ella, Steve O'Halloran, ces dîners sont devenus non négociables. Interdiction d'en sauter un, même quand il est évident que personne n'est d'humeur à passer un vrai moment en famille.

Comme ce soir. On est tous ailleurs. Les jumeaux, Sebastian et Sawyer, ont l'air épuisés, sans doute à cause d'un entraînement difficile de lacrosse. Ella a l'air préoccupée. Papa, lui, a l'air inquiet.

– Tu ne pouvais pas trouver une seule chemise dans ton immense placard ? me demande poliment mon père.

Depuis l'arrivée d'Ella, Callum Royal a perfectionné son genre « Père qui désapprouve ». Avant il se fichait de ce qu'on faisait ou ce qu'on portait. Maintenant, il ne nous lâche plus.

Je baisse les yeux sur ma poitrine nue, puis je hausse les épaules.

– Tu veux que je remonte en chercher une ?

Il secoue la tête.

– Non, tu nous as déjà assez fait attendre comme ça. Assieds-toi, Easton.

Je m'assieds. Nous mangeons dans le patio qui domine la grande piscine en forme de haricot. C'est une nuit chaude, il y a une petite brise agréable.

La table paraît relativement vide, nous ne sommes plus que cinq.

C'est bizarre, maintenant que Gid et Reed sont partis tous les deux.

– Tu as l'air un peu pâle, plaisante Sawyer.

Bien qu'il soit le plus jeune des jumeaux, c'est toujours lui qui commande. Un jour, Seb m'a dit que, comme ça, il supportait mieux d'être le plus jeune. Seb est calme, mais il a un sacré sens de l'humour.

Seb lance avec un petit sourire :

– C'est ses pectoraux. Il a sauté le Chest Day[8], alors ils sont tout mous et tout pâlots.

– Espèces de petits merdeux. Je vais vous montrer qui est mou et pâle.

En souriant, je me lève à moitié et je montre le poing à ces deux andouilles :

– Je m'en suis déjà tapé de plus coriaces que vous.

– Ouais, ben on est deux, nous et…

– Très bien, ça suffit, intervient rapidement papa. Ça refroidit.

La mention de la nourriture suffit à détourner notre attention. Notre gouvernante, Sandra, nous a

8. Concours de body building.

préparé des pommes de terre sautées, des carottes à l'ail et un tas énorme de côtes de porc sauce barbecue. Les jumeaux et moi, nous nous jetons dessus comme les bêtes affamées que nous sommes, alors que papa et Ella prennent tout leur temps et bavardent en mangeant.

– … possible que tu doives témoigner au procès de Steve.

Je ne faisais pas vraiment attention, alors, quand la conversation glisse sur Steve O'Halloran, je suis pris au dépourvu. Ces jours-ci, papa recommence à parler de Steve en présence d'Ella. Sur son siège, Ella recule, plus raide soudain que le mât sur la pelouse, devant l'école d'Astor Park.

– Je croyais que les avocats avaient dit que le témoignage de Dinah serait suffisant ?

Dinah est l'espèce de mégère qui tient lieu d'épouse à Steve, ce qui fait d'elle la belle-mère d'Ella.

– Il y a de grandes chances pour que tu ne sois pas appelée à la barre, la rassure papa, mais quand j'ai parlé au District Attorney, il a évoqué cette possibilité. Je t'en parle, parce que je ne veux pas que tu sois prise au dépourvu si jamais ça arrive.

La tension d'Ella ne se relâche pas. Je comprends qu'elle soit contrariée. Les jumeaux, eux aussi, ont l'air écœurés.

Steve a été inculpé pour meurtre il y a des mois, mais il n'a pas passé une seconde derrière les barreaux. Il a payé sa caution de cinq millions de dollars, a rendu son passeport et son brevet de pilote et, malheureusement, a respecté les termes de sa mise en liberté provisoire.

Le fric et de bons avocats permettent ainsi de ne pas faire un jour de préventive, et peut-être même pas de taule si vous êtes reconnu coupable. Les avocats de papa disent que tant que le juge est certain qu'il ne va pas s'enfuir à l'étranger, il est libre comme l'air.

Tout ce truc d'être innocent tant qu'on n'a pas été jugé coupable, c'est une belle merde, si vous voulez mon avis. Tout le monde sait qu'il est coupable, et ça nous rend dingues qu'il ne soit pas enfermé pour ce qu'il a fait. Pas seulement pour avoir tué une femme, mais pour ne rien avoir dit quand les flics ont collé ça sur le dos de Reed.

D'accord, la victime, c'était Brooke Davidson, la vipère diabolique qui essayait de foutre en l'air ma famille, mais quand même. Brooke était une salope, mais elle ne méritait pas de mourir.

– Hé, papa ? lance prudemment Sawyer

Papa tourne la tête vers son fils benjamin.

– Qu'est-ce qu'il y a ?

– Quand le procès de Steve va commencer… (Sawyer s'interrompt une seconde) est-ce qu'ils vont remettre sur le tapis tout ce truc à propos de Steve et…

Il hésite et décide finalement de se taire sans terminer sa phrase.

Personne ne la termine à sa place, mais tout le monde semble soudain tendu. Seb se penche et serre l'épaule de son frère. Papa prend la main d'Ella dans la sienne. Elle ferme les paupières et respire profondément à plusieurs reprises pour se calmer.

J'observe les membres de ma famille, ils tentent tous de maîtriser leurs émotions.

Ces derniers temps, je déteste penser à ma mère. Après que Steve a tué Brooke, on a appris que maman trompait papa avec le père d'Ella. Le truc, c'est que je n'arrive même pas à en vouloir à maman d'avoir trompé papa. Il était tellement préoccupé par Atlantic Aviation, la boîte familiale. Et pendant qu'il partait pour de longs voyages, Steve avait bourré le mou à maman en lui faisant croire que papa la trompait.

Mais je lui en veux d'être morte, d'avoir avalé ces comprimés.

Reed dit que c'est impossible que ce soit les médocs que j'avais planqués dans ma chambre, mais il ne peut pas en être sûr. À l'époque, j'étais accro à l'Adderal[9] et à l'oxi[10]. Ma première ordonnance était parfaitement légale, mais quand j'ai eu besoin d'en prendre plus, j'en ai trouvé à l'école. Mon fournisseur d'Adderal m'a suggéré de prendre de l'oxi pour planer. Il avait raison. Ça m'a beaucoup aidé, mais ça n'a pas duré.

---

9. L'Adderal est une amphétamine utilisée dans le traitement du trouble déficitaire de l'attention (hyperactivité) et détournée par les étudiants américains pour augmenter leurs capacités de raisonnement et de mémorisation.
10. L'oxi, ou « drogue de la mort », apparu au Brésil en 2003, est un dérivé de la cocaïne base.

Quand maman a découvert ma cachette et qu'elle a menacé de m'envoyer en cure de désintox si je n'arrêtais pas, j'ai promis de rectifier le tir. Et je ne me suis pas demandé ce qu'elle allait faire de mes médocs. Je lui ai donné les flacons, j'étais un môme de quinze ans qui se serait coupé un bras si elle me l'avait demandé. Je l'aimais assez pour ça.

Il est probable que j'ai tué ma mère. Reed dit que c'est faux, bien sûr. Il ne me dira jamais en face que je l'ai tuée. Ou plutôt que mon addiction l'a tuée. Je suis, sans aucune hésitation, un fouteur de merde autodestructeur.

À présent, je me suis sorti des médocs. L'overdose de maman m'a fichu une peur bleue, et j'ai promis à mes frères aînés que je ne toucherais plus jamais à cette merde.

Mais les addictions, on ne s'en débarrasse jamais vraiment. Ce qui signifie que je dois étancher ma soif autrement, de façon moins dangereuse, avec l'alcool, le sexe et le sang.

Ce soir, je crois que je vais choisir le sang.

– Easton.

Je tombe sur le regard inquiet d'Ella.

– Quoi ? je demande, en me penchant pour attraper mon verre d'eau.

La conversation a dérivé du procès, Dieu merci. Papa et les jumeaux se sont lancés dans une discussion animée sur le soccer, entre autres. Pourtant nous n'avons jamais été très branchés soccer dans la famille. Parfois, je me demande même si les jumeaux sont de vrais Royal. Ils jouent au lacrosse, ils regardent le soccer, ils ne sont pas fans de lutte et n'ont aucun intérêt pour le pilotage des avions. Cela dit, ils ressemblent à maman et ont les yeux bleus des Royal.

– Tu souris, m'accuse Ella.

– Et alors ? C'est mal de sourire ?

– Tu as un de tes sourires assassins.

Et elle jette un coup d'œil discret pour s'assurer que Papa ne nous regarde pas, puis elle marmonne :

– Tu vas te battre ce soir, n'est-ce pas ?

Je me passe la langue sur la lèvre inférieure :

– Oh ouais.

– Oh East, s'il te plaît. N'y va pas. C'est trop dangereux.

Inquiète, elle se pince les lèvres. Je sais qu'elle se rappelle la fois où quelqu'un avait poignardé Reed pendant un de ces combats.

Mais c'était un hasard total, ça n'avait rien à voir avec le combat. C'est Daniel Delacorte, un vieil ennemi à nous, qui avait embauché un type pour se débarrasser de Reed. Je la rassure :

– Ça ne se reproduira plus.

– Ça, je n'en sais rien.

La détermination brille dans ses yeux bleus.

– Je viens avec toi.

– Non.

– Si.

– Non.

Je hausse la voix, et le regard acéré de papa se tourne vers nous.

– À quel propos est-ce que vous vous querellez ? demande-t-il d'un air suspicieux.

Ella lui répond par un petit sourire, s'attendant à ce que je fasse pareil.

Merde. Si je continue à me disputer avec elle, elle va lui dire que je vais sur les docks, et nous savons tous les deux que papa n'est plus très fan de cette idée depuis que Reed s'est fait planter là-bas. Je mens :

– Ella et moi nous n'arrivons pas à nous décider sur le film qu'on va regarder ce soir avant de nous coucher. Elle veut une comédie romantique. Et moi, je ne veux pas en entendre parler.

Les jumeaux lèvent les yeux au ciel. Ils savent reconnaître une connerie quand ils en entendent une. Mais papa la gobe. Son grand rire emplit le patio.

– Renonce, fils. Tu sais très bien que les femmes arrivent toujours à leurs fins.

Ella me fusille du regard :

– Ouais, Easton. J'arrive toujours à mes fins.

Quand je me lève pour remplir mon verre, elle me suit.

– Je vais te coller au cul comme de la glu. Et quand tu vas aller te battre, je vais faire une scène de dingue. Tu ne pourras plus jamais te montrer là-bas.

Je grommelle :

– Tu ne pourrais pas aller faire chier un peu les jumeaux ?

– Non. Tu as mon entière attention.

– Reed doit probablement être en train d'organiser une soirée, puisqu'il n'est plus sous ton emprise.

Je l'entends presque sursauter. En levant les yeux, je remarque que son visage passe du rose au blanc. Eh merde !

– Ce n'est pas ce que je voulais dire. Tu sais qu'il ne supporte pas d'être sans toi.

Elle renifle.

– Sérieusement. Je l'ai eu au téléphone juste avant le dîner, il n'arrêtait pas de chialer en disant que tu lui manques trop.

Silence.

– Je suis désolé, dis-je, et je le suis réellement. Mes mots ont dépassé ma pensée. Tu le sais parfaitement.

Ella hausse un sourcil.

– Alors, reste à la maison pour me le prouver.

Échec et mat.

– Bien, Madame.

Et, doucement, je la suis jusqu'à la table.

– Tu abandonnes sans combattre ? murmure Sawyer lorsque nous nous rasseyons.

– Elle allait se mettre à pleurer.

– Merde alors !

Après le dessert, je lance un coup de pied à Ella en lui montrant les jumeaux d'un signe de tête. Elle hoche la tête, puis se tourne vers mon père.

– Easton et moi, on a des devoirs à faire en maths, Callum. Ça ne t'ennuie pas si on y va ?

Il nous répond par un signe de la main.

– Non, bien entendu.

Nous rentrons à l'intérieur en laissant les jumeaux débarrasser la table.

Avant, nous avions l'habitude d'avoir du personnel pour le faire, mais papa a renvoyé tout le monde après la mort de maman. À l'exception de Sandra, qui fait la cuisine, et de Durand, son chauffeur. Il y a des femmes de ménage qui viennent une ou deux fois par semaine, mais elles n'ont pas de poste fixe.

Sawyer et Seb bougonnent qu'ils vont être en retard à leur rencard avec Lauren, la fille avec qui ils sortent. Je n'éprouve aucun regret. Eux, au moins, ils ont des plans pour la soirée, au lieu de rester coincé à la maison.

Une fois en haut, je m'installe confortablement sur mon lit king size et j'allume la télé. La saison de foot n'a pas débuté, il n'y a pas de match du lundi soir. ESPN[11] diffuse les meilleurs moments de la pré-saison, mais je n'y prête pas attention. Je suis trop occupé à faire défiler mes contacts sur mon téléphone. Je trouve celui que je cherchais et j'appuie sur la touche « Appel ».

– Salut, Royal, répond la grosse voix de baryton de Larry.

– Salut, mec. (Lawrence « Larry Watson » est un attaquant de cent trente kilos, un bon copain et le plus grand geek que je connaisse.) J'ai besoin que tu m'aides.

– *No problemo.*

Larry est le type le plus arrangeant du monde. Il est toujours là pour aider un pote, particulièrement

11. Entertainment Sport Programming Network Incorporated est un réseau de télévision thématique spécialisé en sport.

lorsqu'il s'agit d'utiliser pour ça ses compétences de hacker.

– Tu peux toujours pirater l'unité centrale d'Astor Park ? J'ai une paire de Tokyo vingt-trois qui s'ennuient dans leur boîte.

– Les Air Jordan five qui ne sont sorties qu'au Japon ?

On dirait presque qu'il va chialer. Larry est un vrai dingue de sneakers, et il a toujours voulu avoir cette paire que mon paternel m'a rapportée d'un de ses voyages au Japon.

– Celles-là même.

– Qu'est-ce que tu veux ? Les notes ne sont pas encore sorties.

– Juste des infos sur une étudiante. Son nom de famille, son adresse, numéro de téléphone, ce genre de trucs.

– Mon pote, ce ne sont que des infos de base. Tu n'as jamais entendu parler de Google ?

– Je ne connais même pas son nom de famille, espèce de trou duc !

– Son nom, c'est féminin, hein ? (Il se marre.) Incroyable ! Easton Royal cherche une touche.

– Tu peux m'aider ou pas ?

– C'est quoi son prénom ? Peut-être que je la connais.

– Hartley. C'est une terminale. Elle fait un mètre cinquante et des poussières. Longs cheveux noirs. Yeux gris.

– Oh, bien sûr, elle est dans mon cours de sciences politiques.

Je me redresse.

– Ouais ? Tu connais son nom de famille ?

– Wright.

– Quoi ? Right comme dans « all right[12] » ?

Larry râle avant d'éclater de rire.

– W-R-I-G-H-T. Son nom est Hartley Wright. Putain, mec, t'es con ou quoi ?

Oh. Ok. Je suis con.

– Désolé, mec. J'ai pigé. Hartley Wright. Tu sais autre chose sur elle ? Tu as son numéro de téléphone ?

– Pourquoi j'aurais besoin de son numéro ? Je suis avec Alisha.

Encore une fois, Larry prend son ton « tu débarques d'où ? ».

– Donne-moi cinq minutes. Je te rappelle.

Il raccroche. Je tue le temps en regardant les meilleurs moments de sport. Dix minutes, plutôt que cinq, plus tard, mon téléphone sonne. Je regarde l'écran, je fais un grand sourire et j'envoie un texto à Larry.

T'es génial.

Je sais, me répond-il.

Je t'apporte les sneaks demain.

Je ne perds pas de temps à contempler la fiche que Larry m'a envoyée. Elle comprend un numéro de téléphone, une adresse et un lien vers un article du *Post de Bayview*.

Le père d'Hartley, John Wright, a été candidat à la mairie il y a quelques années, mais il a perdu. Selon

---

12. D'accord.

l'article, il est à présent procureur adjoint du comté de Bayview.

J'essaie de me souvenir de la dernière fois que j'étais dans une salle de tribunal. C'était quand toutes les charges contre Reed ont été abandonnées et que s'en est suivie la lecture de l'acte d'accusation contre Steve. Est-ce que le nom du procureur, c'était Wright ? Non. C'était… Dixon ou un truc du genre. Et je suis presque certain qu'il était procureur, pas procureur adjoint.

Je parcours l'article jusqu'à ce que je tombe sur une photo de la famille Wright. Elle pose devant un énorme hôtel particulier dans le style plantation. John Wright porte un costume gris et passe un bras autour du cou d'une bombe MILF[13]. La légende dit que c'est sa femme, Joanie.

Les trois filles du couple entourent leur mère. Elles ont toutes hérité de ses cheveux noir ébène et ses yeux gris. Hartley semble être celle du milieu. Elle a environ quatorze ans sur la photo et je souris en découvrant les marques d'une énorme acné sur son front.

Je me mets à fouiller dans mon sac à dos avant même de m'en rendre compte.

Je le fais. Je sors le cahier qui contient toutes mes notes de calcul. Hartley a raté une semaine de cours, quand elle va se ramener demain matin, elle va être totalement larguée… sauf s'il y a quelqu'un d'assez

---

13. Pour *Mother I'd Like To Fuck*, « une mère de famille que j'aimerais bien baiser ». Terme porno pour parler des femmes sexy de 35 à 65 ans.

sympa pour lui passer tout ce qu'elle a raté. Je veux dire, c'est la moindre des choses, non ?

J'enfile un tee-shirt, je vais au bureau de l'étage qu'Ella et moi partageons avec mes frères. Je suis parfaitement conscient que je me comporte comme un vrai loser. Ce n'est pas comme si j'avais besoin de faire des photocopies. Nous ne sommes plus dans l'ancien temps. Il me suffit de scanner les cours de calcul grâce à l'application de mon téléphone et de les envoyer directement à Hartley. Après tout, j'ai son numéro à présent.

Mais non. Je fais des photocopies que j'agrafe ensemble et que je glisse dans une pochette que je chope dans un des tiroirs.

– Où est-ce que tu vas ?

Ella m'intercepte alors que je sors du bureau. Ses yeux bleus sont inquisiteurs et sa voix pleine de suspicion.

– Je vais déposer des devoirs à une amie.

Je montre la chemise, puis je l'ouvre afin que ma demi-sœur curieuse puisse voir qu'il y a bien des devoirs dedans.

– À huit heures du soir ?

Je pousse un cri moqueur.

– Huit heures du soir ? Doux Jésus ! Il est tellement tard ! On devrait déjà être au lit !

– Arrête de me hurler dessus, murmure Ella, mais elle semble lutter contre l'hilarité. Finalement, elle lâche un petit gloussement étranglé : Ok, je suis ridicule.

– Ouaip.

Elle m'attrape par le bras.

– Simplement, ne va pas aux docks ensuite, d'accord ? Tu me le promets ?

– Promis, dis-je docilement, et je me dépêche avant qu'elle puisse me prendre la tête avec ça.

Le trajet en voiture jusque chez les Wright n'est pas long. Bayview n'est pas si grand. Les Wright vivent dans les terres, dans cette demeure style plantation que j'ai vue dans l'article.

Elle n'est pas aussi grande que la mienne, mais encore une fois, les Wright ne sont pas les Royal.

Je suis à environ cent mètres de l'entrée de la propriété quand un Rover noir que je connais surgit beaucoup trop vite dans un tournant. Je fais une embardée et j'appuie sur le klaxon. Sawyer me fait un signe depuis le siège conducteur en se marrant, tandis que Seb me fait le signe les cornes du diable avec ses doigts. Les enfoirés ! Sur le siège arrière, il y a Lauren qui doit sans doute habiter par ici.

Je me gare devant la maison des Hartley. J'ai les paumes de mains bizarrement moites quand je descends de mon véhicule. Je les essuie sur le devant de mon jean déchiré. Je me demande subitement si je n'aurais pas dû me changer avant de venir. En me présentant dans un tee-shirt usé et des jeans tout troués, je ne vais pas faire très bonne impression, surtout si je tombe sur les parents d'Hartley.

D'un autre côté, qu'est-ce que j'en ai à foutre d'impressionner Hartley et sa famille ? Je veux baiser cette fille, pas la demander en mariage.

C'est la mère d'Hartley qui ouvre la porte quand je sonne. Je la reconnais d'après la photo.

– Bonjour, me dit-elle sur un ton légèrement froid. Je peux vous aider ?

– Salut. Euh… (Je passe mon dossier d'une main moite à l'autre.) Je suis ici pour…

Bordel. C'était une idée stupide. J'aurais dû simplement lui envoyer un scan de mes notes. Quel genre d'idiot se ramène chez les gens sans avoir prévenu ?

Non. Eh merde, j'arrête de douter. Je suis Easton Royal, putain. Pourquoi devrais-je être si peu sûr de moi ? Je m'éclaircis la voix et je lance, cette fois clairement et d'un air confiant :

– Je suis venu voir Hartley.

Les yeux de Joanie Wright s'écarquillent.

– Oh ! glapit-elle en jetant nerveusement un coup d'œil par-dessus son épaule.

Je ne sais pas ce qu'elle regarde. Hartley ? Est-elle là, hors de ma vue, en train de chuchoter à sa mère de se débarrasser de moi ?

Madame Wright se retourne vers moi, et sur un ton de voix glacé :

– Je suis désolée, Hartley n'est pas là. Qui êtes-vous ?

– Easton Royal.

Je lève la chemise.

– J'ai des notes de maths pour elle. Je peux vous les confier ?

– Non.

– Non ? Mais alors, qu'est-ce que je vais faire…

Je n'ai pas le temps de terminer ma phrase.

La mère d'Hartley me claque la porte au nez.

Chapitre 4

Comme je me suis couché tôt et que je n'ai mal nulle part puisque je ne suis pas allé me battre, le lendemain matin, je me réveille à l'heure.

Pour une fois, je peux boire un café et avaler un bagel pour le petit déjeuner. À l'école, je m'arrête devant le casier de Larry et je tape un grand coup à côté de sa porte. Elle s'ouvre, je dépose la boîte de sneakers à l'intérieur. Puis je me dirige vers le vestiaire. Je ne suis même pas en retard – ce qui est franchement très rare – pour notre entraînement de six heures du mat. Mes coéquipiers me le font remarquer en m'accueillant sous un tonnerre d'applaudissements.

– Putain de merde ! s'exclame Larry. Il est six heures moins dix et Royal est déjà là.

Quelqu'un pouffe de rire.

– L'eau s'est finalement transformée en vin.

– Peut-être qu'il a perdu un pari, propose un autre.

Je lève les yeux au ciel et me dirige vers mon casier. Notre entraîneur, le coach Lewis, est là, debout devant la porte de la pièce où on range notre équipement. Il est en train de discuter avec un grand type à la boule à zéro.

Même si je suis dix minutes en avance, je suis quand même le dernier à arriver. Le coach applaudit en me voyant et dit :

– Bon. On est au complet.

Je jette un coup d'œil à Connor Babbage, qui est affalé contre son casier, et je hoche discrètement la tête en direction du nouveau copain de l'entraîneur.

Connor hausse les épaules comme pour dire «je ne sais pas du tout qui c'est».

Le coach s'avance.

– Les gars, voici Brandon Mathis. Il vient tout juste d'être transféré de Bellfield à Astor. C'est notre nouveau quaterback.

Tout le monde dans la pièce, moi le premier, pousse un soupir de soulagement.

Personne ne jette le moindre regard de consolation aux deux remplaçants de deuxième année. Ils ont largement prouvé qu'ils étaient totalement inutiles, d'ailleurs eux aussi ont l'air soulagés d'apprendre la nouvelle.

– Mathis, aboie le coach, tu as un truc à dire à ton équipe ?

Le nouveau gars sourit à tout le monde. Grand, beau mec et amical. J'entends déjà les culottes des filles d'Astor tomber par terre.

– J'ai juste envie d'apprendre à vous connaître tous et rapporter cette coupe à la maison.

Plusieurs joueurs hochent la tête en signe d'approbation. Moi, je me contente de jauger Mathis.

Le coach croise mon regard :

– Et toi, Royal ? Ce changement te convient ?

Maintenant que Reed est en fac, je suis le chef non officiel de la ligne de défense. Si je souhaite la bienvenue à Mathis, les autres gars me suivront. Le coach le sait.

– Wouah, coach, regardez-moi ça, voilà que vous tenez compte de mes pauvres vieux sentiments. (J'essuie une larme fictive.) Je suis très touché.

– Je me fiche comme de l'an quarante de tes sentiments, môme. Je sais simplement à quel point vous pouvez vous montrer difficiles, vous les Royal. Tu vas accueillir ton nouveau quaterback à bras ouverts, pas vrai ?

Je fais semblant de réfléchir.

– Royal, me prévient-il.

Puis arrive mon sourire.

– Nan. Je ne vais pas faire le difficile. (J'ouvre grands les bras et je souris à Mathis.) Viens ici que je t'embrasse, grand garçon.

Quelques-uns de mes coéquipiers pouffent de rire. Mathis a l'air effrayé.

– Hum. Je ne suis pas très porté sur les embrassades et tous ces trucs.

Mes bras retombent.

– Eh merde, coach, je l'ai accueilli à bras ouverts, littéralement, et il m'a rejeté.

Babbage éclate de rire.

L'entraîneur pousse un gros soupir.

– C'était une façon de parler, môme. Serrez-vous la main, putain, voilà tout.

En me marrant, je m'avance et je tends la main à Mathis.

– Bienvenue parmi nous.

Et je le pense vraiment. On a désespérément besoin d'un quaterback qui sache lancer cette foutue balle.

– Content d'être là, répond-il.

Le coach frappe à nouveau dans ses mains.

– Très bien, les garçons, changez-vous et allez soulever de la fonte.

J'ôte mon uniforme d'Astor. Dominic Warren est à côté de moi, il enfile un short de basket.

– Yo, Mathis ! lui lance Dom de l'autre côté de la pièce, ça donne quoi le bâton à Bellfield ?

– Le bâton ? répète notre nouveau quaterback.

– Ouais, le bâton. Tu sais. Les nanas. (Dom se penche sur le banc et se met à lacer ses sneakers.) Je songe à me dégoter une nana à Bellfield, j'en ai marre de toutes ces poulettes d'Astor.

Mathis se marre :

– D'après ce que j'ai vu jusqu'à présent, les filles d'Astor sont canon.

– Ouais... elles ne sont pas laides à regarder, acquiesce Dom. Mais elles sont très coincées. Leurs pères sont milliardaires, tu piges ? La plupart d'entre elles font comme si elles te faisaient une faveur juste en t'adressant la parole.

– Elles ne sont pas toutes comme ça, je le contredis en pensant à Ella et Val, les deux nanas les plus cool que je connaisse.

J'aurais même pu ajouter Hartley à cette liste, mais je ne la connais pas assez. Sa mère cependant avait bien l'air bien coincée hier soir. Qu'est-ce que pouvait bien avoir cette femme ? J'ai rencontré pas mal de pétasses blindées, bégueules et arrogantes, mais même les plus arrogantes d'entre elles avaient un minimum de règles de bonne conduite. Nous sommes des Sudistes, pour l'amour de Dieu. On nous fait entrer et on nous agonit d'insultes tout en nous offrant un verre de thé glacé et un morceau de gâteau. On ne nous claque pas la porte au nez.

Dom écarquille les yeux et lance à Mathis :

– Y'a un autre truc qu'il faut que tu saches : Royal, ici présent, a sauté toutes les nanas de l'école.

– Je suis un étalon, je confirme en enfilant mes sneaks. Reste à mes côtés, quaterback, et tu vas t'en payer une bonne tranche sans aucun problème.

En riant sous cape, Mathis s'avance vers moi.

– Ça alors, merci Royal. C'est bien ça ton nom ?

– Easton Royal, je confirme.

– Qu'est-ce que tu préfères ?

– N'importe. Et toi, tu préfères Brandon ou Mathis ?

– Bran, en fait.

– Bran ? Comme ce truc aux céréales qui te file la chiasse ?

Mathis rit à gorge déployée.

– Ouais, comme ce truc qui donne la chiasse.

Il me tape sur l'épaule.

– Tu es un mec marrant, Royal.

Comme si je ne le savais pas.

Normalement, je fais équipe avec Pash ou Babbage, mais comme j'ai envie de mieux connaître mon nouveau quaterback, je lui propose de l'assurer.

– Volontiers, répond Mathis avec reconnaissance.

Il s'allonge sur le banc. Je me place à sa tête, les mains sur la lourde barre d'haltères. J'observe ses bras. Ils sont longs, musclés, mais pas trop volumineux. J'espère que ce sont de bons bras pour le lancer.

– Alors… Bellfield Prep, hein ? Ça veut dire que tu habitais à Hunter's Point, pas vrai ? je lui demande, en faisant référence à une ville située à vingt minutes à l'est de Bayview.

– J'y vis toujours, en fait. Mes parents ne sont pas prêts à déménager juste pour que j'économise un quart d'heure de trajet. Ma mère adore son jardin et ne le quitterait pour rien au monde.

– Que fait ta famille ?

– Qu'est-ce que tu veux dire ?

– D'où vient la fortune des Mathis ? Pétrole ? Export ? Transports ?

– Oh, il n'y a aucune fortune. Nous sommes de la classe moyenne, je suppose ? Ma mère est prof et mon père comptable. Je suis ici grâce à une bourse, sans ça je n'aurais pas pu intégrer cette école. Les frais de scolarité y sont environ dix fois plus élevés qu'à Bellfield.

Il remet la barre en place et respire à fond deux fois de suite. Son visage est rouge à cause de l'effort.

– Ah, je pige.

Je me sens un peu stupide d'avoir fait des suppositions, mais Mathis est un mec cool. Il n'a pas cillé ni eu l'air embarrassé ou offensé devant mes questions sur son statut social. Ce n'est pas que je me vante que mon père fasse partie du club des trois virgules[14], parce que qu'est-ce que le fric de mon père a à voir avec moi ?

La conversation se poursuit, même quand nous échangeons nos places pour que je soulève pendant qu'il m'assure. Il me raconte qu'il a débuté à Bellfield l'an dernier pendant la saison, mais qu'une fracture du poignet l'a tenu éloigné du terrain au moment des finales. Son remplaçant a perdu dès le premier match en ratant trois interceptions, ce qui explique qu'Astor Park n'ait pas joué contre Bellfield Prep la saison passée. Ils n'étaient jamais arrivés aussi loin, et ils sont super-emmerdés que Bran les ait laissés tomber pour Astor.

– Mais Astor peut m'ouvrir beaucoup de portes, tu sais ? Un meilleur CV, de meilleurs réseaux.

Je n'en sais rien. Je ne suis jamais sorti du cercle social d'Astor. Quand on appartient à ce monde, on va à l'école Sainte Mary pour garçons et filles, même quand on n'est pas croyant. Après Sainte Mary, on va direct à Lake Lee Academy. Et ensuite, on se retrouve à Astor.

14. Trois milliards de dollars.

Nous sommes un véritable terreau de privilégiés, avec nos fonds de placement, nos voitures de luxe et nos vêtements de marques. Et nos jets privés, si on s'appelle Royal. Je lui demande :

– À quoi ressemble la vie sociale à Bellfield ? À en juger par les types avec qui je me bats et je parie, la seule différence entre un môme d'Astor Park et un môme des docks, c'est le prix de l'alcool qu'on boit. On saigne pareil, on souffre pareil.

– Je ne suis pas trop fêtard. Je ne bois pas.

– Tu veux dire pendant la saison ?

– Je veux dire pas du tout. Mes parents sont très stricts, admet-il pendant que je me relève après ma série.

– Mon père est un dingue de foot. Le foot, c'est sa vie. Il vérifie ce que je mange et ce que je bois. Nous avons un nutritionniste qui vient une fois par semaine me donner les nouveaux plannings de mon régime. J'ai eu un entraîneur perso depuis l'âge de sept ans.

On dirait un cauchemar. Je n'arrive pas à imaginer mon père en train de contrôler toutes les toxines que j'ai pu ingurgiter. Il y en aurait beaucoup trop pour qu'il puisse les compter. La seule chose pour laquelle il est intervenu, c'est le pilotage. Mais même si ça m'emmerde d'être interdit de cockpit, je sais que ça a probablement quelque chose à voir avec le procès que papa a eu il y a un moment. Un des pilotes d'essai d'Atlantic Aviation s'est tué, et l'enquête post-accident a démontré un problème d'alcool. Depuis, papa est super-strict sur le « pas d'alcool en vol ».

– C’est violent, dis-je avec bienveillance.

Bran hausse les épaules.

– Le foot, c’est ma chance d’avoir une vie meilleure. Ça vaut bien des sacrifices. En plus, notre corps est notre temple, pas vrai ?

J’attrape une serviette, j’éponge mon cou en sueur et je lui réponds en souriant :

– Nan, mec. Mon corps, c’est un parc d’attractions. Eastonland. Les nanas viennent de très loin pour vivre l’expérience sauvage d’Eastonland.

Bran siffle.

– Tu es toujours un bâtard aussi prétentieux, Royal ?

– Toujours ! confirme Pash de l’autre côté de la salle de gym.

– Sérieux, c’est vraiment chiant, poursuit Preston, un autre gars de la bande.

J’explique à Mathis :

– Ils sont juste jaloux, surtout Preston.

Et j’ajoute, comme en aparté :

– Le pauvre garçon est encore puceau. Chuuut ! N’en parle à personne.

Preston me fait un doigt d’honneur.

– Va te faire foutre, Royal, tu sais bien que c’est faux.

– Tu n’as aucune raison d’en avoir honte, je le rassure en m’amusant de le voir rougir de plus en plus.

C’est tellement facile de faire rougir Preston.

– Il faut bien que quelqu’un soit là pour échanger des anneaux de chasteté avec les débutantes !

Les vannes et les conversations salaces se poursuivent pendant tout le reste de l’entraînement.

Même si c'est marrant, je suis un peu déçu que nous nous contentions de soulever des poids aujourd'hui. J'aurais bien aimé me friter un peu sur le gazon, mais le coach juge que la force et la condition physique sont aussi importantes que la confrontation sur le terrain.

Après une douche rapide, je renfile mon uniforme et je traverse le campus avec une seule idée en tête : rejoindre le casier d'Hartley.

Le premier truc que j'aperçois en y arrivant, c'est le cul d'Hartley.

Enfin, plus ou moins. Elle est sur la pointe des pieds, elle essaie d'atteindre quelque chose sur l'étagère du haut de son casier. Sa jupe se soulève et révèle un semblant de cuisse nue.

Elle n'a pas raccourci sa jupe. Toutes les nanas de l'école le font, au plus court possible autorisé par Beringer. Hartley a laissé l'ourlet de la sienne descendre jusqu'au-dessus des genoux. Je lui propose :

– Laisse-moi t'attraper ça !

Surprise, elle sursaute et se cogne la tête contre le dessous de l'étagère.

– Ouille. Putain, Royal !

Je pouffe de rire en la regardant se frotter le crâne.

– Désolé. J'essayais simplement d'être serviable.

Je me penche et j'attrape le cahier qu'elle essayait d'atteindre.

– Juste un petit conseil : peut-être que tu devrais éviter de mettre des trucs sur l'étagère du haut si tu es trop petite pour les attraper ?

Hartley me fait la moue.

– Je ne suis pas petite.

– Vraiment ?

Je hausse un sourcil et je penche la tête vers elle.

– Vraiment. J'ai juste une verticalité différente.

– Hum, hum. Disons ça comme ça, ok.

Je lui mets le cahier dans les mains et je me retourne pour farfouiller dans mon sac à dos.

– En parlant du fait que je suis génial et hyperserviable…

– Personne n'a dit que tu étais génial et hyperserviable !

Je l'ignore.

– Je t'ai fait des photocopies de mes notes de cours de maths. Tu commences aujourd'hui, pas vrai ?

Hartley hoche lentement la tête. Elle a l'air un peu soupçonneuse en les acceptant.

– C'est très… sympa de ta part.

J'ai comme l'impression qu'elle préférerait se filer une baffe plutôt que de me remercier, ce qui déclenche chez moi un grand sourire.

– Je t'en prie.

– Je ne t'ai pas dit merci.

– Tu as dit que j'étais génial…

– Je n'ai pas dit ça non plus.

– Ce qui revient au même que de dire merci.

Je me rapproche et lui tapote la tête. Elle repousse ma main.

– Alors, je t'en prie. Cela dit, je suis passé chez toi hier soir et…

– Tu as quoi ? s'écrie-t-elle.

– Je suis passé chez toi. Ce n'est pas permis ?

– Qui t'a ouvert ? C'était ma sœur ? Elle avait l'air de quoi ?

Elle avait l'air de quoi ? On dirait qu'elle n'habite même pas là-bas.

– Je ne sais pas. C'est ta mère qui m'a ouvert et quand je lui ai demandé si tu étais là, elle m'a répondu que non et elle m'a refermé la porte au nez. Qu'est-ce que ça veut dire ?

– Ma mère n'est pas des plus accueillantes.

Voilà ce qu'elle me répond d'un air résigné.

– Sans blague.

Autour de nous, le couloir se remplit lentement. Je remarque Felicity et deux ou trois copines à elle qui se planquent à quelques mètres de distance. Elles ont l'air super-intéressées par ma conversation avec Hartley. Je me déplace légèrement pour leur cacher la vue.

– Alors où étais-tu ? À un rencard amoureux ?

– Non, je n'ai pas de rencards amoureux.

Elle a l'air absent et elle se ronge le pouce.

– Tu veux dire jamais ?

– Jamais. Je n'ai pas le temps de sortir.

Je fronce les sourcils.

– Pourquoi ?

– Tu es super-mignon…

Elle me fixe. Je me redresse, mais elle ne termine pas sa phrase.

– Dans une autre vie, j'aurais sauté sur l'occasion de sortir avec toi, mais je n'ai ni le temps ni la force d'être avec quelqu'un comme toi.

– Mais qu'est-ce que ça peut bien vouloir dire, bordel ?

– Ça veut dire que là, je vais en cours.

Elle claque la porte de son casier.

– Alors, on se voit à l'heure du dej ?

Je n'obtiens pas de réponse. Mais merde, Je suis Easton Royal. Je n'en ai pas vraiment besoin. Je sais qu'elle viendra. Elles le font toutes.

Chapitre 5

À l'heure du déjeuner, je perds dix minutes de mon temps à attendre qu'Hartley se radine. Quand mon ventre se met à gargouiller, j'entre dans la cantine. À quoi elle joue ? Elle a admis que j'étais super-mignon et qu'elle aimerait être avec moi. Fin de l'histoire.

Je ne comprends pas pourquoi elle continue à fuir. Elle n'a pas de temps pour moi ? Comme si j'étais un petit ami qui nécessite une attention de tous les instants ? Ah ! Ah !

– Easton, viens par ici ! m'appelle une voix haut perchée.

Je recule. Claire refuse de me lâcher, même si ça fait un an que nous ne sortons plus ensemble. Contrairement à Hartley, je sais que ce n'est pas bien d'ignorer les autres, mais je sais également que quand je montre le plus petit signe d'attention à Claire, elle le comprend de travers. Un bonjour dans le couloir devient dans sa tête une invitation au bal de fin d'année. Si je déjeune avec elle, elle va se mettre illico à envoyer des invitations pour notre soirée de fiançailles.

En serrant les dents, je me saisis d'un plateau, je le remplis de nourriture et je traverse la cafétéria. Enfin, avec ses boiseries de chêne, ses tables rondes et ses immenses baies vitrées, elle ressemble plus à la salle de restaurant d'un club privé qu'à une cafétéria. Mais voilà, ici, c'est la prépa d'Astor Park. La richesse et l'excès sont nos seules façons de fonctionner.

J'ai l'impression que si je m'intéresse à Hartley, c'est parce que je m'ennuie. À Astor, je connais chaque visage depuis trois ans. Et certains d'entre eux, comme celui de Felicity Worthington, depuis ma petite enfance. Elle était déjà aussi chiante à cinq ans que maintenant. L'école aussi, c'est chiant. Je connais déjà tous les trucs qu'enseigne madame Mann. Mes notes ne sont pas top, mais c'est parce que le sujet est trop facile. Ce n'est pas comme si j'avais besoin de super-notes pour tester des avions, pour autant que je sache. Et je le sais très bien. Je ne veux simplement pas être forcé de le montrer tout de suite.

Hartley est une distraction bienvenue. Un puzzle dont les pièces ne correspondent pas les unes avec les autres. Et, pour être honnête, je suis un bon coup. Elle aurait de la chance de tomber sur moi. Alors vraiment, non, je ne devrais pas laisser tomber. Pour son bien, et tout ça.

Ella et sa meilleure copine, Val, sont déjà installées à notre table habituelle. Tout comme mes frères jumeaux et leur petite amie.

Ouais, Sawyer et Seb partagent la même petite copine, mais qui suis-je pour les juger ? J'ai baisé avec ma prof de maths pas plus tard qu'hier.

– Qu'est-ce qui se passe ? me demande Sawyer quand je pose mon cul sur la chaise à côté de celle d'Ella.

Je mens :

– Rien.

À l'autre bout de la table, les yeux sombres de Val luisent d'ironie.

– Tu mens.

– Pas du tout ! je continue à mentir.

– Si, complètement. Je le sais toujours quand tu mens.

Elle repousse une mèche de cheveux noirs derrière son oreille et se penche vers moi.

– Tu as cette petite ride, juste là.

Val trace du doigt une ligne sur mon front.

– Du genre « ça me fait mal de mentir, mais un homme doit faire ce qu'il faut faire, tu vois le truc ? ». Tu vois ce que je veux dire ?

Je prends la main de Val avant qu'elle puisse la retirer.

– Tu es tout le temps en train de chercher des excuses pour me toucher, hein, Carrington ?

Elle pouffe de rire.

– Dans tes rêves, Royal.

– En effet, j'en rêve très fort. Chaque nuit, quand je suis seul dans mon lit.

– Mon pauvre bébé ! (Val me pince le dessus de la main jusqu'à ce que je l'enlève.) Continue à rêver,

Easton. Ce corps de déesse, dit-elle en se désignant de la main, t'est interdit.

Je roule des yeux.

– Pourquoi ? Tu te préserves pour ton petit copain qui n'existe pas ? Ouille.

Mais elle sourit.

– Eh non, je ne me préserve pour personne. C'est juste que tu ne me branches pas.

– Ouille, je répète, mais nous savons tous les deux que ça ne me fait pas de peine non plus.

– Honnêtement je n'arrive pas à croire que vous n'ayez jamais baisé ensemble, vous deux, dit Ella en riant. (Elle a une assiette de penne au poulet sur son plateau, mais elle se contente de jouer avec sa fourchette sans rien manger du tout.) On dirait que vous êtes une seule et même personne.

– C'est d'ailleurs la raison pour laquelle nous n'avons jamais baisé ensemble, répond Val.

J'objecte :

– C'est faux. On l'a fait une fois.

Ella en reste bouche bée.

– C'est vrai ?

Val est sur le point de nier, mais soudain elle éclate de rire.

– Oh mon Dieu, nous l'avons fait, c'est vrai. À la fête d'anniversaire des seize ans de Mary Paulson. J'avais oublié.

Je soupire :

– Ok, là tu me fais de la peine. Tu as oublié qu'on avait baisé tous les deux ?

Ella nous sourit :

– Mais vous n'êtes pas restés ensemble ?

Val secoue la tête.

– Nous avons décidé qu'il valait mieux rester amis.

– Dommage, réplique Ella d'un air triste. Songez à tous les rencards à quatre qu'on aurait pu avoir ensemble.

J'observe ma demi-sœur qui continue à remuer sa fourchette dans ses pâtes. Reed m'a demandé de faire attention à elle pendant son absence. Alors, je l'observe tout le temps. Comme en ce moment, j'observe qu'elle ne mange pas.

J'observe aussi la façon dont sa jupe remonte quand elle se penche en avant pour poser ses deux coudes sur la table. Contrairement à Hartley, elle a beaucoup raccourci sa jupe. Reed aimait bien ça. Je ne peux pas dire que je sois contre.

– East…

C'est le plus doux des avertissements, merci Sawyer. Mon jeune frère a remarqué où j'avais posé les yeux. Ella aussi s'en rend compte et se penche pour me taper sur le bras.

– Easton ! Arrête de mater ma jupe !

Je joue l'innocent.

– Je ne faisais pas ça !

Elle m'accuse :

– Conneries !

– Conneries, répète ce traître de Sawyer en écho.

Seb hoche la tête en silence à ses côtés. Ces deux petits merdeux se lient toujours contre moi.

Je laisse tomber et je sers à Ella mon plus joli sourire de gentil petit garçon.

– Désolé, frangine. C'est l'habitude.

Val se marre.

– L'habitude.

– Ouais, l'habitude. Quand je vois une fille en jupe courte, j'ai envie de voir ce qu'il y a en dessous. Tu n'as qu'à porter plainte. En plus…

En agitant mes sourcils, je fais tourner un cheveu blond autour mon doigt.

– Reed peut dire ce qu'il veut, le premier Royal qui a posé ses lèvres sur les tiennes, c'est moi. Nous le savons tous.

– Easton !

Ses joues deviennent écarlates. Je la taquine :

– C'est la vérité.

– Ça ne veut pas dire qu'il faille en parler. Jamais. Et de toute façon, tu sais très bien que je me servais de toi pour oublier Reed.

Je pose une main sur mon cœur.

– Wouah. Et moi qui pensais que c'était Val, la méchante des deux.

– Hé ! objecte Val, mais elle se marre.

– Oh, à part ça, tu as dit que toi aussi tu pensais à quelqu'un d'autre.

Je fronce les sourcils.

– Ah bon ?

– Oui.

J'enfourne quelques frites, que je mâche lentement.

– J'étais bourré quand j'ai dit ça ?

Ella réfléchit un moment, puis elle hoche la tête.

– Complètement.

– C'est bien ce qui me semblait. Je dis un tas de conneries quand je suis cuit.

Et je suis tout à fait certain que quand mes lèvres se sont posées sur celles d'Ella, je ne prétendais pas que c'était quelqu'un d'autre. Ella est sexy. J'avais très envie de la pécho avant qu'elle sorte avec mon frère. À présent, ça aurait l'air incestueux, mais ça m'amuse toujours de la taquiner à ce sujet.

– Il y a une nana qui te regarde.

C'est Sawyer qui dit ça, en regardant derrière mon épaule d'un air amusé. Je me retourne et, d'un seul coup, je me sens plus léger.

Hartley est assise à une table devant la fenêtre. Ses yeux gris réservés rencontrent les miens furtivement avant de rompre le contact.

– Qui c'est ? demande Lauren avec curiosité en prenant une gorgée d'eau d'Évian.

– Ma nouvelle meilleure amie.

Je fais un clin d'œil à la table pleine de visages sidérés avant de me lever d'un bond et de me frayer un chemin jusqu'à Hartley. Sans attendre qu'elle m'y invite, je me jette lourdement sur une chaise en face de la sienne et je lui pique un rouleau de printemps dans son assiette.

Hartley soupire. Bruyamment.

– Tu n'en as pas marre de me suivre partout ?

– Tu n'en as pas marre de jouer les filles difficiles à aborder ?

– Je vois bien que ça te ferait chier si je jouais à la fille inaccessible, mais en réalité – et tu ne sembles pas t'en rendre compte – je ne suis pas intéressée.

Je tapote des doigts sur la table. C'est possible. Il y a des filles qui ne sont pas intéressées par moi. Peut-être. Je suppose que théoriquement, c'est vrai.

– Tu sembles perplexe.

– Pour être honnête, personne ne m'a jamais repoussé. Je ne dis pas ça pour me vanter, mais c'est la vérité. J'ai un bon ressenti de ce genre de chose. En plus, tu as avoué que tu me trouvais bandant.

– J'ai utilisé le mot mignon, et j'ai dit aussi que même si j'étais sur le marché, je ne te choisirais pas. Hier, tu avais la main sous les jupes de la prof.

J'ignore sa pique sur la prof et je me concentre sur le positif.

– Mignon. Bandant. C'est la même chose. On ferait aussi bien de baiser. Je suis libre ce soir.

Hartley soupire à nouveau. Plus fort. Puis elle commence :

– Easton…

Je m'appuie sur la table des deux mains et je m'avance plus près.

– Oui, bébé ?

L'exaspération est visible dans ses yeux gris argent.

– Tu sais quoi ? Oublie.

Elle se penche vers le cabas posé sur la chaise à côté de la sienne.

– J'ai des trucs à lire pour le cours de littérature.

Je reste assis là, bouche bée, pendant qu'elle sort un livre et qu'elle se met à le lire en continuant à manger. Elle m'ignore. Complètement.

Elle me fascine. Elle est attirée par moi, et elle ne va rien faire ?

– Je ne sors avec personne.

Elle ne répond pas.

– Tu as un copain ?

Silence.

Je tambourine sur la table. Un autre mec, cela crée des complications et, habituellement, j'évite les complications. Mais si elle avait un petit copain, elle en aurait parlé au bout de cinq minutes à peine. Du moins si c'était une relation sérieuse. Et soudain, la lumière se fait.

– Tu vis une séparation douloureuse, c'est ça ? Aïe. Une bonne nouvelle, j'ai une épaule confortable sur laquelle tu peux t'appuyer pour pleurer autant que tu veux.

Et je me tape sur l'épaule, ce qui me vaut un autre long et profond soupir.

– Je ne souffre d'aucune séparation douloureuse. Je n'ai pas de petit copain, même si cela ne te regarde absolument pas, et j'aimerais bien que tu me fiches la paix.

Et elle me balance ça à toute vitesse, sans même lever les yeux de son livre. Pourtant, je ne pense pas qu'elle lise. Ses yeux ne bougent pas sur la page.

Je décide de le lui faire remarquer.

– Tu serais plus crédible si tu lisais vraiment.

Elle rougit légèrement et tourne la page. Celle qu'elle lisait depuis au moins dix minutes. Je finis le rouleau de printemps et je pique un bâtonnet de carotte dans son assiette. Ses lèvres remuent, mais elle ne dit rien. Je continue à boulotter tout son déjeuner. Je veux dire, si elle ne le mange pas, je ne voudrais pas que ça se perde. Quand il ne reste plus rien d'autre que son eau, je songe à partir.

– Pourquoi est-ce que tout le monde nous regarde ?

La remarque irritée d'Hartley me stoppe dans mon élan. Je fais le tour de la pièce. Je n'avais pas remarqué que nous étions devenus le centre de l'attention. Les hyènes sont en train de saliver, elles ont senti la chair fraîche. Felicity Worthington est à table avec d'autres filles de dernière année. Leurs têtes sont penchées les unes vers les autres et elles chuchotent entre elles au sujet de ce dernier développement.

Easton Royal est assis avec une fille dans la cafétéria ? Énorme. Claire aussi nous observe et elle n'a pas l'air contente. Elle foudroie Hartley du regard, mais son expression se radoucit lorsqu'elle croise mes yeux. Elle me jette un de ces regards de biche aux abois dont les ex de Reed le couvaient après qu'il les avait larguées. Il faut vraiment que je trouve un moyen de régler ce truc avec Claire.

Claire attrape sa bouteille d'eau en pâlissant et boit nerveusement une petite gorgée.

– Sérieusement, c'est naze. Pourquoi nous matent-ils tous ?

Je hausse les épaules.

– Je suis un Royal.

– Veinard !

– Serait-ce du sarcasme que je devine ?

– Absolument, répond-elle gaiement.

En roulant de gros yeux, je lui pique sa bouteille et je m'en envoie une bonne lampée.

J'entends un halètement tout à fait audible venant du côté de Claire. Ok, mon ex a besoin de se calmer. Sérieusement.

– On dirait que c'est toi qui vis une séparation douloureuse, murmure Hartley en faisant toujours semblant de lire son livre.

– Ce n'était pas le bon moment. Nous avons tous les deux décidé que nous n'étions pas intéressés.

– Alors, pourquoi est-elle offensée que tu boives à ma bouteille ?

– Je suppose qu'elle a oublié qu'elle en avait marre de mes conneries.

Ce qui produit un rire étouffé chez Hartley.

– Qu'est-ce que tu as bien pu lui faire ? Tu l'as trompée à droite à gauche ?

– Nan. Je crois que je n'ai pas fait assez attention à elle. Elle m'a dit un truc du genre que j'étais un mauvais petit copain.

– Rien de ce qui sort de ta bouche ne réussit à me convaincre que tu puisses être un bon petit copain.

– Aïe.

Je lui rends sa bouteille.

– J'ai sans doute simplement besoin d'un peu plus de pratique.

– Sans moi.

– Tu as déjà eu un mec ? je demande naïvement.

Hartley est plus fermée sur son passé qu'une praire qu'on vient de sortir de l'eau.

– Oui, j'ai déjà eu un mec.

Elle pose son livre et boit une gorgée d'eau.

– Qu'est-ce qui s'est passé ? Il t'a fait marcher ? Tu en as eu marre ? Tu es devenue trop occupée ? Quoi ?

Elle se penche vers moi, les yeux mi-clos.

– Qu'est-ce que ça peut te faire ?

– Je suis curieux.

Quelqu'un tousse derrière moi. Je l'ignore.

– Tu m'intéresses. Et j'aimerais bien en apprendre plus sur toi.

Les toussotements se font plus présents. Hartley écarquille les yeux et le coin de sa bouche se soulève un peu.

– Je crois qu'il y a quelqu'un qui veut te parler.

– Mais moi, je suis en pleine conversation avec toi.

– Easton !

Des pas se rapprochent de moi, et les doigts de Claire se posent sur mon épaule.

– Tu ne m'as pas entendue ?

Je ravale un soupir. Sois correct, je me dis :

– Ouais, mais je suis en train de discuter…

– J'ai terminé. Tu peux t'asseoir à ma place.

Hartley se lève et lui montre sa chaise. Claire pique un fard.

– Merci.

– Attends une seconde.

J'essaie d'attraper Hartley par le bras, mais elle se dégage. Ennuyé, je me tourne vers Claire :

– Hartley et moi avons besoin d'un moment.

– Non, moi, pas du tout, rétorque Hartley.

Et là-dessus, elle prend ses cliques et ses claques.

– Nous n'avons pas terminé.

Je bondis sur mes jambes et je cours après Hartley.

Derrière moi, Claire m'appelle à nouveau. Je continue à avancer. J'ignore les regards amusés d'Ella et des autres. Je suis concentré uniquement sur Hartley et je réussis à la rattraper à l'entrée de la salle de restaurant.

– C'est cruel de ta part de me laisser tout seul avec Claire. Tu n'as donc pas de cœur ?

Hartley se frotte le front avec un doigt et je remarque une fine marque blanche à son poignet gauche. On dirait une cicatrice postopératoire. Elle a dû se faire une très mauvaise fracture pour avoir besoin d'une opération.

– Voilà le deal, Easton. Je n'aime pas être le centre de l'attention, apparemment toi, si. (Elle désigne l'ensemble de tous ces regards tournés vers nous.) Cette année, j'essaie de me faire toute petite. Je ne veux pas, et je ne peux pas me permettre d'avoir tout cet intérêt portée sur moi.

Cette déclaration assez énigmatique provoque chez moi un froncement de sourcils.

– Pourquoi ?

– Parce que.

Voilà tout ce qu'elle répond.

Mais elle ne s'éloigne pas.

Je me rapproche.

Elle ne bouge pas pour autant. C'est comme si ses pieds étaient rivés au sol.

Je baisse la tête jusqu'à ce que mon nez soit tout contre sa ravissante petite oreille. Je suis tellement proche d'elle que je sens la chaleur de sa peau à travers le tissu rugueux de sa jupe. Mes doigts trouvent son poignet. Son pouls bat la chamade. Ou peut-être que c'est le mien ?

Elle sent super-bon, c'est fruité et frais. J'ai envie de coller mon nez dans son cou pour respirer son odeur. Et de la lécher ensuite, en remontant le long de son menton jusqu'à atteindre ses lèvres pulpeuses. Et je les lécherai aussi, avant d'introduire ma langue dans sa bouche.

Et voilà, je bande au beau milieu de la cafétéria.

Hartley baisse les yeux sur ma main qui retient la sienne. Elle me prévient :

– Royal.

– Mmm ?

Je suis également distrait par la noirceur d'ébène de ses cheveux, par la façon dont ils bouclent si parfaitement autour de son oreille. La vision des cheveux d'Hartley encadrant comme un rideau mon visage surgit à mon esprit, et je me mets à gémir à voix basse.

– C'est impossible que tu ne le sentes pas, dis-je d'une voix qui sonne grave et enrouée à mon oreille.

Ses yeux s'écarquillent légèrement.

– Que je sente quoi ?

La chaleur. La violence du « je te désire tellement fort » qui m'habite à cet instant.

– Ça, je murmure et, avant de pouvoir m'arrêter, je me rapproche encore.

Ma bouche s'avance vers la sienne.

Cette fois, j'entends quelques halètements. Et plein de chuchotements. Je les ignore. Je suis obnubilé par Hartley. Encore deux centimètres, et nos lèvres vont se toucher. Encore un centimètre, et ma langue sera dans sa bouche.

Un demi-centimètre, et…

Un truc froid et mouillé me dégouline sur le visage. Je me recule brusquement en posant la main sur ma joue.

De l'eau ?

Bordel de merde, elle vient de me balancer tout le contenu de sa bouteille à la figure.

– C'est quoi cette connerie ! je m'écrie, outragé.

Hartley a l'air d'être aussi en pétard que moi.

– Tu es un vrai trou du cul, siffle-t-elle.

J'en reste bouchée bée.

– Moi ? C'est toi qui viens de m'envoyer de l'eau sur la figure !

– Je viens juste de te dire que je ne veux pas attirer l'attention, et toi tu essaies de m'embrasser devant toute l'école ! Mais tu te fiches de ce que veulent les autres, pas vrai, Easton ? La seule chose qui compte, c'est ce que toi, tu veux. Parce que tu es un Royal, tu te rappelles ?

Elle repousse violemment ma main et je ne peux que la regarder, inquiet, sortir comme une furie.

– Easton ?

Une voix plaintive prononce mon nom. Je laisse tomber ma tête contre le chambranle de la porte. Super, vraiment. Je n'arrive pas me débarrasser de mon ex et je continue à faire chier la fille que je veux.

Mon année de terminale ne semble pas vouloir prendre le chemin que j'avais imaginé.

Vraiment pas.

Chapitre 6

– Tu trouves que je suis un trou du cul ?

C'est la question que je pose, plus tard ce soir-là. Et, tristement, je fais rouler une pomme sur le comptoir en regardant Ella m'en couper une autre en morceaux.

– C'est quoi ce genre de question ?

Elle laisse tomber les quartiers dans un bol et le pousse vers moi.

– Donc, la réponse est oui ?

– Bien sûr que non !

Elle se met sur la pointe des pieds et me caresse la tête, comme si j'étais un petit chiot. Je n'aime pas cette impression, celle qui me fait penser qu'Ella me considère comme un môme de cinq ans à peine.

– Pourquoi tu me traites comme un môme alors que j'ai trois mois de plus que toi ?

– Parce que tu te comportes comme un môme.

– Pas du tout.

– Si. Tu agis exactement comme un petit enfant.

Je me hérisse.

– C'est pour ça que tu ne m'as jamais regardé comme tu regardais Reed ? Parce que je suis un môme ?

J'ai beau avoir été son premier Royal, Reed a toujours été le numéro un dans son cœur. Et ça me fait chier. Tout le monde m'a toujours préféré. Maman, les filles en classe. Merde, même les vieilles dames ont des étoiles dans les yeux quand elles me voient passer. Reed fronce en permanence les sourcils et Gideon n'a jamais une minute, sauf pour Savannah Montgomery.

C'est moi l'enfant chéri, sauf ces derniers temps où je me mets à perdre la main.

Je chope mon reflet dans l'armoire à glace. Je suis toujours aussi joli garçon. Je suis charmant et hyperdrôle. Ma silhouette pourrait faire la couverture des magazines, en partie grâce à mes gènes, mais aussi grâce aux efforts que je fais au quotidien : je soulève de la fonte et je joue au football.

Claire ne peut s'empêcher de me mater en permanence et, pourtant, ça déjà fait des siècles qu'on est sortis ensemble.

Nan, je n'ai pas perdu mon charme. Ella s'est fait pécho par Reed pour une raison inexplicable, et Hartley Wright a juste un balai dans le cul. Elle est asociale.

– Je ne suis pas un enfant, je murmure.

Ella soupire :

– Bon, que se passe-t-il en vrai ? Est-ce qu'il y a un truc qui ne va pas ?

J'évite de croiser son regard inquiet.

– Pourquoi y en aurait-il un ?

– Tu es sûr ? Parce que tu as l'air choqué depuis que cette fille t'a lancé son verre d'eau à la figure, au déjeuner. C'est quoi son nom, déjà ?

Je parviens à sourire un peu.

– C'est Hartley, et je ne suis pas choqué. Je suis Easton Royal et le monde est mon jardin. En plus, elle va finir par se ramener.

Je lui pince la joue.

– Ça va aller, petite sœur. Ne veille pas à cause de moi ce soir.

Elle se raidit.

– Pas de combat.

– Pas de combat, je répète en roulant des yeux.

– Easton…

– Je suis sérieux.

Je lève la main innocemment.

– De toute façon, on est mardi. Il n'y a pas de combats le mardi.

Ella n'a pas l'air convaincue.

– Alors, où vas-tu ?

– Quelque part où les gentilles filles ne doivent pas aller.

Je récupère le reste de la pomme et je sors.

– Easton !

Je lui fais un signe de la main sans me retourner.

Je ne veux pas qu'Ella me suive ce soir.

Elle montrerait sa désapprobation et ça m'ôterait tout mon plaisir.

En haut, j'enfile mon jean préféré. Les déchirures aux genoux commencent à s'élargir tellement qu'on pourrait croire que je l'ai piqué à un SDF, mais je n'aime pas jeter les choses. En plus, là où je vais, il ne vaut mieux pas montrer qu'on a du fric. Je ramasse un sweat par terre et je l'enfile sur mon débardeur noir.

Mes clés et quelques centaines de dollars en main, je descends par l'escalier de derrière pour éviter de tomber sur Ella, papa ou n'importe qui d'autre. Une fois dans le garage, j'ôte la bâche de la folie que, j'espère, papa n'a pas remarquée. La moto est d'occase, mais je ne pouvais pas me permettre d'en acheter une plus chère sans déclencher les signaux d'alarme de mon comptable. Tout achat de plus de dix mille dollars est signalé, de nos jours. Cela dit, je n'en suis pas mécontent, parce que, vu les endroits où je me balade, un truc plus onéreux se serait tout de suite fait remarquer et probablement chourer.

Je pousse la Yamaha noir et argent jusqu'à mi-chemin de l'entrée, avant de grimper dessus et de mettre les gaz.

En une demi-heure, j'ai atteint ma destination. Devant la maison délabrée, il y a une demi-douzaine de gens qui fument, des clopes bien sûr, parce qu'ici fumer de l'herbe n'est pas légal et ne le sera probablement pas avant que le pays tout entier ait donné son accord.

À l'intérieur, c'est autre chose. Il n'y a pas seulement de la beuh, c'est un vrai drugstore. Mais ce n'est pas pour ça que je viens. J'essaie de ne plus toucher à la came, même si ce n'est pas facile. Le simple fait de voir un joint passer me fait saliver et me titille la langue. Je détourne le regard du groupe en train de se faire des lignes de blanche sur une table et je dévale les escaliers. C'est dur, mais j'ai promis à mes frères et, après avoir vu ce que ça a fait à maman, j'ai tenté de supprimer au moins cette addiction. Je n'éprouve aucun désir de mort. Je veux juste m'amuser. Les cachets m'ont aidé à me calmer, à m'adoucir assez pour pouvoir profiter de la vie, mais je sais que trop de bonnes choses peuvent vous mener au désastre.

En bas de l'escalier, un type en blouson, avec une poitrine si large qu'on la remarquerait sans peine depuis la côte Pacifique, me salue d'un geste du doigt.

– Royal.

La taille de Tony est trompeuse. Il a l'air doux comme ça, mais c'est un type qu'il vaut mieux ne pas énerver. D'un seul coup de paluche, il peut vous expédier au sol.

Je m'empare de la main du videur et lui fais une accolade virile. Il me file une claque dans le dos qui fait trembler tous mes os, avant de me laisser passer.

Dans la cave cimentée vaguement éclairée, on a installé quatre tables. Il est interdit de fumer, vu les risques en cas d'incendie. Il n'y a qu'une sortie, et elle est en haut de l'escalier.

Il y a beaucoup d'alcool. Trois des tables sont déjà complètes. À la quatrième, il y a encore trois chaises vides. Bien que je ne connaisse pas le croupier, je lance tout de même mes cinq cents dollars au milieu.

– Ça fait un bail, Royal, dit le type à côté de moi.

– Hé, Nate Dog.

Nous nous tapons dans les mains. Je l'ai rencontré lors d'un combat, il m'avait invité à venir jouer ici. Sans doute parce qu'il savait que j'avais du fric et qu'il voulait m'en soutirer un peu.

Cet endroit est un bon moyen pour faire retomber la pression. Je me fiche de perdre et, la plupart du temps, je m'en sors à l'équilibre.

Bien que je mesure près de huit centimètres de plus que lui, je me sens tout petit devant Nate Dog. Ce n'est pas seulement à cause de son âge, mais aussi de sa façon d'être. Il sait qui il est. Et ça, j'admire.

Le troisième joueur hausse le menton dans ma direction en jouant les durs à cuire. Il redresse ses épaules sous son sweat trop grand, coupé, je suppose, pour lui donner plus d'envergure qu'il n'en a vraiment.

– Je te pose un problème ? me demande ce môme en haussant le menton.

– Non, pourquoi ?

– Tu le fixais, m'informe Nate D.

– Ouais, regarde ton jeu, plutôt.

Ce môme me tape sur les nerfs.

– C'est que tu es tellement mignon que je ne peux pas m'en empêcher !

Nate D. met sa main devant sa bouche pour planquer son rire, et même le croupier au visage impassible esquisse un sourire.

Le môme ne me trouve pas marrant. Tant pis pour lui si ce naze n'a pas le sens de l'humour. Quelqu'un me tend une bouteille de bière pendant que le croupier distribue la première main. J'en vide la moitié d'un seul coup avant de reprendre mon souffle.

J'ai abandonné une de mes addictions, mais je ne peux pas me passer de toutes. J'ai dit un jour à Ella que c'était dans mes gènes. Je deviens vite accro. Je suis fait comme ça et je ne vais pas m'excuser pour autant. Je ne fais de mal à personne, du moins j'essaie.

Je ramasse mes cartes et me mets à jouer. Non seulement le naze n'a aucun sens de l'humour mais en plus il joue mal aux cartes. Il ne fait pas attention à celles qui sont déjà tombées et il fait des annonces irréfléchies.

Au bout de cinq mains rapides, il a perdu tout son fric, alors que la pile de jetons augmente devant moi.

– Tu as de la chance ce soir, fiston, soupire Nate D. en jetant avec frustration trois six sur la table.

– C'est ta seconde suite en cinq tours, me dit le môme en fronçant les sourcils. Tu triches, n'est-ce pas ?

Je m'arrête en plein ramassage du pot.

– Je ne connais même pas le nom du croupier, alors comment puis-je tricher ?

– Je gagnais jusqu'à ce que tu arrives. C'est franchement louche, dit-il.

Je hausse les yeux au ciel.

– Jouez ! aboie Nat.

Le môme serre les dents, mais baisse le ton.

Je jette un œil à mon jeu et je demande « deux cartes, s'il vous plaît » au croupier.

– S'il vous plaît ? Tu te crois dans un foutu country club, ironique Dur à Cuire, qui pose toutes ses cartes. Servi. J'ai une main gagnante.

Il finit par perdre contre Nate. Nous faisons encore un tour de table, pendant lequel Dur à Cuire perd encore deux mille dollars. Je lui pique ses derniers cent dollars avec un bluff énorme. Je n'avais aucun jeu. Nate se couche, Dur à Cuire fait pareil.

– Fais voir ton jeu, gronde-t-il.

– Non.

Peut-être que si ça venait de Nate ou de quelques autres, je m'en ficherais, mais ce mec s'est comporté comme un vrai connard toute la soirée. Je ne suis pas d'humeur amicale, et ce depuis le déjeuner. Ella avait raison. M'être fait rembarrer par Hartley m'a vraiment foutu les boules.

– Je veux voir tes cartes !

Il se jette en avant pour les attraper, mais je les balance au croupier qui les fait glisser dans son tas sans un mot.

– Assieds-toi ! je lui ordonne.

– C'est des conneries !

Dur à Cuire fait cogner son poing sur la table :

– Enlève tes fringues !

Et il se jette en avant comme pour m'arracher mon sweat.

Je me recule tandis que, d'un bras, Nate repousse Dur à Cuire sur son siège.

– Calme-toi, prévient Nate en faisant un petit geste du doigt dans ma direction.

L'air furibard, Dur à Cuire croise les bras.

– Je ne jouerai pas un centime de plus tant qu'il n'aura pas enlevé son sweat. Je ne suis pas une brèle aux cartes.

Je renifle.

– Je ne joue plus, insiste-t-il.

Nate tire sur le dos de mon sweat-shirt :

– Fais-le, qu'on puisse jouer.

Autrement dit, ferme-la pour qu'on puisse plumer un peu plus ce cave. Je me dégage de la poigne de fer du docker.

– Non. Je ne triche pas, et je n'enlève pas mes fringues parce qu'une pauvre merde qui ne sait pas bluffer m'ordonne de le faire.

– Son argent vaut bien le tien. Enlève-le, c'est tout, Royal.

C'est n'importe quoi, tout ça. Nate a tellement envie de lui piquer son fric qu'il va me jeter sous la table ? Mon œil !

– Enlève-le, tricheur, raille Dur à Cuire.

Il est en confiance, maintenant qu'il a le soutien de Nate. Je souris froidement.

– Non.

Nate me tire par le bras et je me dégage violemment. Je ne sais pas exactement à quel moment ça se met à tourner vinaigre, mais tout à coup, c'est le bordel. La table bascule. L'argent tombe par terre. Des poings sortis de nulle part entrent en collision avec ma mâchoire et m'envoient valdinguer.

Je me relève, les poings serrés. Je ne sais pas contre qui ni pourquoi je me bats, mais ça fait du bien. Je prends un coup de pied dans le ventre et deux coups de poing dans la poitrine, mais je ne les sens même plus. Je me bats, malgré la sueur et le sang qui me brouillent la vue et remplissent ma bouche. Je me bats jusqu'à ce que je reçoive une giclée d'eau en pleine poire. Euh… encore de l'eau. C'est la deuxième fois de la journée.

– Ça suffit !

Je me retrouve par terre, sur le dos, et faisant face à un Tony très en colère. Il tient le bout d'un tuyau dans sa main. Mes oreilles bourdonnent à cause de ses cris ou peut-être à cause d'un coup sur le crâne. Je secoue violemment la tête, mais rien n'y fait. Le bourdonnement continue.

– Il est temps que tu files, Royal.

Je me relève difficilement et je jette un coup d'œil aux tables dispersées, au sol jonché de billets et de corps inanimés.

– Ce n'est pas moi qui ai commencé, j'articule avec peine.

– Je m'en fiche. La nuit est fichue à cause de toi. Fous le camp !

J'essaie de sourire, même si ça me fait un mal de chien.

– Tu t'en prends à la mauvaise personne, là. C'est qui, ce mec ? Je joue ici depuis…

– Est-ce que tu es sourd, fiston ? Je viens de te dire de bouger ton joli petit cul de cette cave. Et ne reviens pas.

Le bourdonnement persiste. Je titube vers la sortie, je me traîne en haut des escaliers. Putain, ma tête me fait un mal de chien.

La maison est pratiquement vide. Dehors, il y a quelques personnes qui zonent sous le porche d'entrée. Je leur fais un vague signe et je descends les marches en titubant.

Le trottoir bouge devant moi. Je lève les mains pour me retenir, mais je ne trouve rien d'autre que de l'air, et mon mouvement vers l'avant me fait trébucher sur mon propre pied. Je tombe à genoux. Des rires éclatent derrière moi. Connards !

Je me relève avec difficulté. Ma moto n'est qu'à un pâté de maisons. Une fois là-bas, ça va aller.

Je descends le trottoir en vacillant, trébuchant et chancelant, mais j'arrive à retrouver ma moto. Je l'enjambe et j'essaie de la faire démarrer. Le moteur gronde, mais se met à tousser au bout de quelques secondes. Je file un coup sur le réservoir et je recommence. Cette fois, il hurle à la mort. Brave bête.

– Easton ?

Je tourne la tête vers cette voix que je connais. Bon sang !

Le visage d'Hartley Wright surgit devant moi, sauf qu'il y en a trois. Trois Hartley pour me crier dessus, pour être méchantes avec moi et pour m'asperger d'eau parce que j'ose les embrasser. Génial !

Je murmure :

– Est-ce que tu me poursuis ?

– Dans tes rêves !

Trois Hartley se retournent pour s'éloigner.

J'enlève la béquille et la moto se met à rouler.

– Attends !

Elle et ses deux doubles se retournent.

– Viens. Je t'emmène chez moi.

– Tu habites par ici ?

Même avec ma vue toute trouble, je me rends bien compte que ce n'est pas un endroit où peut habiter une étudiante d'Astor Park. Même un élève boursier ne viendrait pas de ce trou de merde, pas vrai ?

Elle me tire par la manche.

– Viens. Si tu conduis dans cet état, tu risques d'écraser un môme et de détruire une famille entière.

– Merci bien pour ton attention, je réponds sur un ton sarcastique.

Mais, tout à coup, une profonde et immense fatigue m'envahit. Elle n'a pas tort. Ma tête bourdonne, je vois double ou triple et tout mon corps me fait mal. Doucement j'appuie la moto contre le trottoir et je remets la béquille en place.

Ou plutôt, j'essaie de le faire. Je fais quatre tentatives avant qu'elle ne se penche et le fasse à ma place.

– Pourquoi tu m'aides ? je marmonne.

– Tu n'es pas en état de le faire.

– Tu as été salope avec moi au déjeuner.

– Tu l'avais mérité.

Peut-être a-t-elle dit autre chose, mais soudain tout est devenu noir.

Chapitre 7

La basse puissante de « Humble » de Kendrick Lamar qui martelait mes oreilles me pousse à baisser le volume. Je déteste les réveils en fanfare. Les paupières encore closes, je tâtonne en direction de ma table de nuit, à la recherche de mon téléphone. Mais au lieu de la surface en bois poli, je ne trouve que du vide.

Je m'étire un peu plus et je finis par tomber par terre. C'est l'impact qui me réveille.

Je réalise soudain que je ne suis pas chez moi. J'ai un tapis miteux sous les pieds et un canapé défoncé derrière moi. À ma droite, deux chaises pliantes sont installées autour d'une petite table en bois. Et il y a juste un petit espace qui contient à peine un réfrigérateur, un four et un évier.

L'envie de pisser me prend. En deux enjambées, je suis sur le seuil de la porte. La salle de bains, comme tout le reste, est minuscule. Un petit lavabo, un bac de douche et une lunette de W.-C. remplissent tout l'espace.

Je pisse, je me lave les mains et je les essuie avec une serviette étonnamment agréable. Je la replie et la raccroche au porte-serviettes, où je l'ai trouvée.

De retour dans l'espace de vie, je commence à me remémorer les évènements de la nuit. Je suis allé dans la zone en Yamaha, j'ai joué quelques parties de cartes et j'ai été impliqué dans une baston.

J'ai dû perdre connaissance à cause d'un coup sur la tête. Non, attendez. Il s'est passé autre chose avant.

Hartley.

Hartley m'a amené ici avant que je tombe dans les pommes. Je me souviens vaguement qu'elle m'a ordonné de me bouger les fesses, puis d'avoir dû grimper un sacré nombre de marches.

Mais si j'ai dormi sur le canapé, où a-t-elle dormi ? Cet endroit ne possède pas de chambre et le canapé n'est pas assez grand pour deux. Il aurait fallu qu'elle dorme carrément sur moi et, vu qu'elle me déteste, je suppose qu'elle a dû préférer dormir par terre.

Merde.

Je passe une main dans mes cheveux. Non, je ne vais pas me sentir coupable. Je ne lui ai pas demandé de m'aider et je ne lui ai certainement pas demandé de dormir sur son canapé, même si j'avais besoin d'un endroit où m'écrouler, la nuit dernière.

Je découvre mes chaussures et mon sweat-shirt posés sur la table.

Dans mon sweat, il y a trois mille dollars, ce qui veut dire qu'elle a trouvé mon fric et n'a pas pris un centime. Elle aurait dû s'accorder une commission.

Je sors quelques billets que je pose sur la table. Sous mes chaussures, il y a un mot avec une clé scotchée dessus.

« Ferme à clé et mets-la ensuite dans cette enveloppe, dans la boîte aux lettres en bas des escaliers. »

Je me tapote le menton avec cette note. Cette fille est un mystère. Ses parents vivent dans une maison luxueuse. Son père est un grand procureur. Et pourtant, Hartley habite dans le pire quartier de Bayview, là où les murs sont si fins que j'entends parfaitement la musique chez son voisin d'en dessous. Et malgré ça, elle est dans la meilleure école de l'État. Qu'est-ce que tout ça peut bien signifier ?

Et moi qui pensais que mon année de terminale allait être chiante comme tout.

Ella passe le plus clair de son temps au téléphone, à envoyer des textos à Reed ou à aller le voir à State le week-end. Les jumeaux sont occupés de leur côté. Gideon est en fac, et quand il rentre à la maison, le seul truc qui l'intéresse, c'est de fricoter avec Savannah. C'est moi le laissé-pour-compte, comme toujours. Avant que Gid quitte la maison, il y avait d'un côté le duo des plus âgés, de l'autre celui des plus jeunes, et moi qui zonais au milieu.

Maman disait que cela prouvait mon individualisme et mon indépendance. Que je trouvais toujours un truc à faire. Je n'avais pas besoin de mes frangins. En plus, je me faisais des amis bien plus facilement qu'eux. Ma liste de contacts était superbien garnie.

Et pourtant… je n'ai appelé personne de cette liste la nuit dernière. Au lieu de ça, j'ai essayé de monter sur ma bécane et de rentrer tout seul à la maison, comme un vrai connard, un type dont la taille du cerveau n'a rien à envier à celle d'une seule de ses couilles.

Je quitte l'appart d'Hartley et je ferme, mais je glisse la clé dans ma poche au lieu de la glisser dans l'enveloppe. L'entraînement est dans trente minutes, ce qui signifie que je vais être en retard.

Mon téléphone affiche une série de textos d'Ella.

Où es-tu ?

Callum te cherche.

Merde. À ce train, je ne vais jamais pouvoir voler à nouveau. J'ai vraiment besoin de travailler sur ma capacité à prendre des décisions, dans l'avenir.

Je t'ai couvert. Je lui ai dit que tu étais déjà parti.

Je descends les escaliers. L'allée qui longe l'appart d'Hartley sent la merde de chat et la pisse de chien, bref ça pue autant que toutes les mauvaises odeurs animales auxquelles vous pouvez penser. C'est violent. Je renvoie un texto :

Merci 2 m'avoir couvert. J'arrive.

Tout le monde est encore dans le vestiaire lorsque j'arrive.

Ce matin, l'entraînement consiste en une suite d'exercices, d'échanges de coups, de course à pied, de corps à corps, d'exercices aux sacs de frappe. À la fin, j'ai les jambes en compote.

Maintenant que Bran Mathis dirige l'attaque, notre coach ne nous épargne plus. Je pense qu'il a calmé le jeu lorsque la situation de notre QB[15] est devenue tellement préoccupante. Il ne voulait pas courir le risque de blesser ses autres joueurs, pour ce qui s'annonçait forcément comme une saison perdue d'avance. Mais, à présent, les paris sont ouverts.

Pash me lance une bouteille d'eau et décapsule la sienne.

– Merde, je n'ai pas la forme, halète-t-il. J'ai trop picolé et trop fumé cet été.

– Pareil.

Je vide ma bouteille, je la jette et je m'écroule dans l'herbe.

Pash s'effondre à côté de moi. Nous restons tous les deux couchés là, à regarder fixement le ciel sans nuage.

Bran qui, lui, semble frais comme un gardon malgré cet entraînement exténuant, passe devant nous en rigolant :

– Vous devriez faire plus de gym, les gars. Je me sens super-bien.

Je parviens avec peine à lever une main pour lui faire un doigt d'honneur.

– Tu te sens bien, uniquement parce que tu es totalement abstinent.

Il rit plus fort.

– C'est une insulte ? Parce que, d'après moi, être abstinent signifie que ce n'est pas moi qui reste tétanisé sur la pelouse.

---

15. Quaterback.

Cette fois, Pash se joint à moi pour faire un doigt d'honneur à Bran.

On finit par réussir à bouger notre cul et à regagner les vestiaires. Je me douche vite fait. Je transfère la clé de l'apart d'Hartley dans la poche de mon pantalon d'uniforme, avant de me diriger vers le bureau de l'administration.

Madame Goldstein est là. Ses cheveux blancs bouclés qui tirent sur le bleu forment un halo autour de sa petite bouille toute ronde. Une paire de lunettes roses est perchée sur le bout de son nez.

Je m'accoude au comptoir.

– Madame G., vous avez l'air très en forme aujourd'hui.

Elle soupire :

– Que voulez-vous, Monsieur Royal ?

En ignorant son impatience évidente, je tapote sur le haut de son écran.

– Je suis passé parce qu'il y a une erreur dans mon emploi du temps. Je suis allé à mon premier cours et, apparemment, je n'y suis plus inscrit. Une môme du nom de Wright s'y est inscrite récemment et, du coup, elle m'a pris ma place.

Par-dessus ses lunettes, elle fronce vigoureusement ses sourcils dessinés au crayon.

– Voilà qui est tout à fait inhabituel.

Ce qui signifie que je lui raconte des conneries. Ce qui est le cas. Mais je pousse plus loin mon mensonge.

– Je sais bien. Tout ce que je peux dire, c'est que monsieur Walsh m'a dit : « C'est vous qui n'êtes plus dans ma classe, Royal» et moi j'ai demandé : «Quoi ? C'est dingue. Comment cette Wright a-t-elle pu prendre ma place ?» et il a répondu : «Eh bien, pourquoi n'allez-vous pas au bureau leur poser la question. Et...»

– C'est bon ! me coupe-t-elle, visiblement exaspérée. Taisez-vous un peu. Laissez-moi regarder.

Je dissimule un sourire.

– Merci Madame G. Je crois vraiment que cette môme, Wright, est dans la mauvaise classe[16].

Et après lui avoir balancé ce jeu de mots minable, je lui fais un clin d'œil.

Madame G. semble pourtant apprécier. Elle pince les lèvres pour ne pas se mettre à rire.

– Voyons un peu ce que nous pouvons faire.

Et elle se met à taper quelque chose sur son clavier. Je me tords vers l'écran pour pouvoir voir ce qu'elle fait. Apparaît un emploi du temps intitulé «Wright, H.». En repoussant ses lunettes sur le haut de son nez, elle se met à le lire. Tout en douceur comme je sais le faire, je me penche sur le comptoir et je frappe à toute vitesse sur la touche «impression».

– Monsieur Royal, glapit-elle en sautant de son siège.

Mais elle n'est pas assez rapide. En m'aidant d'une main, je bondis sur le comptoir et je pose l'autre au cul de l'imprimante.

– Merci pour la copie.

---

16. Jeu de mot intraduisible : Easton joue avec les mots *right* et *wrong* : bon et mauvais, juste et faux.

En lui lançant un grand sourire je saisis la feuille imprimée et je fais le tour du bureau en courant.

Elle essaie de me rattraper.

– Je n'ai pas imprimé ça pour vous ! Easton Royal, revenez ici immédiatement !

– J'adore l'odeur de votre parfum, Madame G., je lui lance par-dessus mon épaule.

Une fois sorti du bureau, je regarde le papier. Il n'y a aucun chevauchement, à part en dernière heure. En fait, pratiquement tous les cours de « Wright, H. » ont lieu à l'autre bout du bâtiment.

À partir d'aujourd'hui, ça va changer.

Je grimpe les escaliers quatre à quatre. Son premier cours de la journée a commencé depuis un moment lorsque j'entre dans la salle de classe d'Harley. Toutes les chaises autour d'elle sont déjà prises. Elle est entourée d'une foule de véritables plantes vertes. Ces mômes absorbent tout l'oxygène avec leur suffisance.

Je m'avance vers l'une d'elles que je connais et que je n'apprécie pas beaucoup.

Je me penche sur son bureau.

– Ta bagnole est en feu.

– Oh mon Dieu !

Cynthia Patterson pousse un cri et part en courant sans se retourner.

Avec un petit sourire satisfait, je m'installe sur la chaise qui vient de se libérer.

– Monsieur Royal, que faites-vous dans cette classe ? me demande la prof.

Je n'ai pas la moindre idée de qui elle est. D'après les rides qu'elle tente de dissimuler à coups de Botox, elle doit avoir dans les quarante ans.

Trop vieille pour moi.

– Je suis ici pour apprendre. N'est-ce pas ce que tout le monde fait ?

– C'est un cours de pensée féministe.

Je penche la tête.

– Alors, je ne sais pas pourquoi vous pratiquez la discrimination envers moi. Si nous voulons plus d'égalité entre les sexes, ce cours devrait être obligatoire pour les mâles, non ?

La prof fait une dernière tentative pour me virer.

– Vous n'avez pas les livres nécessaires pour suivre ce cours.

– C'est pas grave. Je vais partager avec Hartley. On est de vieux amis.

Je soulève mon bureau et je le colle tout contre le sien.

– Qu'est-ce que tu fais ? me demande-t-elle dans un souffle.

– Tu possèdes une capacité surprenante à gueuler en chuchotant, tu le sais ?

Je pose un de ses livres sur mon bureau.

– Toi, tu possèdes une capacité surprenante à me foutre en pétard.

– Je m'entraîne depuis ma naissance. (J'étends mes jambes devant moi.) Ma mère m'a dit que j'étais né en filant des coups de poing. Merci de m'avoir aidé la nuit dernière.

Tout en fouillant dans ma poche, je fais un examen rapide de la pièce, puis je glisse ma main sous la table et je passe sa clé à Hartley.

Elle sursaute, regarde vers le bas et se crispe.

– Je t'avais dit de la laisser dans la boîte aux lettres, chuchote-t-elle.

– Mais je me suis dit que ce serait plus pratique comme ça.

Elle reluque mon visage.

– Tu dois avoir pactisé avec le diable. C'est la seule façon d'avoir l'air en si bon état après une nuit passée à picoler et à te faire casser la figure.

– Je ne me suis pas fait casser la figure.

– Vraiment ? C'est pour ça que tu es tombé dans les pommes ? Tu n'as pas pris de coup à la tête si violent que tu voyais double ?

– Bon, c'est vrai.

Après, je n'obtiens rien de plus qu'un signe de tête. Sa mâchoire est toujours crispée. Devant la classe, la prof baratine à propos de la troisième vague du féminisme. Elle ne se rend pas compte que presque personne ne l'écoute.

– Pourquoi es-tu là ? me demande finalement Hartley.

– Oh, je ne te l'ai pas dit ? J'assiste à tous tes cours à présent.

– Oh mon Dieu !

– Enfin, sauf en musique. Je n'ai pas d'oreille.

– Oh mon Dieu ! répète-t-elle.

– Je savais que ça allait te rendre folle de joie.

Elle gémit si fort que tout le monde se retourne vers nous.

– De quoi s'agit-il, Mademoiselle Wright ? demande gentiment la prof.

Hartley serre les dents, c'est flagrant.

– Je n'arrive tout bonnement pas à croire que même dans cette société moderne progressiste, les procès pour usage de drogues concernent principalement les sujets mâles qui mettent chaque jour la vie de femmes en danger. C'est choquant.

– Choquant ! acquiesce notre professeure. Et pourtant vrai !

Puis Hartley retourne à ses notes en faisant la moue.

– Reprends ton emploi du temps comme il était, Royal.

– Nan.

Elle agrippe le plateau de son bureau à deux mains comme si elle prenait sur elle pour ne pas me mettre un coup.

– Très bien, alors arrête de me parler. J'essaie d'apprendre quelque chose.

– Qu'est-ce qu'il y a à apprendre ? Les femmes doivent avoir les mêmes droits que les hommes. Point final.

– Tu le crois vraiment ?

Je hausse un sourcil :

– Ce n'est pas ce que tout le monde croit ?

– Bien sûr que non.

Je lui fais un clin d'œil.

– Alors, est-ce que ça veut dire que tu m'aimes bien parce que je suis particulièrement éclairé ?

Mais mon charme ne fonctionne pas sur elle. Elle plisse les yeux d'un air soupçonneux.

– Je ne sais pas pourquoi tu me tournes autour comme ça, mais il faut que tu arrêtes. Je ne suis pas intéressée par toi, et je ne le serai jamais. Et, d'après ce que j'entends, les filles font la queue pour sortir avec toi, alors juste… (elle fait signe de me chasser de la main) juste va-t'en.

J'ignore tout ce qu'elle vient de dire, à part cette évidence :

– Tu t'es renseignée à mon sujet, n'est-ce pas ?

Elle ferme les yeux et recule pour me faire face. Je lui demande, en lui donnant un coup de coude :

– Qu'est-ce que tu as appris d'autre ? J'aime bien entendre les potins qui me concernent.

Elle ôte son bras et reste silencieuse.

– Le potin que je préfère, c'est que je possède une langue magique, parce que c'est la vérité. Je serai ravi de t'en faire la démonstration quand tu veux.

Hartley croise les bras, toujours sans dire un mot. Je jette un coup d'œil à son emploi du temps.

– Je n'ai qu'une hâte, c'est d'aller avec toi en littérature anglaise, je chuchote avec jubilation.

Elle serre les dents.

C'est marrant. C'est vraiment marrant.

Chapitre 8

Hartley m'ignore pendant tout le cours de littérature anglaise, puis celui d'affaires publiques, un autre cours auquel je ne suis pas inscrit, mais où je vais parce qu'il est sur son emploi du temps. Les professeurs ne sourcillent même pas, ils supposent que si je suis là, c'est que l'administration doit être au courant et a donné son accord.

Je suppose que ce que je suis en train de faire peut être considéré comme du harcèlement, mais ce n'est pas comme si je lui faisais du mal ou que j'étais super-lourd en essayant de lui mettre la main au cul. C'est simplement marrant de l'énerver.

Non pas que je serais contre lui mettre la main où je pense. Ou plus exactement sous sa jupe, qui recouvre le cul que je suis en train de reluquer.

C'est l'heure du déjeuner et je suis dans la queue de la cafétéria derrière Hartley.

Son joli petit derrière s'expose devant moi pendant qu'elle essaie d'attraper une pomme.

Ouais, je me le ferais bien.

– Est-ce que tu es vraiment réel ?

Elle se retourne, indignée, et je me rends compte que je l'ai dit à voix haute. Je ne vais pourtant pas m'excuser. Je suis Easton Royal. Je dis des grosses conneries en permanence. Ça fait partie de mon charme. Je la rassure :

– Quoi ? Tu devrais être flattée. Je suis une denrée rare, super-recherchée dans cette école.

Hartley se pince les lèvres. J'imagine la centaine de réponses furieuses qui tournent dans sa tête, mais c'est une fille intelligente, elle a déjà compris que discuter avec moi ne servait à rien. Sauf à me faire plaisir.

Alors, elle se retourne et se remet à remplir son plateau de nourriture.

Je traîne derrière elle en faisant la même chose. À Astor Park, le choix est carrément dingue et totalement inutile. Chaque semestre, un chef célèbre est embauché pour composer un menu plein de poissons à la vapeur et de poulet à l'estragon pour une bande d'ados qui préféreraient nettement des hamburgers frites. Le choix offert par la cafétéria est tout aussi exagéré que tout le reste de l'école.

– Tu veux être mon binôme en photo ? je lui demande.

J'ai entendu dire qu'on allait travailler à deux cet après-midi, qu'on prendrait des photos l'un de l'autre.

Je me penche un peu et je lui murmure à l'oreille :

– Je te montrerai le mien si tu me montres le tien.

Hartley plaque sa main sur la mienne et me secoue légèrement.

– Nous n'allons rien nous montrer l'un à l'autre. Et tu n'es même pas inscrit à ce cours ! Arrête de venir à mes cours !

Je lui lance avec un sourire espiègle :

– Et te priver ainsi de ma sublime présence ? Jamais.

Elle ferme les yeux. Encore une fois. Puis elle me regarde bien en face.

– Easton. Tu as un problème ? Dans le genre… là-dedans ?

Elle désigne sa tempe. J'éclate de rire.

– Bien sûr que non.

– Ok. Alors, tu es tellement imbu de toi-même que tu n'écoutes même pas ce que les autres te disent. J'ai pigé.

– J'écoute.

– Hein hein ! Bien entendu.

– C'est la vérité !

Je conserve cette expression solennelle pendant au moins une seconde, avant de sourire.

– Par exemple, quand les nanas me disent « s'il te plaît, Easton, encore ! » ou bien « oh mon Dieu, c'est toi le meilleur ! », j'écoute à cent pour cent.

– Wouah.

– Je sais, je sais. Wouah.

– Je ne suis pas sûre que tu dises wouah pour la même raison que moi.

Elle soupire bruyamment, fait un pas en avant et attrape une cuillère de service.

Alors qu'elle entasse une montagne de pommes de terre sautées dans son assiette, mon regard s'arrête sur son plateau et je m'aperçois qu'elle a pris une quantité monstrueuse de nourriture.

Bien sûr, elle a peut-être un gros appétit, mais elle est tellement minuscule que je ne peux m'empêcher de me demander où elle stocke toute cette nourriture. Ou bien elle fait de la gym comme une dingue, ou bien elle est du genre à s'empiffrer avant de se faire vomir.

Ce serait vraiment dommage. Je déteste ça, que les filles aient honte de leurs formes. Les courbes, c'est ce qui fait tourner le monde. Merde, le monde tourne rond parce qu'il a des courbes. Les courbes, ça balance.

Les courbes…

Je sors de mes pensées. Parfois, je prends un peu la tangente, pas seulement à voix haute mais dans mon crâne. Dans ces moments-là, j'ai envie de fumer un joint ou de picoler pour calmer les idées démentes qui se bousculent dans ma tête. J'ai toujours été un paquet d'énergie, et c'était encore pire quand j'étais môme. J'étais toujours à fond, je courais partout, dans tous les sens, jusqu'à ce que je finisse enfin par m'effondrer au grand soulagement de mes parents.

Je demande à Hartley :

– Tu veux faire un truc ce soir ?

Elle s'arrête net.

Je manque lui rentrer dedans. Je recule juste à temps.

– C'est un oui ?

Elle me répond très calmement.

– Écoute, Royal, je ne sais pas comment je peux être plus claire. Tu ne m'intéresses pas.

– Je ne te crois pas.

– Bien sûr que non. Tu es incapable de comprendre que quelqu'un ne veuille pas de toi.

Je feins d'être blessé.

– Pourquoi ne veux-tu pas de moi ? Je suis marrant.

Elle en convient :

– Ouais, tu es marrant, Easton. Tellement marrant que tu te fais tabasser par une bande de racailles sur Salem Street. Tellement marrant que même lorsque tu es sur le point de tomber dans les pommes, tu penses que c'est une bonne idée de monter sur ta moto pour rentrer chez toi…

La honte me titille.

– Tellement marrant que tu t'effondres dans l'appart de la première fille venue, avec un paquet de fric dans ta poche. J'aurais pu te dépouiller sans problème, si j'avais voulu.

Elle hausse les épaules.

– Je n'ai pas le temps pour ce genre de trucs. C'est un fardeau bien trop lourd.

Un fardeau ?

– Je ne t'ai pas demandé de rester, je lui rappelle, un peu vexé. Et je t'ai laissé un peu de cash pour ta peine.

Puis, en haussant le sourcil, j'ajoute :

– Et tu ne m'as même pas remercié.

– Je te ferai remarquer que je suis partie avant toi, comment je pouvais deviner que tu allais me laisser du fric ? Et même si je l'avais su, pourquoi devrais-je te remercier ? J'ai dormi par terre pendant que le prince Royal dormait dans mon lit. J'ai bien droit à une compensation. Je me suis réveillée avec un cafard qui grimpait sur mon bras, tu sais ça ?

Je frémis d'horreur. Je déteste les insectes. Surtout les cafards. Ils sont les pires. Et encore une fois, je suis tiraillé entre contrariété et culpabilité. Parce que, bien que je ne lui aie pas demandé son aide, elle m'a quand même aidé. Et elle m'a laissé son lit, enfin son canapé, pour que mon petit cul tout meurtri ait un endroit où se reposer.

– Merci de m'avoir recueilli, dis-je timidement.

Quelqu'un nous pousse du coude, alors nous nous remettons à avancer en direction de la table des desserts. Je ne suis pas surpris quand Hartley prend non pas une mais deux parts de cheesecake.

Je me sens soudain concerné. J'espère vraiment qu'elle n'a pas de problème de boulimie. C'est déjà assez difficile qu'Ella ait perdu l'appétit depuis que Reed est parti. Je ne veux pas passer toute mon année scolaire à surveiller le régime alimentaire des filles autour de moi.

– De rien, me dit Hartley. Mais tu sais ? Tu n'auras droit qu'à cette seule faveur de ma part. C'est tout.

Avant que je puisse lui dire que j'espère vraiment pouvoir lui rendre la pareille, Felicity Worthington vient nous interrompre :

– Salut, Easton.

Un ou deux mètres plus loin se bousculent ses copines : celle qui porte en permanence un bandeau sur la tête et sa copine blonde, comme toujours juchée sur ses talons de dix centimètres de haut. Les deux filles chuchotent derrière leurs mains, pendant que Felicity me dévisage comme si j'étais un prédateur. Je lui demande, l'air de ne pas y toucher :

– Quoi de neuf, Felicity ?

– J'organise un feu de joie chez moi la semaine prochaine, répond-elle avec plaisir. Je tenais à t'inviter personnellement.

Je ravale un éclat de rire. Les Worthington habitent à quelques maisons de chez moi, le long de la plage, je suis déjà allé à des tas de soirées chez eux, toujours invité par Brent, le frère aîné de Felicity. Mais la dernière fois que j'y suis allé, ça s'est terminé par le ligotage de Daniel Delacorte, tout nu, ficelé comme un porc pendant un luau[17] grâce aux bons soins d'Ella, Val et Savannah Montgomery. Elles ont puni ce connard pour avoir drogué Ella lors d'une fête précédente. Et ensuite, lorsque Daniel a été libéré, il a couru sur la plage et y a croisé le poing de Reed.

Pas besoin de le préciser, les Royal n'ont plus été invités là-bas depuis. Mais Brent a passé son diplôme l'an dernier, alors je suppose que c'est Felicity qui dirige les opérations à présent.

– Ouais, pourquoi pas ? dis-je évasivement. Ça dépend de si ma copine peut venir.

Je cligne de l'œil et je me tourne vers Hartley, mais elle a disparu.

17. Banquet hawaïen.

Merde. Elle est en train d'avancer sur le plancher lustré en direction des portes-fenêtres qui donnent sur l'extérieur. Sous mes yeux, Hartley se dirige tout droit vers une des tables les plus éloignées du patio et s'assied dos aux portes-fenêtres. Bien entendu. Elle mange seule, en vraie princesse asociale qu'elle est.

– Quelle fille ? demande Félicity en plissant les paupières. Tu veux dire Claire ? Parce qu'elle a raconté à Melissa l'autre jour que vous vous étiez remis ensemble…

Je la coupe :

– On ne s'est pas remis ensemble.

Quelle chieuse, cette Claire !

– Oh. Ok. Bon. (Felicity a l'air soulagée.) De toute façon, pour la fête, inutile de m'envoyer une confirmation par texto, ni rien. Ramène-toi, c'est tout. Tu es toujours le bienvenu chez moi.

– Ouais, peut-être, je répète.

Elle se penche en avant et enroule ses doigts autour de mon bras en effleurant mon biceps à travers ma chemise.

– Il n'y a pas de peut-être. Viens, s'il te plaît. J'adorerais passer du bon temps avec toi.

Pendant qu'elle court rejoindre ses amies qui ricanent, j'en arrive à me demander s'il y a vraiment un feu de joie prévu. C'est peut-être juste un plan pour que je me ramène, parce qu'elle veut baiser avec moi. Mais lorsque j'arrive à notre table habituelle, Val et Ella parlent précisément de la fête chez Felicity.

Je salue plusieurs de mes coéquipiers avant de me glisser sur le siège à côté d'Ella.

Elle est en train de dire à Val :

– Je te l'ai déjà dit, je ne veux pas y aller. La fausse gentillesse de Felicity me file des boutons.

Val croise les doigts.

– À moi aussi, mais tu n'as pas le choix. Il faut que tu y fasses une apparition, surtout maintenant que tu sais ce qu'ils mijotent.

– Qui mijote quoi ? je demande en fonçant les sourcils.

Val me jette un coup d'œil :

– La noblesse prépare une révolte contre la couronne.

Mon froncement de sourcils s'accentue.

– Qu'est-ce que tu veux dire ?

Ella remarque mon expression inquiète et se penche pour me serrer le bras.

– Ne fais pas attention à elle. Elle en rajoute dans le côté mélodramatique.

– Pas du tout, affirme Val. Easton, soutiens-moi.

– J'aimerais bien, bébé, mais je ne sais toujours pas de quoi on parle.

Je pique ma fourchette dans mes empanadas au bœuf et j'en prends un énorme morceau.

Connor Babbage, qui joue cornerback chez les Riders, me lance alors :

– Cette nana avec qui tu parlais à l'instant, Felicity ? Elle veut la peau d'Ella.

– Vraiment ?

Je me retourne en souriant vers ma demi-sœur :

– Tu vas lui flanquer une raclée après les cours, petite sœur ?

– Certainement pas, me répond sèchement Ella. Mais d'après Val, c'est ce que Felicity voudrait me faire subir.

Je hausse négligemment les épaules.

– Ne t'en fais pas. Tu peux te la faire sans problème.

– Un combat entre filles après les cours ? demande Babbage, plein d'espoir.

– Garde-la pour te la fumer plus tard, espèce de crétin, lui répond Val en lui faisant un signe de la main, avant de se retourner vers Ella et moi.

– Ce n'est pas une blague, Easton. Je suis assise derrière Felicity et sa bande de connasses en histoire de l'art et elles passent leur temps à chuchoter sur la façon dont Felicity va s'y prendre pour remettre Ella à sa place.

– Et comment va-t-elle faire ?

– Elle ne va rien me faire à moi, insiste Ella.

Val secoue la tête.

– Bébé, ces filles n'apprécient pas que ce soit toi la Royal en chef à présent. Ce serait différent si c'était Easton.

Je croise mes bras sur ma poitrine.

– Je suis bien trop flemmard pour ça.

Val continue comme si je n'avais rien dit.

– Car pour elles, tu es l'intruse. Celle qui a eu Reed. Celle qui a maté Jordan. Celle qui a réuni Gideon et Savannah.

– Je n'ai rien à voir avec Gid et Sav, proteste Ella.

– Ça ne fait rien. Tout ça, c'est une affaire de ressenti. Elles n'apprécient pas d'être reléguées au second plan à cause de toi, conclut Babbage, avant de se lever pour rapporter son plateau vide au comptoir.

Je me tasse dans mon siège. Saleté de Reed. Non. Tout ça, c'est de la faute de Gideon. S'il n'avait pas commencé à donner des ordres à tout le monde pendant sa terminale, les Royal n'auraient rien eu à faire pour Astor. Il leur aurait suffi d'être aussi aveugles et indifférents que la majorité de tous ces élèves. Au lieu de ça, à cause de la réaction stupide de Gideon, l'école entière pense que nous sommes tous comme lui, bâtis pour être des meneurs.

Moi, je veux voler, boire, me battre et baiser des super-nanas. Probablement dans cet ordre.

Pourquoi est-ce que nous perdons notre temps à parler de ces gens stupides ? Est-ce qu'on ne peut pas simplement apprécier notre terminale ?

Val me lance un coup de pied sous la table.

– Non, tu ne peux pas. Toi et Ella, vous devriez réagir. Foutre les jetons à ces mômes. Car il vaut mieux être craint qu'être aimé. Gnagnagna !

– Tu veux qu'on ligote quelqu'un devant l'entrée de l'école ? dis-je en référence à un truc que Jordan, la reine de salopes, avait fait l'an passé.

– Non, montrez simplement vos muscles. Voilà pourquoi je pense qu'Ella devrait aller faire un tour à la fête de Felicity. Toi aussi, Easton. Vous devriez commencer à compter vos alliés, les gars.

– On n'est pas l'OTAN, Val. On ne doit pas se chercher d'alliés ni d'ennemis.

Elle soupire.

– Seigneur, je m'attendais à ce qu'Ella soit naïve, mais j'espérais mieux venant de toi, Easton.

Peu importe. Je n'ai aucune envie de m'impliquer dans la gestion de la vie sociale de cette stupide école. Je soutiendrai Ella si c'est nécessaire, mais j'ai l'impression qu'elle n'a pas envie de se colleter cette merde, elle non plus. Je ne peux pas la blâmer pour ça.

Pendant que je prends une autre bouchée d'empanada, mon regard dérive en direction des grandes portes du patio. Hartley est toujours assise dehors. Je ne peux pas voir son plateau, mais je doute qu'elle ait réussi à faire un trou dans sa montagne de nourriture.

– Qu'est-ce que tu regardes ?

Le regard curieux d'Ella suit le mien. Puis elle se marre.

– Est-ce qu'elle a enfin accepté de sortir avec toi ?

Je mens :

– Bien sûr.

Mais les deux filles lisent en moi comme dans un livre. Elles me font un petit sourire moqueur, et moi je bluffe.

– Bon, ce n'est pas vrai. Mais quand bien même. Ça va arriver. Ce n'est qu'une question de temps.

Je me concentre sur la nuque d'Hartley. Je note que ses cheveux noirs d'encre paraissent presque bleus à la lumière du soleil.

– En plus, je ne suis pas en mode chasseur. Pour l'instant, j'essaie de la calculer.

Ella fait la moue.

– Qu'est-ce qu'il y a à calculer ?

– Je ne sais pas. (Je me mords la lèvre de frustration.) Elle est à Astor, non ?

Val se marre en poussant de petits halètements.

– C'est vrai ?

– Silence, femme !

Je pique la bouteille d'eau et j'avale une longue gorgée.

– Elle va à Astor, et je sais que sa famille a du fric. J'ai vu leur maison.

– Je ne te suis pas, dit Ella.

– Donc, si elle a du fric, pourquoi vit-elle dans une boîte à chaussures sur Salem Street ?

Je fronce le sourcil en repensant au minuscule appartement pouilleux d'Hartley. Elle n'a même pas de vrai lit, putain.

Ella et Val ont l'air sidérées.

– Tu es allée chez elle ? me demandent-elles à l'unisson.

– Quand ça ? ajoute Ella.

Je lui fais un signe de main dédaigneux.

– Ça n'a pas d'importance. Tout ce que je dis, c'est qu'elle vit dans un taudis alors que sa famille possède un hôtel particulier. C'est bizarre. Et quand on faisait la queue tout à l'heure, elle s'est servi au moins trois repas. C'est comme si elle n'avait pas mangé depuis plusieurs jours.

À côté de moi, Ella se met elle aussi à se mordre la lèvre.

– Tu penses qu'elle a des ennuis ?

Je lui rends sa bouteille.

– Peut-être ? Mais vous aussi, les filles, vous pensez que c'est bizarre, non ?

Val hoche lentement la tête.

– Ouais. Ça se pourrait bien.

Je lis de l'inquiétude sur le visage d'Ella.

– C'est vraiment bizarre.

Tous les trois, nous tournons la tête en direction d'Hartley, mais à un moment de notre discussion, elle a dû se lever et partir. Sa table est vide et son plateau a disparu.

Chapitre 9

Je ne vois plus Hartley de toute la journée. Elle ne vient pas au cours de photo. Du coup, je suis coincé là tout seul alors que je ne suis même pas inscrit dans cette fichue classe.

Elle n'est pas en théorie musicale, où je me retrouve assis à côté de Larry qui me gazouille à l'oreille que je suis amouuuuuureux. Et quand il ne me parle pas d'amour, il me bassine avec ces stupides Jordan.

Enfoiré de Larry ! Mais il faut dire, qui d'autre que lui peut bien choisir la théorie musicale ? Quel genre de classe est-ce, de toute façon ? Il y a de la physique dans les sons ? Je lâche l'affaire après qu'une équation mathématique sur la relation entre la longueur d'onde, la fréquence et la vitesse a été inscrite au tableau noir.

Et elle ne vient pas non plus en maths, une classe qu'elle voulait tellement intégrer qu'elle a personnellement supplié la prof de l'inscrire.

Je ne vais pas mentir, je suis inquiet.

Après avoir terminé ma série d'exercices avec le préparateur physique d'Astor Park, je me décide à lui envoyer un SMS en espérant qu'elle ne me demande pas comment j'ai eu son numéro.

Sécher les cours, c'est mon truc à moi. Où es-tu ? E.

Pas de réponse.

Une fois à la maison, je dîne rapidement et je torche mes devoirs avant de ressortir. Heureusement, personne n'est dans les parages, du coup je n'ai pas à répondre à des questions stupides. Surtout que je n'ai pas les bonnes réponses.

Je ne sais pas pourquoi je me dirige vers chez Hartley en voiture, avec un burrito sur mon siège passager. Je ne sais pas pourquoi ça me titille qu'elle ne me réponde pas. Je ne sais pas pourquoi je suis tellement curieux à son sujet.

Je me gare un bloc plus loin pour qu'elle ne puisse pas voir ma camionnette et je grimpe avec précaution l'escalier extérieur sur le côté de son immeuble. Les marches en bois sont en super-mauvais état, j'ai la trouille qu'elles se détachent à tout moment de cet immeuble de deux étages.

– Livraison ! je crie après avoir frappé violemment à sa porte.

Pas de réponse.

J'appelle son téléphone et je pose mon oreille sur la porte.

Je n'entends pas de sonnerie à l'intérieur. Je frappe encore à plusieurs reprises.

Un bruit de pas derrière moi attire mon attention, mais quand je baisse les yeux, je ne vois qu'un type trapu et chauve qui agite une spatule en l'air.

– Elle n'est pas là, espèce de petit con.

Je redescends les escaliers.

– Où est-elle ?

– Probablement au travail.

L'homme cligne des yeux.

– Qui es-tu ?

– Je suis un de ses copains de classe. Elle a oublié de prendre ses devoirs.

Il grogne :

– Hmmmpf. Bon, elle n'est pas là, alors tu devrais te casser, toi aussi.

– Je ne voudrais pas qu'elle se chope une mauvaise note. Ça vous ennuie si je l'attends ?

Il grogne à nouveau :

– Tant que tu la fermes, je me fiche de ce que tu fais.

– Bien, Monsieur.

Il bougonne quelque chose sur les mômes tarés et leurs trucs débiles avant de disparaître par la porte latérale de ce qui doit être l'appartement du premier étage. Cette petite maison avec son bardage en bois et sa peinture qui s'écaille ne serait pas capable de résister au prochain ouragan. À nouveau, je suis frappé par l'incongruité de la présence d'une élève d'Astor Park dans cet environnement, et dans ce type de maison.

Je m'assieds sur la première marche avec le sac de nourriture posé à mes côtés et j'attends. Et j'attends.

Et j'attends. Les heures passent. Ma batterie de téléphone se vide dangereusement à cause de toutes mes parties de Candy Crush. Le soleil se couche et les grillons se mettent à chanter. Je m'assoupis pour me réveiller lorsque la brise tiède d'automne devient fraîche. Mon téléphone me prévient qu'il est minuit passé.

Je serre mes bras contre mon corps et je lui envoie un texto.

Ta bouffe est froide.

– Quelle bouffe ?

Je manque laisser tomber mon téléphone de surprise. Je demande à Hartley :

– D'où viens-tu, bordel ?

– Je pourrais te poser la même question.

Elle se tient debout devant moi et je sens comme une bouffée de… graisse ?

Elle porte une sorte d'uniforme : un pantalon noir, une chemisette blanche à manches courtes toute froissée et de robustes chaussures noires.

– Tu rentres du boulot ?

– Quoi ? Tu ne trouves pas que c'est une sublime tenue de soirée ? dit-elle en désignant ses vêtements.

– La plus sublime qui soit.

Je lui tends son dîner en lui faisant signe de s'approcher.

– Cela dit, tu as l'air épuisée. Quels que soient les trucs géniaux que tu as faits cet après-midi et ce soir, ça t'a lessivée.

– Ouaip.

En soupirant, elle pose un pied sur la première marche et regarde les suivantes comme si la montée lui paraissait insupportable.

Heureusement que je suis là.

Je la prends dans mes bras.

– Je peux marcher, dit-elle, mais sa protestation est bien faible et elle passe déjà ses bras autour de mon cou.

– Hum hum.

Cette fille est légère comme une plume. Pourtant, je monte lentement. C'est la première fois qu'elle me laisse la toucher, et j'apprécie. Beaucoup trop.

L'intérieur de l'appartement est aussi exigu et déprimant que dans mon souvenir. C'est bien rangé et ça sent le propre, et elle a posé un verre rempli de pâquerettes sur l'étroite embrasure de la fenêtre, mais les fleurs ne suffisent pas à rendre l'endroit plus joli.

Le regard d'Hartley suit le mien.

– Je me suis dit qu'une tache de couleur pouvait égayer un peu les choses.

Je m'avance vers le minuscule plan de travail et j'ouvre la porte du micro-ondes. J'ignorais que ce modèle existait encore. Il me faut une seconde pour comprendre comment fonctionne ce truc à la con.

Je réchauffe le burrito pendant qu'Hartley passe à la salle de bains. En l'attendant, j'ouvre les placards à la recherche d'un en-cas. Tout ce que je trouve, c'est une boîte de crackers. Le reste, ce sont des conserves.

– Tu as fini de fouiner ? bougonne-t-elle depuis la porte.

– Non.

Je jette un coup d'œil dans le minifrigo, car cette pseudo-cuisine n'est pas assez grande pour pouvoir contenir un réfrigérateur de taille normale, et je détaille la pauvre sélection de produits de base. Du beurre, du lait, un pack de jus d'orange, quelques légumes et des Tupperware pleins de plats déjà préparés.

– Je fais cuire tous mes repas de la semaine le dimanche, m'explique Hartley d'un air gêné. Comme ça, je n'ai pas à penser à ce que je vais manger.

J'attrape une des boîtes en plastique, je l'étudie avant de la reposer. Je note :

– Il n'y a que des dîners, là-dedans.

Hartley hausse les épaules.

– Eh bien ouais ! Pour le petit déjeuner, en général, je prends une barre de muesli ou un fruit, et je déjeune à l'école. Le week-end, je travaille et je n'ai généralement pas le temps de manger.

Je pige à présent pourquoi elle remplit son plateau d'au moins quatre repas à Astor. Il est clair que cette fille n'a pas un sou. Elle se bat. La culpabilité m'envahit quand je songe que je lui ai boulotté tout son repas l'autre jour. Je vérifie le temps de cuisson sur le micro-ondes. Encore vingt secondes. J'ai largement le temps de balancer ma grande question et de lui demander :

– Pourquoi tu n'habites pas avec tes parents ?

Tout son corps se raidit.

– Nous… nous ne voyons pas les choses de la même façon, répond-elle.

Je suis tout surpris qu'elle m'en dise autant. J'aimerais qu'elle s'explique, mais bien entendu, elle reste résolument muette. Je ne suis pas assez bête pour insister.

Le micro-ondes se met à sonner. La vapeur s'échappe du burrito quand j'ouvre la petite porte. Je prends du papier toilette pour attraper l'assiette sans me brûler les doigts.

– Laissons-le refroidir une minute, je suggère.

Elle a l'air encore un peu plus mal, comme si ce délai lui était insupportable, parce qu'il signifie qu'elle va devoir passer plus de temps en ma compagnie. Je n'ai jamais rencontré une fille que ma présence intéresse si peu.

Hartley va s'asseoir sur le canapé et se met à délacer ses chaussures. Puis elle les balance au loin, comme si elles avaient commis un crime atroce. Elle reste muette quelques secondes. Quand elle se remet à parler, c'est sur un ton accablé :

– Pourquoi est-ce que tu m'as apporté à manger, Easton ?

– Je me faisais du souci pour toi.

J'attrape un couteau et une fourchette dans un tiroir. Elle n'a pas vraiment besoin de tout un tiroir, elle ne possède que deux couteaux, deux fourchettes et deux cuillères. C'est tout.

– Pourquoi as-tu séché l'école au milieu de la journée ?

– Mon patron m'a envoyé un texto, il manquait quelqu'un et je n'ai pas pu lui dire non.

– Combien d'heures durent tes journées de travail ? je lui demande, parce qu'elle a quitté Astor en milieu de journée et qu'elle n'est rentrée chez elle que vers minuit.

Elle est partie pendant douze heures. Cela me paraît vraiment long pour un boulot de serveuse à temps partiel.

– C'était une journée double. C'est deux fois plus chiant, mais j'ai du mal à obtenir des heures. Il y a deux autres serveuses qui ont des mômes, elles ont plus besoin d'heures encore que moi.

Je pense à ses placards vides et je me demande si elle a vraiment raison. Elle a besoin de ses heures. Elle en a sacrément besoin. Ou peut-être pas. Je veux dire, j'ai du fric. Je ne sais pas combien coûte ce taudis, mais ça ne peut pas représenter plus d'un dixième de mon allocation mensuelle. Si je devais me délester d'un peu de ce cash, ça ne m'empêcherait pas de dormir.

Je pose son dîner sur la table basse, avec une serviette et un verre d'eau, et j'essaie d'imaginer un moyen de lui proposer de l'argent sans la mettre en colère. Comme Hartley ne fait pas le moindre mouvement pour prendre la fourchette, je m'assieds à l'autre extrémité du canapé, je croise les bras et j'ordonne :

– Mange.

Elle hésite.

– Pour l'amour du ciel, je ne l'ai pas empoisonné, espèce d'idiote. Tu as faim. Mange.

Après ça, je n'ai plus besoin de la pousser. Hartley coupe le burrito avec l'enthousiasme d'un enfant le matin de Noël. Elle dévore presque la moitié du truc avant de se calmer un tout petit peu, elle devait vraiment mourir de faim.

Elle a eu du mal à accepter de ma part un burrito à dix dollars. Comment vais-je pouvoir la convaincre d'accepter quelques milliers de dollars ?

– Pourquoi est-ce que tu ne dis à personne que tu bosses ?

– Parce que ça ne regarde personne. Ouais, je suis serveuse dans un snack. Pourquoi en faire étalage à l'école ? Ce n'est pas une affaire.

Frustré par cette réponse, je pose mes avant-bras sur mes genoux et je l'étudie attentivement.

– Qui es-tu, Hartley ?

Sa fourchette s'arrête à mi-chemin de sa bouche.

– Qu'est-ce que tu veux dire ?

– Je veux dire, je me suis renseigné sur toi…

Aussitôt, elle se crispe jusqu'à ce que ses épaules forment une ligne droite.

– Oh, détends-toi. Ce n'est pas comme si j'avais découvert tes secrets les plus profonds. Tout ce que je sais sur toi, c'est que ton père s'est présenté à la mairie et qu'il a perdu les élections.

La mention de son père jette une ombre sur son visage, et je me surprends à chercher des traces de coups sur ses bras. Est-ce que son père l'a battue et qu'elle s'est enfuie de chez elle ?

Puis je pars à la pêche aux infos en ajoutant :

– Et j'ai trouvé un article qui disait que tu as deux sœurs.

Au lieu de confirmer ou d'infirmer mes dires, elle se contente de me regarder avec une expression de fatigue intense, comme je n'en ai jamais vu.

– Easton.

Elle fait une pause.

– Pourquoi me regardes-tu comme ça ?

Une autre pause.

– Pourquoi m'achètes-tu à dîner ?

Une autre pause.

– Pourquoi es-tu là ? Pourquoi as-tu quitté ta belle et grande maison et as-tu passé toute ta nuit à m'attendre ? Je suis même surprise que tu ne te sois pas fait dépouiller, là dehors.

Je dois rire.

– Je sais très bien prendre soin de moi, bébé. Et pour répondre à ta question, je suis ici parce que je t'aime bien.

– Tu ne me connais même pas, me lance-t-elle d'un air frustré.

– J'essaie !

Ressentant la même frustration, je frappe un grand coup sur ma cuisse avec ma main. Hartley tressaille en entendant la violence de ce bruit. La peur surgit dans son regard.

Bien vite, je lève les deux mains en signe de reddition.

– Désolé. Je ne voulais pas te faire sursauter.

Bonté divine, peut-être qu'elle a été abusée chez elle. Ou maintenant, par quelqu'un d'autre ? Est-ce que je devrais appeler mon père ? Je lui demande prudemment :

– Est-ce quelqu'un… te fait du mal ?

– Non. Personne ne me fait de mal. Je vis ici et je n'ai pas besoin d'aide. Je me débrouille très bien toute seule.

– Ça ne paraît pas aller si bien que ça, dis-je en montrant la pièce de la main.

– Vraiment ? Et tu te demandes pourquoi je ne dis pas aux autres à Astor que je travaille ? Ou bien où j'habite ? J'aime bien mon coin, ici.

Elle secoue la tête d'un air contrarié.

– Ce n'est pas classe, mais c'est chez moi. Je me débrouille par moi-même et j'en suis très fière.

– Tu as raison.

Mon accord la prend au dépourvu.

– Quoi ?

– Hé, je sais admettre quand j'ai commis une erreur. Je t'admire vachement. Si ce n'était pas le cas, je ne te courrais pas après comme ça, je ne t'apporterais pas à manger.

Elle se détend, mais son expression garde quand même les traces de sa suspicion.

– Tu n'es pas le genre de personne avec qui je veux être, Easton.

Quelque chose me serre la poitrine et me poignarde le cœur.

– Je sais que ça paraît dur de dire ça…

Elle semble ne pas se rendre compte de l'effet que ses paroles ont sur moi.

– Mais je passe mon temps à essayer de te le dire. Tu représentes trop d'ennuis. Je n'ai pas de temps pour ça.

Malgré l'indignation qui brûle dans mes veines, je sais qu'elle a raison. Je suis un problème ambulant.

C'est moi, le Royal taré qui me castagne, qui bois trop et qui emmerde tout le monde.

Mais même si c'est douloureux de découvrir qu'elle me trouve visiblement tout à fait inconsistant, j'apprécie son honnêteté. Elle n'est pas comme Claire ou les autres filles avec qui j'ai été, qui passaient leur temps à me flatter et à me pardonner, quoi que je fasse, puisque, à leurs yeux, Easton Royal ne peut pas faire le mal.

Hartley n'a pas peur de me dire tout ce qu'elle n'aime pas chez moi. Et je ne peux même pas être en colère contre elle, parce que toutes ces choses mauvaises qu'elle voit en moi, c'est précisément ce que je déteste chez moi.

– Tout ce qui m'importe, c'est d'être sûre d'avoir un toit au-dessus de ma tête la nuit, ce qui veut dire gagner de l'argent, dit-elle franchement.

– Si tu as besoin de fric, je t'en donnerai.

Merde. C'était le truc à ne pas dire.

Elle jette sa fourchette dans son assiette.

– Tu viens sérieusement de me dire ça ? Quoi, tu penses que si tu me files du fric, je n'aurai plus besoin de travailler si dur et que, comme ça, j'aurai plus de temps à passer avec toi ?

Elle semble incrédule.

– Je suis désolé. C'était débile de dire ça.

La honte me noue la gorge, parce que c'est ainsi que nous résolvons les problèmes, nous les Royal, en jetant du fric par-dessus.

Mais en même temps, le jugement de ses yeux gris acier me traverse. Elle n'est pas comme Ella, qui a grandi dans l'extrême pauvreté. Ou Valerie, qui vient de la branche pauvre des Carrington et qui est obligée d'accepter l'aumône de son oncle et de sa tante pour pouvoir aller dans une bonne école.

La famille d'Hartley est riche. Elle ne vit peut-être pas avec eux en ce moment, mais c'est sûr, elle a vécu avec eux auparavant. Je me surprends à lui lancer :

– Je suis allé chez toi, tu te souviens ? Tu n'as peut-être pas beaucoup de cash en ce moment, mais ta famille a du fric. Alors, ne me regarde pas comme si j'étais un môme pourri et toi une chasseuse de coupons de réduction endurcie qui a dû lutter sa vie entière. Bordel de merde. Tu étais dans une pension super-chic il y a encore quelques mois.

Ces yeux gris, au lieu de briller de colère comme je pensais qu'ils le feraient, n'expriment à nouveau que de l'épuisement.

– Ouais, j'ai eu de l'argent avant. Mais plus maintenant. Et j'habite cet appart depuis la fin de l'école, en mai dernier. Ça ne fait que quatre mois, mais ça suffit pour que je me rende compte que j'avais l'habitude de tout prendre pour acquis. La vie, ce n'est pas les pensions chics, les vêtements de marque et les hôtels particuliers. J'ai reçu une bonne leçon en revenant à Bayview.

Elle me regarde droit dans les yeux.

– Je ne crois pas que tu en aies déjà reçu une comme ça.

Je me moque :

– Quoi ? D'être pauvre ? C'est ce qu'il faudrait pour que tu sois plus sympa avec moi ? Que j'échange ma bagnole contre un ticket de bus et que je découvre comment on vit de l'autre côté de la barrière, un moment ?

– Je ne te demande pas de faire ça. Je me fiche de ce que tu fais, Easton. Je ne suis pas là pour t'aider ou te tenir la main pendant que tu apprends les diverses leçons de la vie. J'essaie simplement de m'occuper de moi.

Elle boit une rapide gorgée d'eau.

– Quatre-vingt-dix pour cent du temps, je ne pense même pas à toi.

Ouille.

Ça fait mal.

Mais la sensation douloureuse disparaît quand je note un détail, une fausse note dans sa voix. Et la façon qu'elle a de délibérément éviter mon regard.

– Je ne te crois pas, je suis présent dans ton esprit.

Elle pose son verre et se lève fermement.

– Il est temps que tu y ailles, Easton.

– Pourquoi ? Parce que j'ai fait mouche ?

Avec un regard de défi, je me lève, moi aussi.

– Tu me tapes sur les nerfs, voilà ce que tu fais.

– Non, je fais mouche, je répète.

Je m'avance, et même si elle se crispe, elle ne bouge pas. Je remarque la façon dont sa respiration s'accélère. Je jure que je vois son pouls battre à la base de son cou. Et le désir dans ses yeux. Elle me veut ou, du moins, elle veut ce que je peux lui offrir, mais elle est trop fière, trop têtue ou trop frustrée pour le demander. Parce qu'elle croit qu'elle n'a pas besoin d'affection, d'intimité, de relations. Je commence à comprendre qui elle est. Pas son passé. Pas ses problèmes avec sa famille, mais ce qui la fait tiquer.

Quand elle a peur ou qu'elle souffre, elle fonce dans le tas. Quelqu'un de moins têtu que moi aurait déjà laissé tomber. Et voilà la raison pour laquelle est seule, parce qu'elle n'a personne dans sa vie qui veuille s'accrocher à elle.

Je sais ce que c'est d'être seul. Je sais ce que c'est de vouloir et de ne pas avoir. Et je ne veux pas qu'Hartley ressente ça. Plus maintenant. Pas lorsque je suis dans les parages.

– Je vais le faire, dis-je doucement.

Son regard rencontre le mien.

– Quoi ?

– T'embrasser.

Sa respiration s'emballe. L'air semble se raréfier entre nous, comme si nous étions là-haut dans les nuages, sans rien d'autre entre nous que quelques centimètres de métal et le grand ciel bleu. L'excitation envahit mes veines pendant que je la regarde dans les yeux. J'y décerne la même attente.

– Easton… dit-elle, mais je ne sais pas si c'est un avertissement ou une supplique.

Et c'est trop tard. Ma bouche est déjà sur la sienne. Elle halète de surprise, mais ses lèvres se détendent sous les miennes. Putain de merde, elle m'embrasse, elle aussi.

J'ai la tête qui tourne et l'estomac qui me remonte dans la poitrine, et c'est à cause de cette fille. Ses lèvres sont incroyablement douces. Comme la peau de sa nuque, que je caresse avec mon pouce. Je l'attire plus près de moi. Je veux sentir tout son poids. Ma langue plonge entre ses lèvres entrouvertes et touche la sienne, et c'est à ce moment-là qu'elle s'échappe.

C'est fini, tellement rapidement que je n'ai pas eu le temps de cligner des yeux.

La déception m'envahit, je marmonne une malédiction à voix basse. Je gémis presque :

– Pourquoi tu t'arrêtes ?

– Parce que je ne veux pas de ça, répond-elle d'une voix rauque en s'écartant de moi. Je te l'ai dit, je n'ai pas le temps de sortir avec toi. Ça ne m'intéresse pas.

– Tu m'as embrassé, toi aussi, je rétorque.

Mon pouls bat toujours à toute allure après ce baiser super-bandant.

Elle semble avoir du mal à respirer.

– Un moment de faiblesse. Je ne sais pas comment te le dire autrement, Easton. Je ne veux pas sortir avec toi.

Je ravale ma frustration. Je ne comprends pas cette fille. Pourquoi répondre à mon baiser, alors ? Un moment de faiblesse ? Mon cul. Elle m'aime bien.

Elle est attirée par moi. Alors, pourquoi ne pouvons-nous pas tout simplement le faire ?

Faire quoi ? se moque une voix dans ma tête.

Cela me fait réfléchir parce que… qu'est-ce que je veux d'elle exactement ? Baiser avec Hartley ou vraiment sortir avec elle ? J'avais prévu de m'en donner à cœur joie pendant mon année de terminale, je ne veux pas d'une petite amie qui me lie les mains. Il y a plein de filles avec qui je peux baiser, mais je suis attiré par Hartley comme je ne l'ai jamais été par personne. Il y a quelque chose en elle qui me rend heureux d'être en sa présence.

Une idée dingue me traverse l'esprit.

– Et si on devenait potes ? je demande doucement.

Elle a l'air effrayée.

– Quoi ?

– Amis. C'est un mot de quatre lettres qui signifie avoir un attachement mutuel.

– Je sais ce que ça veut dire. C'est juste que je ne comprends pas ce que tu dis.

– Je dis qu'on devrait être amis. Puisque tu n'es pas intéressée par moi, et tout ça. (Je lui fais un clin d'œil.) C'est ça ou bien je vais continuer de te coller et d'essayer de t'embrasser.

Hartley pousse un petit cri exaspéré.

– Pourquoi est-ce que ça devrait être l'un ou l'autre ? Il n'y a pas de troisième option ?

Je lui fais un petit sourire coquin :

– Non. Allez, Hartley Davidson…

– Hartley Davidson ?

– Je te cherche des surnoms. Les meilleurs potes se donnent toujours des surnoms.

Je plonge les poings dans les poches de mon jean.

– Honnêtement, j'aime bien cette idée. Si on ne fait pas l'amour ensemble, on peut très bien faire ce truc de l'amitié. Je n'ai jamais eu de vraie copine fille, alors ce serait une chouette expérience pour moi.

Hartley se rassied dans le canapé.

– D'après ce que je peux voir, tu as des tonnes d'amies.

– C'est faux, je réponds du tac au tac.

Presque immédiatement, je me sens coupable parce que qu'est-ce que deviennent Ella et Val ? Mes frangins ne comptent pas, ils font partie de ma vie, c'est obligé. Je les considère comme mes amis, mais les liens du sang ont une façon de vous lier sans vous laisser le choix. Or, j'ai choisi d'être ami avec Ella et Val. Alors, je rectifie en disant :

– J'ai des amies. Mais j'en veux une autre. Je veux une Hartley Wright.

Elle ouvre de grands yeux.

– Est-ce que c'est là que je dois dire « je veux un Easton Royal » ?

– Ouaip. (Je deviens enthousiaste.) On passera du temps ensemble après l'entraînement. On fera nos devoirs de maths ensemble. Ce n'est pas pour me vanter, mais je ne suis pas mauvais du tout dans ces trucs scolaires, quand je veux.

– Ces trucs scolaires, répète-t-elle sèchement.

– Ouaip. En fait…

J'hésite avant de confesser :

– Je suis assez intelligent.

– Je sais.

Elle étire ses jambes et replie ses orteils.

– Ah bon ?

– Ouais. Les notes que tu as récoltées sont plutôt étonnantes. Seul quelqu'un qui a vraiment compris ce dont il s'agit peut l'expliquer comme ça.

– Hmm.

– Mais tu aimes bien jouer au con, alors je ne vais pas t'en empêcher.

– Je ne joue pas au con, ça ne m'intéresse pas, c'est tout. L'école, c'est chiant.

– Si j'accepte…

Je me mets à sourire comme un fou.

– Si j'accepte, il y aura certaines règles, dit-elle solennellement, cette fois.

– Je passe. Je n'aime pas les règles.

Elle sourit gentiment.

– Alors moi, je passe sur cette amitié.

Je marmonne dans ma barbe :

– Bon, très bien. Peu importe. Balance tes règles.

– Tu n'as pas le droit de faire l'andouille avec moi.

– Bien, dis-je en hochant tête parce que ça, je l'ai déjà dit.

– Tu n'as pas le droit de flirter.

– Négatif. Ça me vient naturellement et je ne peux pas m'en empêcher. Mais si je le fais, tu as le droit de me dire d'arrêter.

– Très bien.

– Quoi d’autre ?

Elle réfléchit.

– Pas d’insinuations sexuelles.

Je soupire :

– Impossible… Ça aussi, ça me vient naturellement. Tu vois, là, tu m’en demandes trop. Ma contre-proposition, c’est que tu ignores toute insinuation. Mon père dit toujours que si tu ne prêtes pas attention à une chose, alors elle n’existe pas vraiment.

Je vois bien qu’elle se retient de rire.

– Ton père dit ça. Vraiment ? avance-t-elle sur un ton sceptique.

– Uh uh. Ou alors c’était Gandhi ? Quelqu’un d’intelligent, de toute façon. On devrait se serrer la main.

Elle hausse les sourcils.

– Se serrer la main ?

– Ouais. LeBron James a une poignée de main spéciale pour chacun de ses coéquipiers. C’est comme ça qu’on sait qu’ils sont comme cul et chemise. Faisons un de ces trucs.

– Je ne vais jamais pouvoir me souvenir d’une poignée de main compliquée. Je préférerais une chanson. Tu peux me chanter une chanson chaque fois qu’on se rencontre.

Ses yeux se ferment tout seuls. La pauvre fille est complètement crevée. J’attrape une couverture râpée sur le dossier du canapé. En lui couvrant les jambes, je lui rappelle :

– Je t’ai déjà dit que je chante faux. Mais quelle chanson tu proposes ?

Elle tire la couverture jusqu'à son menton.

– Je plaisantais.

– Je suis prêt à relever tous les challenges.

– Je commence à m'en rendre compte.

– Si les chansons et les poignées de main sont hors de question, on va devoir en venir à un code secret.

Elle ne répond pas. Je regarde sa poitrine se gonfler et se dégonfler lentement, régulièrement. Je me lève du sofa et je pose ses jambes sur le coussin sur lequel j'étais assis. Elle ne se réveille même pas quand je lui mets un oreiller sous la tête et que je la couvre avec un joli édredon que je trouve, soigneusement plié par terre, à côté du canapé.

J'ai envie de rester, mais je sais qu'Hartley préférera se réveiller seule. Alors, je m'en vais.

Je ne sais pas pourquoi j'ai sauté sur cette idée de devenir son ami, mais ça me va. Je veux qu'Hartley fasse partie de ma vie et si être amis est la seule façon pour que ça arrive, alors on sera amis.

C'est différent, mais ce n'est peut-être pas une mauvaise chose.

Chapitre 10

Moi : Où es-tu, Ma Meilleure Amie ?

Elle : On n'est pas meilleurs amis.

Moi : Tu as accepté !

Elle : D'être ton amie. Pas ta Meilleure.

Je souris en regardant mon téléphone et je longe le couloir du bâtiment d'enseignement artistique qui est planqué à l'extrémité Est du campus. En réalité, je n'ai jamais eu de cours ici. Je ne suis pas très créatif.

Bon, où es-tu ?

Ça ne te regarde pas, répond Hartley en ponctuant son message d'un smiley.

– C'est une bonne chose que je connaisse ton emploi du temps. Salut, jolie miss.

Hartley sursaute lorsque je m'approche derrière elle. Elle était sur le point d'entrer dans une des salles de musique, mais à présent elle se retourne. Elle fait le plus joli petit grognement qui soit :

– Mince alors !

– Pas question, Easton. Je n'ai que trois heures de pratique solo par semaine, et je ne vais pas te laisser me gâcher celle-là. Va-t'en.

Je fais semblant de faire la moue.

– Mais j'étais tellement content de t'entendre jouer du… de quoi tu joues, déjà ?

Et je penche la tête.

– Du violon, répond-elle à contrecœur.

– Classe.

Je passe devant elle et j'ouvre la porte.

– Allons-y.

– Tu veux vraiment m'écouter répéter ?

– Pourquoi pas ? Je n'ai rien de mieux à faire.

Et je lui balance un petit coup de coude. Elle hésite, mais finit par entrer dans la pièce. Pendant qu'elle sort son instrument, j'examine la salle de répétition. Elle n'est pas beaucoup plus grande que le piano qui a été poussé contre un mur. En dehors du tabouret glissé sous le piano qu'Hartley tire à elle et un chevalet métallique pour y poser ses partitions, la pièce est vide.

– Tu vas me tuer si je m'assieds sur le piano ?

– Oui, répond-elle sans lever les yeux de son violon.

– C'est ce que je pensais. (Je me laisse tomber par terre.) De toute façon, je préfère me frotter le cul sur ce carrelage crado. Ça augmente mes défenses immunitaires, et tout, et tout.

– Tant mieux pour toi.

– Je ne sens pas beaucoup de sympathie venant de ton coin.

– T'aider à rester en bonne santé, ce n'est pas ce que devrait faire ta meilleure amie ? demande-t-elle tout en installant quelques feuilles sur le chevalet.

– Ah ah ! Tu admets qu'on est meilleurs amis.

Je ferme les yeux, je m'appuie contre le mur et je croise mes bras sur ma poitrine. J'attends une réplique, mais à la place, c'est le gémissement déchirant de la musique qui me parvient.

D'abord les notes sont ténues, juste quelques réverbérations qui flottent dans l'air, suivies de quelques autres, mais au fur et à mesure, elle construit le son en strates musicales, jusqu'à ce que les cordes soient pratiquement jouées les unes sur les autres et que la musique devienne si ample que je n'arrive pas à croire qu'il n'y a qu'un seul instrument.

J'ouvre les yeux pour découvrir qu'Hartley, elle, a fermé les siens.

Elle ne regarde même pas sa partition. Et elle ne joue pas du violon avec ses doigts uniquement. Tout son corps participe. Voilà pourquoi on a l'impression qu'il y a un orchestre au complet dans la pièce. La musique m'envahit, elle fait taire tous les autres bruits de ma vie, elle fait gonfler mon cœur, de plus en plus, jusqu'à ce que je ne sois plus rien d'autre que des oreilles et une âme.

Et ça me fout les jetons, grave.

Je me lève d'un bond en marmonnant :

– Je vais t'attendre dehors.

Hartley se rend à peine compte que je sors. À l'extérieur de la salle de répétition, je me frotte les avant-bras. J'ai la chair de poule. Maintenant que mes poumons ne sont plus remplis par sa mélodie, je respire à nouveau.

Je glisse le long du mur jusqu'à ce que mes fesses touchent le sol. Les sons qu'elle crée avec son violon passent par la porte entrouverte, mais je ne peux me résoudre à la fermer complètement.

C'est comme si, à chaque passage de l'archet sur les cordes, elle tentait de m'écorcher vif et de m'exposer aux yeux du monde. Je ne suis pas quelqu'un de profond. La musique ne me touche pas. Je suis Easton Royal, un type superficiel, uniquement intéressé à trouver comment passer un bon moment.

Je ne veux pas faire mon introspection et regarder en face ce trou noir béant insondable et rempli de vide. Je veux vivre bien, béatement, dans le déni.

Je devrais ficher le camp. Me lever et trouver quelqu'un avec qui me foutre sur la gueule ou…

En fait, si je veux faire le second truc, j'ai Hartley. Je n'ai pas besoin d'aller ailleurs. Il me suffit de la convaincre que ce truc d'amitié serait bien plus agréable si nous étions tous les deux à poil lorsque nous sommes seuls.

Et je sais exactement comment y parvenir.

Je rentre doucement dans la petite pièce en m'armant de courage contre Hartley et son violon magique. Heureusement, j'arrive à écouter le reste de sa répétition sans faire de dépression nerveuse.

Je ne suis pas affecté par la façon dont ses doigts courent le long des cordes.

Je ne remarque pas la légère trace de sueur qui perle sur son front.

Et je me fiche que tous ces détails physiques que j'avais trouvés quelconques fassent d'elle une sorte de déesse quand elle est en pleine transe musicale.

Rien de cela ne me dérange. Pas le moins du monde.

– Déjà terminé ? je demande lorsqu'elle pose son violon sur ses genoux.

Elle me montre une lampe au-dessus de la porte.

– Il est temps.

La lumière rouge brille dans sa direction.

– On n'a le droit qu'à une heure.

Une heure est déjà passée ? J'ai eu l'impression que c'était à peine dix minutes.

– Je n'arrive pas à croire qu'il s'est passé une heure, dis-je en faisant la moue.

– Inutile d'entrer ou de rester.

Ma moue s'intensifie pendant que je la regarde remballer son instrument, le visage inexpressif. Elle se fiche vraiment de savoir si j'étais là ou pas. Cette sensation de démangeaison entre mes omoplates n'est présente que parce que je pense que ça va être plus difficile que prévu d'entrer dans son pieu, pas parce que je suis déçu qu'elle n'attende ni mon approbation ni mes louanges. J'attrape son étui et je jette son sac de classe sur mon épaule.

– Dis-moi, pourquoi as-tu choisi le violon ? je lui demande lorsque nous quittons les lieux.

Au passage, je salue de la tête une ou deux de mes condisciples qui me regardent avec de grands yeux emprunter le couloir avec Hartley.

Elle, bien sûr, les ignore.

– La musique, c'était obligatoire à la maison. Ma sœur aînée a choisi le piano, la benjamine la flûte, et moi j'ai pris le violon. Ça me paraissait cool quand j'avais cinq ans.

Elle hésite, juste une seconde. Peut-être que quelqu'un qui aurait moins fait attention que moi ne s'en serait pas rendu compte.

– Mon père jouait du violon. Je trouvais ça carrément incroyable.

Un drôle de sourire triste se forme sur ses lèvres. Je me demande ce qu'il signifie.

– Je comprends. Moi, je voulais faire être pilote après que mon…

C'est à mon tour de m'interrompre.

– … qu'un type que je connaissais m'avait fait monter là-haut.

Hartley, elle non plus, ne rate pas mon hésitation.

– Un type que tu connaissais ?

Je me gratte la nuque.

– Tu as entendu parler de ma famille ?

Le drame Royal était à la une de tous les journaux le printemps dernier, mais elle n'était pas ici à l'époque. Depuis, les commérages se sont un peu calmés.

– Tu veux dire toute cette histoire de procès ?

Je hoche la tête.

– J'ai lu des trucs en ligne, mais j'imagine que beaucoup étaient faux.

– Si l'histoire que tu as lue racontait que l'associé de mon père avait tué la petite amie de mon père et avait essayé de faire porter le chapeau à mon frère, alors, c'est assez proche de la réalité.

– Et le type que tu connaissais, c'est cet associé ?

– Ouaip.

– Alors, à présent, tu t'efforces de ne pas aimer piloter les avions parce que tu as peur que ça fasse de toi quelqu'un qui lui ressemble ?

Son assertion est bien trop proche de la réalité. Je réponds fermement :

– Je n'ai rien de commun avec ce connard.

Sauf que… si. Je ressemble bien plus à Steve qu'à mon père. Le reste des Royal ressemble à Callum. Mais moi, je suis désinvolte et irréfléchi et ce sont des traits de caractère de Steve O'Halloran.

Hartley poursuit doucement :

– Tu peux très bien te passionner pour les mêmes choses que quelqu'un que tu n'aimes pas. Par exemple, le fait que j'aime jouer du violon ne veut pas dire que je vais me bourrer la gueule comme certains musiciens célèbres. Piloter des avions ne veut pas dire que tu vas piquer la nana de ton meilleur ami.

– Il n'a pas piqué la nana de son ami. Il a tué quelqu'un.

À travers mes mâchoires serrées, les mots jaillissent plus fort que je ne le voudrais et attirent l'attention d'un couple d'étudiants qui passaient par là.

Hartley ne relève pas.

– Il y a plein de choses que je pense que tu serais capable de faire, Easton, mais certainement pas de tuer quelqu'un. Même si tu pilotes un avion.

– C'est aussi ce que je pensais de Steve, je murmure dans ma barbe.

Hartley ne dit plus un mot jusqu'à ce qu'on arrive devant son casier.

– Merci d'être venu avec moi, même si ça ne t'a pas plu.

Elle attrape le sac à dos sur mon épaule. Je m'appuie contre le casier à côté du sien, je la regarde ranger son instrument et prendre ses bouquins pour le cours suivant.

– Qui t'a dit que je n'avais pas aimé ?

– Tu es parti après le premier morceau.

– Tu avais remarqué ?

Elle n'a pas cillé quand je suis sorti ni quand je suis rentré.

– Bien entendu.

– Eh bien, j'ai aimé. (Bien trop, même.) J'ai tellement aimé que je prendrai peut-être quelques leçons. (Je passe par-dessus elle et j'attrape l'étui dans le casier. Je le pose sous mon menton.) Qu'est-ce que tu en dis ? J'ai l'air de quoi ?

Je prends la pose. Comme elle ne répond pas, je remets l'étui dans son casier.

– Peu importe, dis-je d'un air négligent. Le violon, c'est un peu chiant. Je pense que je vais choisir la guitare. C'est plus facile pour draguer les nanas.

– Tu es vraiment con, en ce moment.

À nouveau, je ressens une démangeaison entre les épaules. J'ai l'impression que j'ai besoin d'obtenir son approbation et que je déteste quand je ne l'obtiens pas. Ça m'énerve. J'ironise :

– Est-ce que ça veut dire, qu'on n'est plus copains ?

Elle hoche la tête.

– Je crois que je préfère encore quand tu es comme ça. Au moins, je sais qu'il existe un peu d'émotion véritable sous tes airs dédaigneux. C'est mieux que ta fausse bonne humeur.

Ma démangeaison se transforme en chaleur.

– Fausse bonne humeur ? De quoi est-ce que tu parles, bordel ?

– Je parle du fait que tu en es rempli la plupart du temps et que tu es plus intéressant quand tu es en colère, comme maintenant. Ou quand tu te montres sans fard, comme quand tu parlais du fait de ta peur de piloter parce que ça te faisait trop flipper de ressembler à ce type que tu admirais mais qui s'est révélé être un horrible bonhomme. Je sais exactement ce que tu peux ressentir.

J'ouvre la bouche pour l'agonir d'insultes, en commençant par « comment pouvait-elle bien savoir ce que je ressens, elle qui est une moins-que-rien alors que moi je suis Easton Royal », mais je suis sauvé de ma propre stupidité par Pash qui me file une grande claque dans le dos en passant.

– Quel jour sommes-nous, fils ? crie-t-il.

– Jour de match ! lui répond Dominic en hurlant.

Hartley se retourne pour voir les deux joueurs partir en courant.

– Tu as un match aujourd'hui ?

Je tire sur mon maillot :

– Tu crois que je porte ça pour le plaisir ?

– Comment je pourrais savoir ? Ces trois dernières années, j'étais dans une école de filles.

– Hmmm.

– Hmmm quoi ? demande-t-elle d'un air soupçonneux. Tu penses à un truc cochon, ou quoi ?

– Non, je pensais que c'était la seule information te concernant que tu aies jamais volontairement partagée avec moi.

Elle proteste :

– Je t'ai permis d'écouter quand je répétais.

Il est temps de mettre mon plan à exécution. J'ai vraiment envie qu'elle vienne voir le match, pour qu'elle se rende compte que, moi aussi, je suis bon dans un truc, tout comme elle. Que je suis autre chose que mes remarques à la noix et mes grands airs. En outre, même si j'ai promis de ne pas la toucher, je crois que si elle me voit dans mon équipement de footballeur, elle sera comme toutes les autres femmes sur cette terre qui adorent les hommes en uniforme.

Comme ça, je mets toutes les chances de mon côté. L'amitié platonique entre garçon et fille, c'est du pipeau. Finalement, les fringues vont voler. Alors, vraiment, il suffit que je sois patient.

– Bon, puisque je t'ai écoutée répéter, il faut que tu viennes au match ce soir. Tu me dois bien ça.

Je m'attends à une brassée d'excuses, mais elle me surprend.

– Si nous devons tout faire *quid pro quo*, il faudrait que je vienne à un entraînement, pas à un match.

– Non, mais regarde-toi avec ton latin à la noix. Ok, viens me voir soulever de la fonte. J'ai pigé, tu veux me voir torse nu. Tu sais quoi ? Laisse-moi t'en donner un petit avant-goût. Au fait, c'est tellement génial que tu peux vouloir fermer un œil pour diminuer l'effet de ça va produire sur toi.

Avec un grand sourire, je soulève mon maillot pour lui montrer mes abdos.

– Royal ! Baissez votre polo, aboie Beringer, le directeur, qui choisit ce moment précis pour passer devant nous.

Je baisse timidement mon maillot.

Les joues d'Hartley sont toutes roses, mais elle la joue cool en répondant ce que je voulais entendre.

– Bon. Un match alors.

Je m'arrange pour qu'Hartley puisse s'asseoir avec Ella et Val, comme ça, c'est plus facile de la repérer quand je sors du tunnel. Je ne veux pas me vanter, mais je joue formidablement bien. Et le reste de l'équipe aussi. Bran, en particulier, fait des étincelles. C'est un véritable atout, et ça ne me pose pas de problème de le lui dire dans les vestiaires, après le match.

– Tu as super-bien joué, mec.

Je lui file une claque dans le dos lorsque nous allons à la douche.

– Merci. La défense m'a bien aidé. Je ne crois pas avoir eu besoin d'aller plus loin que cinquante-cinq mètres pour obtenir un touchdown, ce soir.

Tous les autres jubilent aussi. Il y a pas mal de coups de serviette, de claques sur le cul sous la douche et pendant que nous nous préparons pour la fête d'après-match.

– L'after, ce soir, c'est chez Dom, crie Pash.

Ses propos déclenchent une véritable acclamation.

– Tu viens ? me demande Connor Babbage lorsque nous sortons du coin des douches rempli de vapeur.

– Probablement. Mais je dois vérifier avec ma bande.

Je laisse lourdement tomber sur le banc mes fesses enveloppées d'une serviette et j'attrape mon téléphone. Je textote à Hartley :

Tu es encore là ?

Ouais.

Bien. On se retrouve au parking ?

Ok.

Le parking est rempli d'étudiants. Avec tellement de phares allumés, on se croirait presque en plein jour. Bran me suit pendant que je m'avance vers les filles.

– Tu viens chez Dom ?

– Peut-être.

Pour être honnête, le dernier truc que j'ai envie de faire, c'est d'aller à une de ces fêtes de lycéens où je vois toujours les mêmes têtes et où je fais les mêmes choses depuis des années : rien d'autre que de la musique, des mélanges d'alcool et des parties de jambes en l'air avec des filles que je n'aime pas vraiment.

– Ça, c'est un oui enthousiaste.

Il hausse les yeux au ciel.

– Moi, j'y vais. J'ai l'impression que c'est le bon endroit pour apprendre à mieux connaître mes camarades de classe.

– Pourquoi ? Ce sont tous des cons, dis-je avec aigreur.

Bran penche la tête.

– Toi y compris ?

– Je suis le pire de tous.

Je ne sais pas pourquoi je suis de si mauvaise humeur. Merde, nous avons gagné pourtant. Je souffle un bon coup.

– Désolé. Je ne crois pas que j'ai pris assez de coups pendant le match. Tu as passé trop de temps sur le terrain.

– Il va falloir t'y habituer, répond-il joyeusement. (Il reste imperturbable malgré ma mauvaise humeur.) J'ai prévu d'y passer beaucoup de temps.

– Beau match !

Ella me félicite lorsque nous sommes plus près d'elle, ce qui m'évite de répondre.

Je regarde Hartley, qui fait écho à cet éloge en levant le pouce. Ça lui ferait mal de montrer un peu plus d'admiration ?

Deux pouces, peut-être ? Bon Dieu !

Ella salue Bran.

– Salut, moi c'est Ella.

– Bran. (Il lui tend la main.) Je crois qu'on est en

espagnol ensemble.

Elle acquiesce avec enthousiasme.

– Ouais. Tu es au premier rang.

– Au premier rang ? Intello ! le taquine Val en haussant les sourcils.

– C'est Val, lui dis-je en désignant la meilleure amie d'Ella. Et Hartley. (Et je tourne la tête vers la fille qui pense qu'un pouce en l'air suffit pour me dire à quel point j'ai bien joué ce soir.) C'est le moment de passer à confesse.

Bran fait un petit signe du doigt et les trois filles se penchent vers lui. Même Hartley.

– En fait, j'aime bien l'école.

Hartley pousse des halètements en se marrant.

– Eh bien, puisque nous mettons nos âmes à nu, et tout ça… moi aussi.

Les deux échangent un sourire qui me donne envie de mordre.

– L'école, c'est le moyen par lequel ceux qui ont le pouvoir modèlent les jeunes esprits malléables pour perpétuer le statu quo.

Tout le monde se retourne vers moi d'un air surpris. Bran plisse le front. Les sourcils de Val et d'Ella se soulèvent à l'unisson. Hartley a l'air complètement ahurie.

– Hum, ok, dit-elle.

Ella me tapote le dos.

– Ne fais pas attention à lui. Il est en colère parce qu'il n'a réussi qu'une seule fois à foutre par terre le quaterback adverse.

Bran hoche la tête.

– C'est ce que je disais plus tôt. Désolé, mon pote. La prochaine fois, je m'arrangerai pour marquer plus vite, pour que tu aies plus d'opportunités de défense.

– Bran, crie quelqu'un, tu viens ?

Notre quaterback adulé lève la main.

– J'arrive ! À plus ! On se voit à la fête, les amis.

Les filles le saluent de la main pendant qu'il s'éloigne en trottinant en direction d'une Nissan GT-R gonflée. C'est celle de Dom. Apparemment, Bran n'a aucun mal à s'intégrer. Je devrais être super-content, mais la perspective d'aller à cette fête et de les voir, lui et Hartley, qui ne se donne même pas la peine de me donner l'heure, flirter ensemble me donne envie de cogner.

– Qu'est-ce qu'il y a ? me demande Hartley d'un air inquiet.

Je plonge mes mains dans mes poches pour planquer mes poings. Du coin de l'œil, je m'aperçois qu'Ella aussi m'observe. Mais au lieu d'être suspicieuse, elle semble plutôt résignée. Elle me connaît assez bien pour comprendre ce qui se passe.

– Easton ? insiste Hartley.

Je hausse les épaules plusieurs fois de suite, parce que mes épaules ont besoin de bouger.

– Je ne sais pas, je suis comme ça parfois. Comme si toute cette énergie pulsait dans mes veines.

Je hausse les épaules encore cinq, six fois.

– Ça va. Ça va passer.

– Comment ?

– J'ai juste besoin de dépenser de l'énergie.

Ella fronce les sourcils.

Sur la défensive, je lui lance :

– Quoi ? Elle m'a demandé.

Hartley s'appuie contre la portière passager de ma camionnette.

– Ok. Et comment fais-tu ça ?

Je lui lance un regard salace, avec beaucoup de mouvements de sourcils.

– C'est hors de question, Royal. Rappelle-toi les règles.

Val renifle.

– Quelles règles ?

– Har-Har ici présente…

– Har-Har ? gronde Hartley.

– C'est ton nouveau surnom, j'explique avec un geste dédaigneux de la main, avant de me tourner vers Val. Quoi qu'il en soit, Har-Har m'a imposé des règles d'amitié. C'est la seule façon que j'ai trouvée pour qu'elle me fasse la grâce de sa présence.

– Et une de ces règles, c'est que je ne lui permets pas de me faire des avances, explique Hartley.

– Où est-ce que je peux signer pour m'inscrire ? demande ardemment Val.

Je proteste :

– Hé, je ne faisais des avances à personne ! Tu m'as demandé comment je faisais pour me détendre, et c'était ma réponse.

Bon, il y a une autre réponse possible, mais je ne vais pas la claironner sur tous les toits, pas tant qu'Ella m'observe avec son regard d'aigle. Elle sait parfaitement ce que j'espère faire ce soir, et elle n'aime pas ça.

– Pourquoi on ne va pas tous ensemble chez Dom avec ta camionnette ? Je laisse ma voiture ici, je la récupérerai plus tard, demande Ella sur un ton trop enjoué.

Ouais, voilà qu'elle est en mode baby-sitter. Je lui réponds sur un ton tout aussi enjoué :

– Désolé, petite sœur, c'est une idée débile. Tu ne vas pas abandonner une décapotable sur un parking à Astor avec tous ces peigne-cul de Gattwick qui peuvent y accéder ? Nous les avons écrasés ce soir, ils ont les boules.

Val prend mon parti.

– Il n'a pas tort. L'an dernier quand on les a battus, ils ont bombé en jaune tous les néons de la pelouse Sud. Mieux vaut mettre ta voiture en sécurité.

Ella comprend qu'elle a perdu la partie.

– D'accord. Val et moi, on vous retrouve là-bas. N'est-ce pas ? demande-t-elle en me dévisageant.

Je confirme :

– Bien sûr.

Mais je mens effrontément.

À la seconde où nous nous séparons et où Hartley et moi nous retrouvons seuls dans mon pick-up, je me tourne vers ma passagère et lui demande :

– Ça ne t'ennuie pas qu'on fasse un petit détour ?

Chapitre 11

Je me rends bien compte qu'Hartley est gênée et un peu nerveuse, mais elle joue le jeu. Elle saute par-dessus la barrière, au bout du chantier naval, sans se plaindre et elle ne dit pas un mot lorsque nous pénétrons dans le labyrinthe sombre des containers qui attendent d'être expédiés.

Ce n'est que lorsque nous arrivons à destination qu'elle me lance d'un air inquiet :

– Qu'est-ce que c'est que ce truc ?

– Des combats nocturnes.

Je suis excité et joyeux.

L'adrénaline me brûle déjà les veines, alors que mes poings n'ont pas encore été au contact du moindre centimètre carré de peau. Sauf que je regarde autour de moi et je suis un peu déçu.

Il n'y a pas grand monde ce soir, ce qui est bizarre parce que nous sommes vendredi et qu'habituellement les combats du week-end sont très suivis. Je suppose que les gens ont encore les jetons de se montrer après ce qui s'est passé il y a quelque temps.

Mais, bon, je vais simplement devoir faire avec moins de participants. Pas besoin de filer leur raclée à une trentaine de mecs. Un seul me suffira.

– Tu as prévu de te battre ? me demande Hartley avec inquiétude.

Je la prends par le bras et l'entraîne à l'écart, derrière une pile de cageots. Au milieu du cercle, deux grands types s'en donnent à cœur joie. Les poings et les injures fusent. Je ne veux pas qu'Hartley soit bousculée par l'un des spectateurs en train d'acclamer les lutteurs.

– Pourquoi tu ne t'assieds pas ? J'ai juste un truc ou deux à régler.

Bien qu'elle semble réticente, Hartley s'assied. J'enlève mon tee-shirt et je le jette sur la caisse à côté d'elle. Je remarque la façon dont ses yeux s'écarquillent. Est-ce qu'elle admire mon torse ? Je suppose qu'elle n'a pas eu assez de temps pour bien le reluquer plus tôt. Je lève les bras au-dessus de ma tête et je lui fais une démonstration d'étirements. Hartley détourne le regard pour éviter de me regarder. Je souris. Cette nana est mordue.

– Yo, Royal ! Tu payes pour t'inscrire !

Je fouille dans ma poche arrière.

– Voilà, dis-je à Wilson, le mec rasé qui contrôle les échanges de fric, en fourrant une poignée de billets dans sa grosse pogne.

Ça coûte un max de se battre. Mais je peux me l'offrir, je suis un Royal.

Il y a également la possibilité de gagner gros, mais maintenant que Reed ne se bat plus, je n'ai plus personne sur qui parier. Je ne peux pas parier sur moi, ce ne serait pas marrant, d'autant plus que je connais déjà le résultat.

– Le blondinet, là-bas, veut être le premier à se battre contre toi, me lance Wilson en souriant de toutes ses dents.

Je reluque le grand blond bodybuildé, debout au milieu de trois ou quatre mecs. Ah ouais.

Je reconnais les quatre crétins d'une fraternité que j'ai croisés à la fête où je suis passé la semaine dernière. Je crois bien que j'avais tapé dans l'œil d'une de leurs petites copines.

– Royal, me lance l'un d'eux, le visage congestionné et les yeux mi-clos, tu t'approches encore une fois de ma nana et je te défonce !

J'imagine que c'était sa petite amie. Je fais un petit signe à Tronche de Tomate.

– Et si tu essayais de me défoncer maintenant ?

Je lui montre le centre du périmètre défini pour les combats.

– Je vais laisser Mike le faire pour moi, se moque-t-il en tapotant dans le dos de son copain.

Minable. Il compte sur son pote balèze pour me punir d'être sorti avec sa copine ? Qu'est-ce qui est donc arrivé à cette bonne vieille tradition de combattre pour l'honneur de sa dame ?

Hartley observe notre échange l'air de plus en plus préoccupée.

– Tu as fait des avances à la petite amie de ce type ?

Je lui fais un clin d'œil.

– Qui, moi ?

– Easton. (Sa voix baisse pour ne plus être qu'un murmure.) Je n'aime pas ça.

– Quoi, que j'aie flirté avec sa copine ou que je me batte contre lui ?

– Le combat.

C'est difficile à dire dans cette obscurité, mais j'ai l'impression qu'elle pâlit. Je suppose qu'elle a peur pour moi ? C'est parfait. Elle réalisera bien assez tôt qu'elle n'a pas à s'inquiéter. Je maîtrise.

– S'il te plaît, sois prudent, insiste-t-elle.

Non. Faire gaffe, ce n'est pas marrant. Faire gaffe, c'est chiant.

– Bien sûr.

Je mens, et elle semble soulagée. Mais à l'instant où je pénètre dans le cercle, je charge Monsieur Muscle sans aucune précaution, parce que je suis avide de sentir son uppercut. Je veux ressentir cette douleur dans la mâchoire qui ébranle les dents. Je veux cracher du sang par terre. Une autre chose que mon frère et moi avons en commun, outre notre goût pour les nanas, c'est notre soif de violence.

Je laisse Mike me cogner jusqu'à ce que j'en aie marre. Alors, je l'envoie au tapis de deux coups rapides et je retourne lentement vers Hartley qui me dévisage, horrifiée.

– Tu es couvert de sang !

Elle a raison. Ça dégouline le long de mon menton et de ma poitrine, et je peux sentir le goût métallique du sang dans ma bouche.

Putain, je me sens tellement bien maintenant. Je me sens connecté. Vivant.

J'appelle Wilson en ignorant complètement Hartley :

– J'en veux encore.

Elle me demande d'un air misérable :

– Easton, on peut y aller ? S'il te plaît !

– Quelqu'un d'autre veut tenter sa chance contre Royal ? demande Wilson au groupe en souriant comme un malade.

Il y a environ quatorze mecs qui battent le pavé. Pratiquement, tous veulent se battre contre moi. Je suppose que j'ai eu des embrouilles avec plus de gens que je ne le pensais.

– Reste sagement assise, dis-je à Hartley. Laisse-moi juste m'en faire un ou deux de plus.

– Non.

Le mot jaillit, rapide et sec. Elle bondit de la caisse pour me faire face, et maintenant qu'elle est plus près de la lumière, je me rends bien compte qu'elle est toute pâle.

– C'est quoi ton problème ? On s'amuse gentiment, c'est tout.

– Ce n'est pas de l'amusement ! Une bande de mecs qui essaient de se tuer les uns les autres ? Ce n'est pas marrant !

Devant tant de véhémence, je lève les yeux au ciel.

– Ok, relax. Personne n'essaie de tuer personne. Nous laissons un peu s'exprimer notre agressivité, c'est tout.

– Eh bien, je ne veux pas voir ça.

Et elle croise fermement les bras.

– Ramène-moi à la maison.

Je hausse un sourcil.

– Honnêtement, je ne pensais pas que tu serais aussi coincée.

– Je n'aime pas voir les gens souffrir, ça fait de moi une coincée ?

Sa voix grimpe dans les aigus et tremblote, mais ses yeux gris lancent des éclairs.

– Pourquoi m'as-tu amenée ici ? Comment as-tu pu croire que ça me plairait ?

Un pli se forme entre mes sourcils. C'est la première fois que j'amène une nana ici. À part Ella. Mais c'est parce qu'elle nous avait suivis, Reed et moi, sans qu'on le sache. Sinon mes visites tardives au chantier naval n'ont jamais concerné que moi.

Moi seul.

C'est le monde d'Easton.

Alors pourquoi ai-je invité Hartley à pénétrer dans mon monde intérieur ?

– Je croyais que tu aimerais, je finis par répondre.

Mais les mots ne sonnent pas justes. Ce n'est pas pour ça que je l'ai amenée. Je… ne sais pas pourquoi.

Hartley me le rappelle très vite.

– Non, ce n'est pas pour ça. Tu ne fais rien pour personne. C'est pour toi, toujours pour toi. Ça te fait jouir que je te regarde, peut-être ?

– Non. C'est stupide.

– C'est stupide ?

Sa voix grimpe d'une octave.

– Toi et ces idiots...

– Hé ! proteste quelqu'un, et c'est alors que je réalise qu'on nous regarde.

– Vous venez ici la nuit et vous dépensez des centaines de dollars pour jouer à cette version débile de *Fight Club*. Si ça, ce n'est pas stupide, alors je ne sais pas ce qui l'est !

– Eh bien, casse-toi, chérie ! s'écrie l'un des mecs de la bande de Monsieur Muscle.

– Ouais ! Arrête de hurler comme une harpie et va te faire voir ailleurs !

– Royal, fais taire ta pute !

Je fais demi-tour, cherchant du regard l'enfoiré qui vient de faire cette remarque. Dès l'instant où il voit mon expression, il recule nerveusement de plusieurs pas.

– Toi, dis-je en le montrant du doigt, tu vas payer pour ce que tu viens de dire.

Il recule encore d'un pas.

– Quoi, tu vas le cogner, lui aussi ? me demande Hartley d'un air dégoûté. C'est comme ça que tu résous tes problèmes, Easton ? Par la violence ?

– Je ne vais sûrement pas laisser ce taré te débiner.

– Je m'en fiche. Il peut dire toutes les horreurs qu'il veut sur moi.

– Mais moi, je ne m'en fiche pas.

– Donc, c'est pour toi que tu te bats, pas pour moi, répond-elle sèchement. Et je veux partir maintenant. Alors voilà comment ça va se passer. Ou bien tu renfiles ton tee-shirt (elle l'attrape et me le jette sur la poitrine) ou (elle lève son téléphone portable) j'appelle la police et je fous en l'air cette petite fête.

– Camée !

– Yo, connasse, tu connais l'expression « les balances, on les balance » ?

– Royal, ta copine craint un max !

Hartley et moi ignorons les paquets d'injures qui nous tombent dessus en rangs serrés.

Nous nous regardons fixement. Ses yeux en feu, d'un gris sombre orageux, me font frissonner.

Elle est furieuse contre moi.

J'ai merdé, je suppose. Mais honnêtement, je ne pensais pas que quelques bastons à mains nues la bouleverseraient autant. Ella s'était montrée hypersensible lorsqu'elle était venue avec nous, mais je pense qu'en fait elle avait apprécié de voir Reed se comporter de manière aussi bestiale devant elle.

– Easton, chuchote Hartley sur un ton menaçant.

– Ouais ?

– Ramène. Moi. À. La Maison.

Elle me lance un regard tellement glacé que ma sueur gèle sur ma poitrine.

– Maintenant.

Chapitre 12

Je suis vraiment, vraiment, vraiment désolé. 3 fois vraiment ! Comme ça, tu sais que je le pense.

Après avoir envoyé mon texto, je m'allonge sur mon lit pendant bien trente minutes, en fixant mon téléphone dans l'espoir qu'Hartley me réponde. Elle ne le fait pas. Tout comme elle n'a répondu à aucun des messages que j'ai envoyés entre neuf heures trente et midi aujourd'hui. C'est un total de huit textos sans réponse qui remplit notre historique de chat.

Je ressens un poids bizarre dans la poitrine, qui ne se résorbe pas. Je me sens merdeux, j'imagine. Je repense au visage d'Hartley pendant les combats. Ce regard blessé ? Je n'arrive pas à l'effacer de ma mémoire. Pire, je ne sais pas quoi faire pour arranger ça. Elle n'a pas dit un mot de tout le voyage de retour hier soir, jusqu'à ce qu'on arrive devant son appartement. Quand j'ai tenté de sortir pour la raccompagner jusqu'à sa porte, elle m'a lancé un regard noir en disant :

– En quoi le fait de me raccompagner est-il valorisant pour Easton Royal ? En rien. Alors, ne le fais pas.

Puis elle a sauté du pick-up et a claqué la porte assez fort pour faire vibrer la carrosserie.

Ça me fait chier qu'elle pense que je suis un sale égoïste. En me mordant l'intérieur de la joue, j'attrape mon téléphone et je tape un nouveau message.

STP, H. parle-moi. Sans ça, je viens m'excuser en personne.

J'ignore si c'est la menace qui fonctionne ou si elle décide soudain qu'elle veut bien me répondre. Dans tous les cas, j'obtiens un résultat : je vois les trois points gris qui me signalent qu'elle est en train d'écrire quelque chose.

Putain, merci.

Ne t'avise pas 2 venir, Easton.

Je V le faire si tu continues à m'ignorer. J'M pas ça.

Ouais ? Ben j'aime pas qu'on me traîne ds 1 club de combats illégaux É qu'ensuite on me traite de coincée.

La culpabilité m'envahit. Et j'ai un peu la nausée, mais c'est peut-être à cause de la bouteille de tequila que j'ai descendue lorsque je suis rentré à la maison après avoir déposé Hartley. Ce genre de dispute m'expédie presque à chaque fois droit à la cave.

Combien de fois vais-je devoir te dire que je suis désolé pour que tu me pardonnes ?

Pas de réponse.

Frustré, je m'assieds sur mon lit et je me cogne la tête à plusieurs reprises contre la tête de lit capitonnée. Et je tape une suite.

Parce que je SUIS désolé, Hartley. Je me sens mer2 2 t'avoir emmenée là-bas, d'avoir essayé de te forC à rester qd tu voulais rentrer. Tu as raison d'être en colR contre moi.

Encore le silence.

Qu'est-ce que tu veux 2 moi ?

La réalité. Voilà la réponse que je finis par obtenir.

La réalité ? C'est quoi cette connerie ? Je me frotte le menton d'une main en regardant mon téléphone. Je suis désolé. C'est ça la réalité. Le simple fait que j'éprouve des regrets, c'est nouveau pour moi. Pourquoi ne comprend-elle pas ça ?

Mon doigt reste suspendu au-dessus de l'écran. Qu'est-ce que je dis ? Qu'est-ce qui pourrait bien la convaincre ?

Suis aussi réL que possible, BB.

Je le relis avant de l'envoyer. Et je le relis encore une fois. À la troisième lecture, il me semble que c'est la pire réponse qui puisse exister sur cette terre. Je ne suis pas doué pour les textos. Si elle était là, face à moi, elle pourrait voir combien je suis vraiment désolé.

Viens, tu pourras voir que je suis sérieux.

Maintenant tu l'es.

Qu'est-ce que ça peut bien vouloir dire ? Encore un truc de fille et malheureusement je n'ai aucune antisèche ni aucune appli pour m'aider.

P pas être sérieux tout le tps. C s'rait chiant.

Parfois C bien de se faire chier. C ds le silence qu'on entend battre le cœur.

Elle cite des paroles de chansons ou quoi ? Je ne sais plus vraiment avec cette fille.

Je tapote sur les bords de mon téléphone en essayant de trouver le meilleur trait d'esprit possible. Aucun des trucs habituels ne fonctionnera, alors…

« Sois réel », dit-elle. La raison pour laquelle je ne trouve rien à écrire, c'est parce que ces lignes sont pipeau. « Sois réel. » Je me remets à taper.

J'ne veux pas perdre ton amitié. J'tiens à toi.

En appuyant sur « envoyer », je réalise que c'est sans doute la première fois que je dis ça à une fille.

Je tiens à toi.

J'ai déjà dit j'ai envie de toi. Ou, je te trouve sexy, chaude, excitante, bandante. J'ai complimenté des filles. Je les ai encouragées. J'en ai fait hurler de joie plus d'une, mais je ne crois pas que j'ai jamais vraiment tenu à l'une d'entre elles.

Mais je tiens à Hartley.

Je fixe l'écran, je voudrais qu'elle me réponde. Quand la bulle de texte apparaît, je pousse un soupir de soulagement.

Tu as 1 drôle d façon d l montrer.

Ce n'est pas exactement la réponse que j'espérais, mais au moins, elle ne m'a pas laissé tomber.

Bon, j'M voler, ok ? Mais mon père m'l'a interdit. Voler, C le seul truc ki ne blS personne. J'veux dire, les gens vont là O, prcq ils veulent y aller.

J'ai l'impression de m'ouvrir la poitrine et de la laisser regarder à l'intérieur. Ce n'est pas joli joli, mais je ne veux pas qu'elle s'en aille.

LeS-moi 1 autre chance, H.

Oh. Ok, j' ne pige pas mais en mm temps, je pige quand même. J'te pardonne, mais je peux pas c'week-end.

Je me gratte le nez. Je n'aime pas ça. Ça signifie qu'elle va gamberger sur le combat pendant tout le week-end.

Pourquoi ? Je suis dispo si tu as besoin d'aide.

Si tu es véritablement désolé, alors laisse-moi ce week-end.

Pourquoi ? Je peux te montrer en personne que je suis désolé.

Ou tu peux me prouver que tu es désolé en respectant ma demande.

Si c'est ça devenir adulte, je ne crois pas que ça me plaira bcp.

Bienvenue au club. Et c'est suivi par : Merci d'être réL.

Je lui envoie un smiley, mais elle ne répond pas. Et après avoir fixé pendant dix minutes mon petit émoji, je pige. Elle en a fini avec moi pour aujourd'hui.

Le temps s'écoule tellement lentement quand on s'ennuie. Chaque minute semble durer une heure. Et chaque heure, un jour entier. Au milieu de l'après-midi, je suis convaincu qu'un mois entier vient de passer.

– Quel jour sommes-nous ? je demande.

Comme il n'y a personne dans ma chambre, personne ne me répond.

J'ai besoin de sortir de cette fichue baraque. C'est ça mon problème. Je suis un mec d'action, pas un penseur et là, tout de suite, je dois faire quelque chose. Alors, j'envoie un texto à Pash. Puis à Dom. Et ensuite à Babbage. Personne ne répond.

Je suppose qu'il ne me reste plus que la famille.

Je pars à la recherche d'Ella et je la trouve dehors, au bord de la piscine, avec des tas de papiers étalés autour d'elle. J'attrape deux bouteilles dans le frigo et je m'installe sur une chaise longue face à elle, en lui balançant une bouteille sur la jambe au passage.

– Tu avais l'air d'avoir soif.

Elle lève la tête de son boulot.

– Oh vraiment ?

– Vraiment. (Je m'étire sur la chaise longue.) Et il me semble aussi que tu as droit à une pause.

Ella rigole.

– En fait, je viens juste de m'asseoir.

– Parfait. Du coup, je n'interromps rien. Allez, on fait les langues de pute, copine.

Son gloussement se transforme en éclat de rire.

– Oh, je t'en prie, Easton, ne dis plus jamais ça.

– Pourquoi pas ? Je pensais que tu apprécierais mon offre de potins. Tu ne fais que ça avec Val.

– Ce n'est pas vrai !

Je lance mes jambes en l'air et je souris au ciel bleu clair.

C'est une journée splendide et mon humeur reprend des couleurs. J'ai toujours la gueule de bois, mais mes tempes ne palpitent plus aussi fort et mon cœur se sent plus léger. Hartley n'est plus furieuse contre moi, elle est juste en colère. Ça me va.

– Mais bon, si tu as envie de faire la langue de pute, allons-y. Qu'est-ce que tu fabriques avec Hartley Wright ? En plus, c'est évident, rajoute-t-elle lorsque je hausse un sourcil.

– Je ne sais pas. Elle est nouvelle. Je m'emmerde.

– Ce n'est pas un jouet, me réprimande Ella.

– Ça, je le sais bien. (Je bois quelques gorgées d'eau.) C'est mon amie, d'accord ?

– Tu n'as pas d'amies filles, Easton.

– Bien sûr que si. Toi et Val.

– Ouais, mais c'est uniquement parce qu'aucune de nous n'a voulu faire l'amour avec toi. Si on avait été intéressées, même si tu savais que ça allait détruire notre amitié, tu aurais choisi la baise sans hésiter une seconde.

– Si toi et Val, vous étiez intéressées par une partie à trois avec moi ? Hum, bien sûr que je choisirais le sexe.

– Je ne parlais pas d'un truc à trois, bafouille Ella. Beurk. Tu es vraiment terrible. (Elle se penche et me frappe l'avant-bras avec sa bouteille d'eau.) De toute façon, tu comprends très bien ce que je veux dire. Tu es ami avec Hartley uniquement parce qu'elle ne veut pas sortir avec toi. Si elle voulait, tu serais bien plus que son ami.

Je hausse les épaules.

– Je ne sais pas. Peut-être.

– Tu devrais lui ficher la paix.

– Pourquoi ça ?

– Parce qu'elle a été assez claire sur le fait qu'elle n'est pas intéressée. Et hier soir, pendant le match, elle nous a expliqué à Val et moi qu'elle cherchait un second boulot parce que le sien ne lui rapporte pas assez. Elle disait que l'école et le boulot étaient les seules choses sur lesquelles elle se concentrait en ce moment.

– Ouais, c'est aussi ce qu'elle m'a dit.

Je me rassieds.

– Tu n'es pas curieuse de savoir pourquoi une môme d'Astor Park vit dans un studio pourri sur Salem Street ?

– Bien sûr que si, mais elle ne veut pas qu'on s'en mêle et je pige d'où elle vient. Moi aussi, je détestais la façon dont tout le monde me dévisageait. Et elle vient à l'école en subvenant elle-même à ses besoins, et il faut la laisser tranquille. Voilà ce que j'aimerais à sa place.

Je décide de ne pas lui dire qu'elle se plante. Elle a fait partie de nous dès l'instant où elle a pénétré dans cette maison. Ella, c'est la mouche du coche. Ça me surprend qu'elle ne s'en rende pas compte.

Du coup, je change de sujet.

– Tu bosses sur quoi ? je lui demande en montrant ses papiers.

– Les fonctions continues. Je n'y arrive pas.

– Ça signifie tout simplement que tu pourrais poursuivre le graphique avec ton stylo dans les valeurs négatives ou positives sans avoir à lever ton stylo du papier.

Je dessine une courbe sinueuse.

– Tu vois ?

Elle hoche la tête.

– Ensuite, pour déterminer si une fonction est continue, tu dois satisfaire ces trois conditions.

Je fais de rapides annotations et je lui tends la page.

Pendant qu'elle l'étudie, je vérifie mon téléphone. Pash m'a répondu. Enfin.

Désolé. Déj avec la famille. Ils viennent d'Atlanta nous rendre visite.

Merde. Je rejette mon téléphone.

– Combien de problèmes as-tu encore ?

– Vingt.

– Combien de temps ça va te prendre ?

– Un bon moment.

Elle se lève.

– J'ai besoin d'un en-cas.

Je la suis dans la cuisine.

– Très bien. Passons à *La Baguette Française*. Je t'invite.

– Je ne peux pas sortir avec toi, Easton. Je dois terminer tous mes devoirs aujourd'hui, parce que Val et moi on va à State demain. Je vais faire la surprise à Reed pour me faire pardonner de ne pas avoir pu assister à son match aujourd'hui.

Oh merde. J'avais oublié que j'avais prévu d'y aller. Habituellement, c'est Ella qui me tire du lit et me traîne à la voiture. Mais Reed ne m'en voudra pas de rater son match. De toute façon, il préfère voir Ella que moi, et je peux toujours aller en avion assister à son match contre la Louisiane, samedi prochain. Soudain, un truc me passe par la tête.

– Attends ! Pourquoi tu ne vas pas au match ?

Elle continue à me tourner le dos en plongeant la tête dans le frigo.

– Parce que Callum et moi, nous avons rendez-vous avec l'attorney général aujourd'hui. C'était le seul moment qui leur convenait.

Ça craint.

– Tu y vas à quelle heure ?

– Vers seize heures, je crois.

– C'est dans des heures. On a tout le temps de sortir. Qu'en dis-tu ? Je ferai tes devoirs de maths et…

– Non, m'interrompt-elle. Je dois les faire moi-même. Si je n'apprends pas ces théorèmes, ça va devenir encore plus difficile.

Je m'arrête net.

– Pas grave, je continuerai à faire tes devoirs. Allez, ce n'est pas comme si tu allais utiliser la moitié de ces conneries dans la vraie vie.

– Tout le monde ne peut pas résoudre mentalement des problèmes complexes de maths, Easton. Tu es trop intelligent pour ton propre bien.

– Vraiment ? Parce que tu passes ton temps à me dire que je suis débile, je la taquine.

– Je veux dire que tu fais des conneries. Je sais que tu n'es pas con. Tu es très intelligent. Tu le sais très bien, n'est-ce pas ?

– Certains trucs viennent tout seuls, mais mes notes sont nulles.

– Parce que tu n'aimes pas les contrôles. Parce que te concentrer sur un truc plus de dix minutes, ça t'ennuie.

– J'aime piloter, et ça, ça prend plus de dix minutes.

Elle pose un plateau de fruits sur le comptoir.

– Il y a quelque chose d'intéressant là-haut qui n'existe pas en classe.

C'est vrai. Dans un petit avion, on doit être sur le qui-vive, mais surtout, on se sent vivant là-haut. Je peux presque ressentir la même chose sur une moto qui fonce sur l'autoroute, mais c'est juste un faux-semblant. Ça ne remplace pas le vrai truc.

– Merde. Il faut que je vole à nouveau.

J'attrape un morceau de melon, je l'enfourne.

– Tu en as parlé à Callum ?

Je réponds la bouche pleine :

– Non. Je sais déjà ce qu'il va me dire.

– Quoi ?

– Obtiens de meilleures notes. Arrête de boire. Sois plus responsable.

Ella penche la tête.

– Bon. Je suppose que tu n'as pas autant envie de voler que ça, si tous ces trucs te posent tellement de problèmes.

– C'est un peu vache.

Imperturbable, elle me répond par un haussement de sourcil.

– Je ne veux pas me battre avec toi, Ella Bella. Viens, allons jouer, je l'exhorte.

– Non.

Je renonce. Je sais par expérience qu'elle ne bougera pas. Ella est plus têtue qu'un troupeau de mules. Il ne me reste plus que les jumeaux.

– Sawyer et Seb sont là ?

– Ils sont dans la pièce du home cinéma avec Lauren.

Je ne peux empêcher ma lèvre de se tordre. Lauren est de plus en plus souvent à la maison et je commence à en avoir un peu marre. Elle se comporte comme si les jumeaux lui appartenaient. C'est elle qui décide quand et où ils peuvent aller. Et ils lui achètent des tas de trucs. Des trucs chers qu'ils peuvent se permettre, mais ça me fout les boules.

– Amuse-toi un peu aujourd'hui. Je suis certaine que tu vas trouver quoi faire pour t'occuper.

Ella me file une tape dans le dos avant de ressortir dans le patio.

Dans la pièce du home cinéma, je trouve Lauren assise toute seule, en train de se faire les ongles.

– Où sont les jumeaux ?

La rousse menue lève la tête.

– Seb est allé acheter de la glace et Sawyer a oublié quelque chose dans sa chambre.

– Mais on a de la glace à la maison.

Lauren trace une ligne blanche en travers de son ongle.

– Pas celle que j'aime.

Elle lève sa main et souffle dessus.

Mon Dieu. Lauren mène ces garçons par le bout du nez.

Mais je me mords la langue et je pars à la recherche de mon frère. Je découvre Sawyer qui porte un sac de chez Gucci. Je me maîtrise.

Pas un mot là-dessus. Ça ne te regarde pas.

– Tu veux sortir ?

– Pour faire quoi ?

– Je ne sais pas. Juste pour sortir de la maison.

– Laisse-moi demander à Lauren ce qu'elle a envie de faire.

Il ouvre la porte, mais je connais déjà la réponse. Lauren n'aime pas être vue en train de zoner avec les jumeaux en dehors de la maison. À l'école, elle fait comme si elle ne sortait qu'avec l'un d'eux. Les jumeaux trouvent ça marrant. À un moment, pourtant, ça va finir par faire chier l'un d'eux, voire les deux.

Sawyer revient au bout d'une minute à peine.

– Lauren passe son tour.

– Et Sawyer, il fait quoi ?

En d'autres termes, qu'est-ce que toi tu veux faire, plutôt que ce que veut faire Lauren ?

Mon frère fait la tronche.

– Moi aussi, je passe.

Je tente de le convaincre.

– Allez. Tu peux sortir pour une fois. Ou alors, tu sais quoi, restons tranquilles ici un moment et planifions un truc de dingue pour la soirée.

– Lauren ne veut pas sortir ce soir non plus. La dernière fois qu'on est sortis, on s'est fait emmerder et Lauren n'a pas apprécié.

Je suggère :

– Peut-être que tu devrais sortir avec quelqu'un au cuir plus épais.

Sawyer croise les bras et me lance un regard assassin.

– Pourquoi tu ne te cherches pas quelqu'un qui en a quelque chose à foutre de ce que tu penses ?

– Pourquoi tu ne te cherches pas quelqu'un avec qui tu peux sortir de cette maison ?

– Va te faire foutre !

Il recule et me claque la porte au nez.

Bien joué, Easton, tu t'es mis tout le monde à dos dans cette maison.

Ella préfère faire ses devoirs plutôt qu'être avec moi. Les jumeaux préfèrent leur petite copine pourrie gâtée. Hartley m'a fait promettre de ne pas m'occuper d'elle de tout le week-end.

Alors, bien qu'il soit à peine midi passé, il ne me reste vraiment plus qu'une seule chose à faire.

Rendre une petite visite à la cave à vins.

Chapitre 13

Je suis bourré, bourré, bourré. Et personne, dans ma famille de nazes, ne l'a remarqué. Ella et papa sont partis à leur rendez-vous avec le D.A. sans même me jeter un verre. Je veux dire, un coup d'œil. Ils m'ont juste fait un signe et sont sortis. Les jumeaux, je ne sais pas où ils sont. Peut-être en haut avec Lauren. Je suis sûr que l'un d'entre eux est en train de l'éventer tandis que l'autre la gave de raisins.

Jamais je ne laisserai une nana me tenir par les couilles comme ça. Surtout pas Hartley Wright. Qu'elle aille se faire foutre ! Elle est furieuse parce que je me bats ? Et alors ? Un garçon, ça se bat. On fait des conneries, c'est comme ça. Elle n'a pas le droit de porter de jugement sur moi.

Je n'arrive pas à croire qu'elle ne veuille pas me voir ce week-end. Je croyais qu'on était amis.

Elle est pire que tout.

Je saute du canapé et sors de la salle du home cinéma. Je descends dans le bureau de papa où j'attrape la bouteille de vodka sur l'étagère à alcools. J'ai déjà bu tout son whisky. Ça m'étonnerait pourtant qu'il le remarque. Je bois une bonne lampée au goulot et je m'installe sur le fauteuil en cuir de mon père. Sur son bureau, il y a des documents. Je les parcours des yeux négligemment. On dirait un rapport d'enquête sur les faits et gestes de Steve durant ces derniers mois.

Steve qui va chercher sa teinturerie. Steve dans un bar d'hôtel. Beaucoup de photos de ce bon vieil oncle Steve, le meurtrier.

Je sais que je devrais avoir de la peine que Steve ait tué Brooke, mais ce n'est pas le cas. C'était une vraie salope. Le truc que je n'apprécie pas, c'est qu'il ait tenté de faire du mal à Ella dans cette histoire. Et qu'il ne se soit pas dénoncé quand mon frère a été arrêté.

Ce n'est pas Steve qui a essayé de foutre l'histoire de Brooke sur le dos de Reed, c'était Dinah. Elle voulait se venger de la famille Royal. Du coup, elle est allée baver auprès du procureur et a même acheté une serveuse pour qu'elle mente et prétende que Reed avait menacé Brooke avant sa mort. Dinah a fait tout ce qu'elle pouvait pour détruire notre famille. Et Steve l'a laissée faire. Il est resté sans bouger quand Reed a été jeté en prison et n'a pas avoué que c'était lui le véritable assassin.

C'est impardonnable. Et ça me fout les boules, parce que j'aime beaucoup Steve. J'aimais. Je rectifie. Au passé. Je ne peux plus l'aimer à présent. Je ne peux plus le respecter. Je ne peux plus avoir envie de lui ressembler quand je serai grand.

Mais c'est finalement facile, parce que je n'ai pas prévu de grandir. Être adulte, ça craint. Être adulte, ça vous demande de vous intéresser à autre chose qu'à vous-même. Et ça sous-entend faire des trucs chiants pour rendre heureux quelqu'un d'autre. Et si moi, je ne suis pas heureux ? Qui va s'occuper de ce problème ? Personne. Personne d'autre que moi. Je me verse encore une lampée de vodka dans le gosier et j'appelle Reed.

Son match doit être terminé à présent. Je me demande s'il a gagné. Probablement que oui. Son équipe est bonne.

– Quoi de neuf ? demande-t-il en décrochant.

– Ma bite, je plaisante.

– Seigneur, East.

– Désolé. Fréquenter Ella déteint sur moi, tu sais ?

Reed pousse un soupir à travers le téléphone. Je souris et je bois encore une gorgée.

– Quand vas-tu devenir moins con ?

– Pourquoi est-ce que je le voudrais ?

– Parce que tu vas finir par faire chier tous ceux que tu aimes en agissant ainsi, dit-il carrément. Arrête avec tes conneries à propos d'Ella. C'est irrespectueux vis-à-vis d'elle.

– Et on ne voudrait pas faire quoi que ce soit qui énerve notre précieuse princesse, pas vrai ?

– Qu'est-ce que tu as ? Qu'est-ce que tu fais à la maison un samedi soir ?

– Personne ne veut jouer avec moi.

Enfin, ce n'est pas tout à fait vrai. Il y a deux fêtes ce soir et, en une heure, trois filles m'ont envoyé des photos d'elles à poil, mais je suis trop bourré et trop flemmard pour bouger.

– Et tu te fais chier comme un rat mort, devine-t-il.

– Oh, c'est dingue comme tu es devenu intelligent depuis que tu es parti à la fac.

– Tu es d'une drôle d'humeur ce soir. Tu as beaucoup bu ?

Je lève la bouteille à la lumière. Elle est à demi pleine.

– Pas assez. C'est quoi le plan pour le week-end prochain ? Ton match, c'est où ?

– En Louisiane. Ella va venir. Elle prend l'avion vendredi soir.

– Bien sûr qu'elle va y aller.

Je n'essaie même plus de camoufler l'amertume qui m'envahit.

C'est moi qu'elle a embrassé en premier, ai-je envie de lui hurler. *Je me suis écarté pour te laisser la place.*

– On n'est pas en train d'essayer de te tenir à l'écart. Pourquoi est-ce que tu ne prends pas un avion après ton match ? Le samedi matin ?

Je déteste cette gentillesse dans sa voix. C'est tellement évident qu'il me trouve pathétique.

– Désolé, frangin. Pas possible. J'ai d'autres plans.

Je raccroche et je jette le téléphone sur le bureau. Il se remet à sonner deux secondes plus tard. Le nom de Reed apparaît à l'écran.

Je l'ignore.

La bouteille m'appelle. Je prends une autre énorme lampée et j'attends que le tournis arrive. Ces derniers temps, il me faut de plus en plus d'alcool pour me mettre dans un état agréable d'ébriété.

Les murs du bureau de papa ont l'air de se resserrer. L'air est lourd. Alors, je ramasse la bouteille et je sors dans le patio. Il fait nuit, mais notre piscine est éclairée, ce qui donne l'impression que l'eau est bleu fluo. Je la regarde un moment avant d'emprunter le chemin qui mène au rivage.

J'erre un moment sur la plage, je balance quelques cailloux dans l'eau. L'immensité me saisit. C'est trop grand et trop calme ici, alors qu'à la maison, c'est étouffant.

Je me mets à marcher tout en buvant.

Stupide Hartley. Elle a envie de moi, je le sais. Si ce n'était pas le cas, elle n'aurait pas fourré sa langue dans ma bouche quand je l'ai embrassée. Elle m'aurait balancé une baffe en me disant de ne jamais recommencer.

Elle fait semblant de ne pas m'aimer, et ça me dérange. Et maintenant, je dois faire comme si on était simplement amis, ce qui est complètement débile. Ella a raison. Je laisserais tomber l'amitié d'Hartley sans une seconde d'hésitation si cela nous permettait d'être ensemble. Ce n'est pas que je veuille que nous soyons ensemble. Je crois simplement que ce serait amusant de batifoler avec elle, c'est tout. Mais j'en ai marre de courir derrière quelqu'un qui passe son temps à me dire d'aller me faire voir. Ce n'est pas marrant.

– Salut Easton.

Je saute en l'air. Felicity Worthington sort de nulle part comme un mauvais génie. Je me demande bien comment je peux la renvoyer à l'intérieur de sa lampe magique incrustée de diamants.

Elle me fait signe avec ses doigts. Je réprime un frisson et je l'ignore. Je porte la bouteille à mes lèvres, mais il ne reste plus que quelques gouttes d'alcool.

– C'est samedi soir et tu es tout seul ?

– Tu as gagné le premier prix de devinettes. Tu es tellement observatrice ! je raille.

Mon sarcasme ne semble pas la dérouter. Elle s'avance et ôte la bouteille vide de ma main. Puis elle me prend par le poignet et me mène jusqu'à son poolhouse.

Je la suis parce que je me demande ce qu'elle veut. Il arrive que Felicity flirte avec moi, mais jamais elle ne m'a fait comprendre qu'elle voulait que je la déshabille. Elle a le cul dissimulé par une ample jupe kaki et elle porte un chemisier à col rond impeccable sous une veste rose. Cette panoplie n'est pas très différente de notre uniforme scolaire. Coincée et chiante, voilà comment je l'ai toujours considérée.

– Tu arrives tout droit d'une réunion de l'ONU ou quoi ?

Elle fait la moue.

– Non. Ma famille et moi sommes allés dîner au country club. Pourquoi ?

Ces gens passent leur temps à en faire trop.

– Pour rien.

Elle me désigne un gros fauteuil bleu rembourré :

– Assieds-toi. Attends. Ne bouge pas. Tu as l'air… sale.

Elle se précipite vers un placard et attrape une serviette. Après l'avoir étalée sur le siège, elle me fait signe de m'asseoir.

Je baisse les yeux sur mon tee-shirt et mon jean. Je dois avoir ce tee-shirt depuis mes quinze ans. Il est un peu usé par endroits, trop serré à d'autres, mais il est confortable et propre. Nous avons une femme de ménage, putain. Mes vêtements sont lavés régulièrement.

– Qu'est-ce qui ne va pas avec mes fringues ?

– On dirait que tu as trouvé ce jean dans une poubelle.

– Une poubelle ? Sérieusement ? Ces trucs m'ont coûté mille balles.

Ouais, je suis capable de dépenser mille balles pour un pantalon. Je peux me l'offrir.

– Ils ne sont pas plus beaux pour autant.

– Les jeans déchirés, c'est branché. Tout le monde en porte.

– Les tiens ne sont pas déchirés. Ils sont en lambeaux et sales. Vraiment, on dirait un clochard.

Il n'y a pas assez de gnôle sur cette terre pour que je puisse supporter ça, du coup je me lève et je me dirige vers la sortie.

– Merci pour tes critiques de mode que je n'avais pas sollicitées.

Elle me répond sur un ton irrité :

– Attends. Tu ne peux pas partir tout de suite. J'ai une proposition à te faire.

Comme Felicity ne s'est pas encore désapée, je ne pense pas que je vais accepter sa proposition.

– Tu es trop habillée pour pouvoir m'intéresser.

– Et ça ?

Elle ouvre un autre placard et en sort un quart de vodka.

– Voilà ce dont je parle.

Je fais signe de l'attraper, mais elle la recule hors de portée.

– Tu charries !

– Assieds-toi, et je te donnerai cette bouteille.

J'ai le choix entre rentrer chez moi et me faire chier comme un rat mort et boire la gnôle de Felicity, et éventuellement me la faire. Je me rassieds.

Avec un sourire triomphant, elle me tend la bouteille que j'ouvre rapidement avant de la porter à mes lèvres.

Une expression de dégoût apparaît sur son visage.

– Je n'arrive pas à croire que tu sois un Royal.

– Tu peux le croire, pourtant, bébé.

– Tu es prêt à écouter ma proposition ?

Je lui lance un sourire.

– Je ne sais pas très bien écouter. Pourquoi est-ce que tu n'y vas pas, montre ce que tu as et je te dirai si ça m'intéresse.

– Je ne suis pas en train de me donner en spectacle, dit-elle froidement. Voilà le truc, Easton. Je t'ai observé toute cette semaine…

– En mode harceleur ?

– C'est toi qui le dis, répond-elle en levant les yeux au ciel. Tu as passé la semaine à courir après Hartley, même s'il est clair que tu perds ton temps avec elle.

– Ah bon ?

On peut dire bien des choses de Hartley. Qu'elle est énervante. Irritable. Qu'elle démarre au quart de tour. Mais on ne peut pas dire que c'est une perte de temps.

– Bien sûr. Elle est jolie et elle vient d'une famille modérément aisée, mais elle n'est pas une Royal. Si on devait la mettre sur une échelle de valeur qui va de un à dix, elle serait probablement quelque part entre deux et trois.

– Mon échelle de valeur perso est généralement basée sur le degré de mon désir.

Felicity m'ignore :

– Tu sais où tu te situes sur cette échelle de valeur ?

– Non, mais je suis certain que tu vas me le dire.

– Dix.

– Sans blague ! je m'écrie en me moquant d'elle.

Ça aussi, elle l'ignore.

– C'est vrai, tu as un passé scandaleux, mais tu es attirant et tu as du fric, et la famille de ton père est installée ici depuis le temps des colonies, alors on peut très bien te pardonner ton passé.

– Merci pour ton retour favorable.

– De rien.

Et elle n'est pas sarcastique. Ce qui signifie qu'elle n'a pas compris mes sarcasmes. Cette nana est bizarre. Je regarde autour de moi nerveusement, en me demandant pour la énième fois ce que Hartley peut bien foutre que moi je ne peux pas, bordel.

Je pense qu'il est vraiment temps d'y aller. Même la solitude du bureau de papa me paraît plus attrayante que le baratin de Felicity sur les classes sociales. Peut-être que je pourrais faire un tour chez Hartley. Pour voir si elle est chez elle et si elle a besoin d'un coup de main.

– J'apprécie ton évaluation, Felicity, mais je vais rentrer chez moi.

– Je n'ai pas terminé.

– Tu as déjà passé bien trop de temps à évaluer ma position.

J'ajoute, avec un sourire moqueur :

– Quand trouves-tu le temps de faire tes devoirs ?

Elle renifle.

– Je n'ai pas besoin de faire mes devoirs. Réussir dans la vie n'a rien à voir avec les notes. Toi, plus que quiconque, tu devrais le savoir.

Son ton est diablement condescendant.

– L'avancement, cela suppose avoir des relations. La personne qui aura les meilleures relations ira toujours plus loin que celle qui a les meilleures notes.

C'est triste, mais elle a raison.

Je prends une autre gorgée de vodka. Je suppose que si je bois toute cette bouteille, ce que me raconte Felicity n'aura plus d'importance. Je serai incapable de l'entendre. En outre, elle semble en savoir plus sur Hartley que tous ceux à qui j'ai posé des questions jusqu'à présent. Du coup, je reste le cul sur ma chaise.

– Qu'est-ce que tu sais d'autre à propos d'Hartley ?

Les yeux de Felicity luisent. Si j'étais moins bourré, je serais capable de décrypter son expression, mais son visage commence à devenir flou. Et sa voix aussi me paraît floue. Est-ce que les voix peuvent être floues ? Sans doute parce que la sienne l'est vraiment.

– Elle a quitté l'école il y a trois ans et elle vient juste de rentrer cet été. Nous ne jouons pas dans la même cour.

– Tu veux dire qu'elle n'est pas une connasse d'héritière comme nous tous ?

À nouveau, je reste sur le cul. Felicity se fiche totalement de moi ou de mon opinion. Elle fait un signe de sa main manucurée :

– On reviendra plus tard à Hartley, ok ? D'abord, laisse-moi te dire ce que je veux.

Je commence à penser que ce qu'elle veut, ce n'est pas moi à poil. Merde alors. Je perds mon temps, en ce moment.

– D'accord. Mais fais vite.

– Je veux dominer à Astor, dit-elle carrément. Il y a deux façons d'y parvenir. Primo, je peux déboulonner Ella.

Je me redresse, je sens la tension dans mes épaules.

– Ça, c'est hors de question.

– Je pourrais parfaitement y parvenir, mon chou.

Elle sourit, et cette fois, malgré l'ivresse, je capte parfaitement son avertissement. Je murmure :

– Pourquoi ai-je l'impression que je vais être dévoré tout cru ?

– Deuzio, s'il est impossible de renverser la famille Royal, alors il faut la rejoindre. La façon la plus simple pour moi d'atteindre le sommet, c'est de me mettre avec toi.

– Je ne suis pas le seul Royal dans le coin, lui dis-je en me relevant.

L'idée d'être avec Felicity me donne envie de vomir.

– Non, merci. Je ne suis pas intéressée par les petits jeux pervers auxquels jouent tes frères.

Je réagis violemment. Personne n'a le droit de dire des horreurs à propos de ma famille.

– Hé, ça suffit ! Ils ne sont pas pervers et ce ne sont pas des jeux.

Felicity recule prudemment.

– Je suis désolée. Tu as raison. En tant que membre de la famille Royal, je ne devrais pas insulter les frères de mon petit ami.

Je renifle :

– Petit ami ?

– Oui. Je veux sortir avec toi.

– Pourquoi ? Qu'est-ce qui déconne chez toi ?

Je me marre, en titubant, de ma propre vanne. Mais ensuite, je me mets à froncer les sourcils parce que je comprends que c'est de moi que je me moquais.

Elle serre les lèvres.

– C'est notre dernière année, et je veux avoir certains des avantages qu'offre le fait de sortir avec un Royal. Comme d'aller en avion à DC pour dîner ou d'être emmenée sur votre yacht. Je veux ces trucs. Je veux que les filles me regardent avec envie. Je veux faire la couverture de *Southern Woman* avec un dessin de toi et moi dans les jardins de ta famille.

– Petite gourmande ! Tu veux vraiment beaucoup de choses.

Je repose la bouteille de vodka sur la table.

– Désolé, mais ça ne m'intéresse pas de t'aider.

– Attends !

Elle court vers moi et m'attrape par le bras avant que j'aie eu le temps d'ouvrir la porte.

– Tu ne veux même pas savoir ce que je t'offre en échange ?

Je la repousse.

– Je ne veux rien de toi, bébé.

– Non, mais tu veux quelque chose venant d'Hartley Wright, pas vrai ?

Là, elle retient mon attention. Plus ou moins. Mes yeux ont du mal à faire le point sur le visage de Felicity. Ou sur quoi que ce soit d'autre, en fait.

– Qu'est-ce que tout ça a à voir avec Hartley ?

– Ça dépend. Tu veux baiser avec elle ou tu veux qu'elle soit ta petite copine ?

Je pouffe de rire.

– Je n'ai pas de petite copine.

Non, attendez. J'ai déjà eu des petites copines. J'ai eu Claire, non ? Mais au bout d'un moment, j'en ai eu assez. Cela dit, Hartley n'est pas comme Claire. Peut-être que j'aurais envie d'avoir une petite amie ?

Merde, j'ai la tête qui tourne. Je n'arrive plus à réfléchir. Mes pensées me traversent le crâne comme des nuages de fumée. L'air un peu soulagée, Felicity hoche la tête.

– C'est bien ce que je pensais. Bon, tu veux coucher avec Hartley, mais elle n'en a pas envie.

Je proteste :

– Hé ! C'est une vacherie, ce que tu dis. Tu es une véritable peau de vache.

Felicity lève les yeux au ciel.

– Désolée, mais c'est la vérité. Je te l'ai dit, je t'ai observé. Cette fille ne veut rien avoir à faire avec toi. Mais…

Je dresse les oreilles. *Mais*. J'aime bien les « mais ».

– Si tu sors avec moi, tu deviens immédiatement indisponible, et les filles veulent toujours ce qu'elles ne peuvent pas avoir. Hartley sera tellement jalouse de te voir avec quelqu'un d'autre qu'elle se jettera à ton cou. Fais-moi confiance.

Je ne suis pas certain de pouvoir associer le mot confiance à Felicity, mais elle n'a pas complètement tort. Nous désirons tous l'inatteignable. L'interdit. N'est-ce pas pour ça que j'ai baisé avec madame Mann ?

– En plus, poursuit Felicity, il y a d'autres avantages. En sortant avec moi, tu peux te rendre sans crainte à la fête de fin d'année et aux soirées du country club. Si tu demandais à une autre fille, elle croirait qu'elle te plaît. Moi, je ne veux pas baiser avec toi, tu es donc libre de baiser avec qui tu veux, du moment que ce n'est pas avec des élèves d'Astor.

Elle s'aperçoit que je fronce les sourcils, elle ajoute rapidement :

– Sauf avec Hartley. Tu peux baiser avec elle une fois ou plus. Tu viens de dire que ce n'était qu'un coup. Alors, tu peux tirer ce coup, en douce, de préférence.

Mais si quelqu'un s'en rend compte, il faudra que j'admette que tu m'as trompée avec Hartley, mais que je t'ai pardonné et que nous sommes plus amoureux que jamais.

– Tu es en train de dire que tu veux qu'on ait une relation bidon et que je peux rendre Hartley jalouse et baiser avec elle, seulement si c'est en secret.

Je pense que je suis trop bourré pour avoir cette conversation. Mais j'aime bien l'idée de rendre Hartley jalouse. De lui donner envie de me courir après.

– C'est une relation d'affaires. Je fais un truc pour toi et tu fais un truc pour moi. Personne ne blesse personne.

Personne ne blesse personne. J'aime ça. C'est plus ou moins ma devise. Vivez votre vie le mieux possible, sans blesser quiconque. Je l'observe du coin de l'œil, parce que son visage s'embrume de nouveau.

– D'ac.

– D'accord ?

Elle a l'air un peu surprise.

– Ouais, d'ac. (J'ai du mal à articuler.) On va rendre Hartley jalouse. J'adore cette idée.

– Ce n'est pas le seul but d…

Felicity semble un peu frustrée.

– 'ne nuit, dis-je en ouvrant la porte.

Ou du moins en tentant de l'ouvrir. Je dois m'y reprendre à deux fois avant d'y parvenir.

– Merci pour la vodka ! je lance par-dessus mon épaule.

Puis je sors du poolhouse en titubant.

Chapitre 14

En dépit d'une monstrueuse gueule de bois qui m'a assommé pendant tout le dimanche, je suis à l'heure pour l'entraînement le lundi matin. Vive moi ! Le plus clair de mon temps se passe à aider Bran à accélérer pendant que notre attaque se déploie. Il apprend vite et a les bonnes réactions sur le terrain. Je ne réussis à le stopper qu'une seule fois. Comme je n'ai pas le droit de le tacler sans que tous les entraîneurs sur les lignes de touche me flanquent un coup de pied au cul, je lui donne une petite tape et je le repousse sur le côté. Je lui dis :

– Pas mal, Mathis.

– Je suis bien content de ne pas avoir à te faire face cette année, dit-il en tapotant son dossard rouge qui le désigne comme intouchable. (Les défenseurs n'ont pas le droit de toucher le quaterback quand il porte le maillot rouge.) Je le préviens :

– Il y a quand même Carson Dunn à North et T.J. Price à Gibson High.

– Ouais, je sais. Mais tu es le meilleur ailier défensif de la Ligue, cette année. Tu donnes des cauchemars aux quaterbacks, tu sais.

Il me flanque une tape sur l'épaule.

– Quand je me suis blessé la saison dernière, le premier truc que m'ont dit mes coéquipiers, c'est que je l'avais fait exprès pour ne pas avoir à affronter les frères Royal.

La mélancolie qu'on entend dans sa voix lorsqu'il parle de son ancienne école est flagrante. Je lui demande avec bienveillance :

– Tes potes te manquent, n'est-ce pas ?

– Ouais.

Il balance la tête en arrière comme les types qui essaient de dissimuler leurs émotions.

– Y'avait des types chouettes là-bas. Mais il faut bien faire des sacrifices pour son avenir, non ?

– Pas moi, dis-je carrément.

Des gouttes de sueur coulent de son menton, un sourire triste apparaît au coin de ses lèvres.

– Ouais, j'ai entendu dire ça. Je me dis qu'une fois que je serai à la fac, je n'aurai plus à m'inquiéter de ce que pensent mes parents.

Là-dessus, il me flanque une autre baffe et part en courant en direction des vestiaires. Je le suis, mais plus lentement. Je ne suis pas pressé d'aller en classe. Principalement parce que je n'arrive pas à décider quel emploi du temps suivre, le mien ou celui d'Hartley. Peut-être que je vais suivre le mien aujourd'hui. J'ai étude en première heure, alors qu'Hartley a pensée féministe.

Étude, ça signifie que je peux dormir.

Et non, il ne m'a pas échappé qu'hier j'ai dormi toute la journée. Je sais que si jamais Ella n'était pas allée rendre visite à Reed à State, elle m'aurait longuement, très longuement fait la morale sur le fait que mon penchant pour l'alcool devient incontrôlable.

Elle aurait eu raison. Je n'arrive pas à me souvenir de ce que j'ai fait samedi soir, à part d'avoir vidé la moitié d'un magasin de spiritueux et de m'être baladé sur la plage, complètement bourré. J'ai l'impression d'avoir baisé, cela dit. Peut-être ? Ça n'a pas dû être si bien que ça si je n'arrive pas à m'en souvenir.

Après la douche, je vais à l'étude. Devant moi, Bran se dépêche de filer, en attirant les regards d'envie de plusieurs filles sur son passage. Les nanas d'Astor ne sont pas beaucoup mieux que les mecs. Elles bouffent littéralement des yeux le nouveau. Bran peut regretter son ancienne école, il trouvera du réconfort de bien des façons, ici, à Astor.

Comme il se grouille, il finit par rentrer dans une pauvre nana. Elle tombe en arrière, ses cheveux noirs se soulèvent. Oh merde ! C'est Hartley.

Je me précipite vers elle, mais c'est Bran qui la rattrape avant qu'elle touche le sol. Il l'aide à se relever et Hartley, la fille qui fronce les sourcils en permanence, lui sourit. Et ils commencent à discuter.

Pourquoi est-elle toujours si sympa avec lui ?

– Hé, East, tu vas où ? me demande Pash depuis la porte de la salle de classe.

– Je vais en classe.

– C'est ici ta classe. Nous avons étude.

– Nan. Changement de plan.

Quand j'arrive à la salle de classe d'Hartley, c'est complet. Je m'approche du type assis à côté d'elle et je lance :

– Casse-toi.

Il sursaute. Hartley fait semblant de ne rien remarquer. Elle regarde fixement devant elle.

– De quoi tu parlais avec Bran ?

– En quoi est-ce que ça te regarde ? me répond-elle sans même me regarder.

Je serre les dents.

– Quoi, tu dragues les sportifs maintenant ?

– Sérieusement ? Tu as un vrai problème, Easton.

Oui j'en ai. J'en ai plein. Et l'un d'eux, c'est que je ne veux pas être son copain. Je lui lance à brûle-pourpoint :

– Tu es toujours en colère contre moi ?

Quelque chose dans son attitude corporelle paraît se détendre. Elle me jette un coup d'œil, voit mon expression et soupire lentement.

– Argh. On dirait un môme, tu sais ça ?

Je suis sur le point de lui balancer une remarque à la con sur le fait que je suis un vrai homme, mais elle poursuit avant moi.

– Tu as un air de petit garçon coupable quand tu sais que tu as fait chier quelqu'un.

– Donc, tu es toujours furieuse contre moi, dis-je d'un air triste.

Elle ne répond pas.

– Mais tu as dit qu'on se parlerait lundi, je lui rappelle.

Hartley hausse l'un de ses sourcils sombres.

– Parce que là, on n'est pas en train de parler ?

– Si. Mais… Je suis juste…

Avant que je puisse prononcer un autre mot, Felicity Worthington apparaît devant mon bureau. Et, à ma stupéfaction totale, elle se penche et m'embrasse direct sur la bouche.

– Bonjour, mon chou.

Je la regarde d'un air idiot. Pourquoi cette fille m'embrasse-t-elle ?

– Quoi ?

– Bonjour, répète Felicity.

Puis, se tournant vers Hartley :

– Hartley, c'est ça ?

Hartley a l'air aussi embarrassée que moi. Elle répond distraitement :

– Bonjour.

La prof lance alors, du bout de la classe :

– Mademoiselle Worthington, y a-t-il une raison pour que vous soyez dans ma classe ? Parce que, d'après ma liste, vous n'avez pas à y être. Vous non plus, Monsieur Royal.

– Mais si, moi j'y suis.

Du coup, elle la ferme, parce que nous savons tous les deux que je ne partirai pas. Pendant ce temps, Felicity croise le regard de cette femme, plus âgée qu'elle.

– Je sais, Madame Ratcliff. Je suis simplement passée dire bonjour à mon petit copain.

Un halètement collectif féminin s'élève dans la salle de classe.

– Bon, j'y vais.

Felicity me donne un autre rapide baiser sur les lèvres et s'en va.

Ok. Mais, bordel, qu'est-ce qui se passe ?

– Felicity et toi, vous êtes ensemble ? me demande Nora Hernandez en se tournant vers moi et en bavant presque.

Je suis sur le point de lui répondre que non, bon sang, quand je remarque l'expression désapprobatrice d'Hartley. Ça me saisit. Serait-elle jalouse, par hasard, que je sorte avec Felicity ?

Attendez. Bon Dieu ! Je ne sors pas avec Felicity. Rien que d'y penser, ça me donne envie de hurler des injures.

– Absolument pas, dis-je à Nora en cachant un sourire quand je remarque que les épaules d'Hartley se détendent.

L'idée que je sois avec Felicity l'a vraiment dérangée. Ah ah.

Pendant tout le cours, elle ne prête attention qu'à la professeure, puis elle sort sans dire un mot. Je lui cours après, mais une main se pose sur mon épaule, qui m'arrête net. C'est Felicity.

– On va chez Basil ce soir.

Son ton autoritaire me hérisse. Je la dévisage.

– Pourquoi ?

– Parce que c'est un bon restaurant et que j'ai envie d'y aller.

Je continue à la dévisager.

– Felicity.

– Oui, mon chou ?

– Qu'est-ce que tu crois qu'il se passe en ce moment précis ?

Elle a subitement l'air confuse.

– Qu'est-ce que tu veux dire ?

– Je veux dire, pour quelle foutue raison je sortirais avec toi et pourquoi dis-tu que je suis ton petit copain ?

Les souvenirs de samedi s'entrechoquent soudain dans mon crâne comme un véritable raz-de-marée.

Je me vois errant le long de la plage, ivre comme jamais. Felicity surgissant devant moi et me traînant jusqu'à son poolhouse. J'y suis resté un certain temps et, bien que je ne puisse pas me rappeler tous les détails de notre conversation, je commence à me souvenir des plus importants.

Comme quand j'ai accepté d'avoir une relation bidon pour rendre Hartley jalouse.

Merde.

Merde, merde, merde.

– Nous avons passé un marché, me dit Felicity à voix basse, sans tenir compte de mon début de panique. Et j'ai particulièrement fait attention à t'embrasser devant Hartley.

Seigneur ! Il faut que j'arrête de boire. Il le faut.

– Hum. (Je déglutis.) Écoute, Felicity.

Ses yeux bleus se rétrécissent.

– Ce deal…

Merde, c'est franchement très inconfortable. Je remarque que plusieurs mômes nous regardent pendant que je pousse Felicity entre les rangées de casiers, loin du passage.

– J'étais bourré quand j'ai accepté cet accord.

– Ah vraiment ?

Le sarcasme pointe dans sa voix.

– Mais vraiment, vraiment bourré. Ivre mort, j'ajoute, parce que c'est la vérité.

Je me suis réveillé le dimanche matin sans le moindre souvenir d'avoir vu Felicity, sans parler du fait que j'ai pu lui dire que je serais son petit ami.

– Alors… euh… ouais, quoi que j'aie pu dire… je vais devoir me dédire.

Elle pince sa bouche en me regardant attentivement.

– Non, finit-elle par dire.

Je hausse les épaules d'étonnement.

– Qu'est-ce que tu veux dire par non ?

– Je veux dire non. Tu ne te dédis pas.

Elle plante ses doigts dans mon avant-bras et me jette un regard assassin.

– Nous avons passé un marché et j'ai déjà dit à mes filles de faire passer le mot que nous sommes ensemble. C'est trop tard.

La colère monte en moi.

– Alors, arrête-les. Parce que nous ne sommes pas ensemble.

– Mais si, on est ensemble, argumente-t-elle comme une môme de cinq ans. (Ses ongles s'enfoncent dans la manche de ma chemise.) Ne me mets pas en colère, Easton. Tu n'aimerais pas du tout me voir quand je suis en colère.

Pourquoi ? Est-ce qu'elle se transforme en Hulk et défonce les murs ?

Je n'ai pas le temps de lui demander, parce que Felicity met les bouts. Je la regarde s'éloigner, rempli d'inquiétude. La nouvelle se propage vite. Felicity et ses filles ne perdent pas leur temps. Chaque fois que je tente de rectifier, un de ces débiles qui colportent la rumeur me file une claque dans le dos en me répondant :

– Mais oui, bien sûr, Royal.

Je ne sais pas ce que leur raconte Felicity, mais pas un seul ne me croit quand j'insiste sur le fait que nous ne sortons pas ensemble.

Heureusement, les seules personnes qui comptent pour moi, ce sont Ella, les jumeaux, Val et Hartley. Les quatre premiers éclatent de rire quand je les rejoins au déjeuner, mais Hartley, elle, a de nouveau disparu.

ASU, Absente Sans Autorisation, à tous nos cours de l'après-midi. Et je dis « nos » parce que j'ai laissé tomber les miens.

En fait, après la dernière sonnerie, je bondis dans le bureau et je fais une demande officielle de changement d'emploi du temps. Monsieur Miller, mon conseiller d'éducation, me répond :

– Je ferai passer ça au directeur. Merci.

Puis il sourit assez froidement :

– Et si monsieur Beringer refuse ?

Je hausse les épaules :

– De toute façon, je continuerai à assister à ces cours. Les profs se fichent que je sois là.

Monsieur Miller secoue la tête comme pour lui-même, pendant que je me dirige vers la porte.

– Quelle école ! murmure-t-il dans un souffle.

Ouais. Quelle école. C'est un endroit foireux où les étudiants occupent le devant de la scène et où les profs observent, complètement impuissants. Les mômes friqués sont des connards.

Une fois dehors, je textote à Hartley :

Tu as séché les cours cet aprèm.

On t'a appelée au boulot ?

À ma grande surprise, elle me répond immédiatement.

Ouais. Tu veux bien me rendre 1 service ?

Je souris à l'écran.

Bien sûr, que je ferai l'amour avec toi.

Il y a un petit temps d'attente.

Laisse tomber.

Oups. Dsolé. Je te l'ai dit, ça sort tout seul. Tu veux quoi, Har-Har ?

Les notes de lit. angl., si tu les as.

Bien sûr, j'en ai pris plein.

Je ne tremble même pas en tapant ce mensonge, mais je me souviens du cours, et je vais lui passer tout plein de notes quand elle sortira du boulot.

Quand sors-tu ? Je peux passer chez toi te les déposer.

Ça t'ennuie de passer ici ? Comme ça, je peux faire mes devoirs pdt mes pauses.

Une petite carte apparaît à l'écran.

Hungry Sponner Diner, sur la 14e rue.

Ouais, pas de 'blème.

Je me sens soudain immensément fier de moi d'être un si bon copain, tellement serviable.

Je peux y être ds 1h. Je dois d'abord déposer Pash chez lui.

Merci, E.

Chouette. Elle m'a appelé E. On progresse.

Je glisse mon téléphone dans ma poche et je me dirige vers ma voiture, garée sur le parking où Pash m'attend déjà. Je joue les chauffeurs, parce que sa bagnole est au garage depuis quinze jours. Il l'a explosée en faisant la course sur la route de la côte, qui serpente et qui fout tellement les jetons. Il a eu du bol de ne pas tomber de la falaise, mais je ne suis pas bon juge. Pash n'a qu'un seul vice : les courses illégales. Moi j'en ai des millions.

– Yo.

– Yo.

J'ouvre les portes de mon pick-up et nous nous installons tous les deux. Je jette mon téléphone dans le porte-gobelet et je démarre.

Pendant le trajet d'un quart d'heure, mon téléphone sonne au moins dix fois de suite. Finalement Pash regarde pour moi.

– Mec, Felicity Worthington t'a envoyé au moins cinq milliards de SMS.

Il glousse en regardant l'écran.

– Elle veut que tu mettes une cravate pour le dîner de ce soir. Tu l'emmènes dîner ?

Il me pose la question sur le même ton que s'il me demandait si j'allais m'asseoir sur un python.

– Seigneur, bien sûr que non.

Je serre les dents et je me concentre sur la conduite.

– Tu peux lui répondre pour moi ?

– Sûr. Qu'est-ce que tu veux qu'je lui dise ?

– Dis-lui, nous NE sortons pas. En capitales, NE.

Pash glousse bruyamment.

– C'est vache, mec.

– Être sympa, ça ne donne rien avec cette nana.

Je mets mon clignotant et je tourne dans la rue bordée d'arbres de Pash.

– Pourquoi pense-t-elle que vous sortez ensemble ? me demande-t-il en pianotant distraitement sur mon téléphone.

– Parce qu'elle me l'a demandé et que j'ai dit oui, parce que j'étais stone.

Il se remet à rire.

– Tu es baisé.

– Merci pour ton aide.

– Je te dis juste la vérité. Voilà. C'est envoyé.

Le téléphone se met à sonner dans sa main avant qu'il ait pu le reposer.

– Elle a répondu « un deal est un deal ».

Je pousse un gémissement de frustration :

– Ne réponds pas.

– Bon. Mais comment tu vas te sortir de ce merdier ?

Je vois bien qu'il se retient de rire plus fort. Je dois admettre :

– Je n'en sais rien. Felicity est une vraie force de la nature.

Et je me mets à gamberger, un peu parano sur les bords.

– Je vais bien trouver quelque chose.

Je m'engage dans sa longue allée et je m'arrête devant l'hôtel particulier Bhara.

– On se voit demain à l'entraînement.

Je ne propose pas de passer le prendre, parce que je ne suis jamais à l'heure. Mais son père le dépose en allant au boulot, donc ça baigne.

Nous nous donnons un coup de poing et Pash sort de la voiture.

– À plus, East.

– À plus.

Je fais demi-tour et je repars comme je suis venu. Seulement, au lieu de tourner sur la route de la maison, je prends celle qui mène en ville. Je me gare sur une place libre, je sors mon stylo, mon téléphone, un cahier et je me mets à bosser.

Il y a un an, j'ai commencé à enregistrer les cours sur mon téléphone. Ça m'aide pour les contrôles, si j'arrive à me convaincre qu'un cours vaut la peine de le travailler. C'est vrai, je fais le strict minimum. Un C suffit pour avoir son examen, comme je l'ai déjà dit des milliers de fois à mon père. Pourtant, je prends grand soin de ces notes. Parce que pour Hartley, un C, ce n'est sûrement pas suffisant. Une fois que j'ai terminé, je range le tout et je vais voir ma nana.

Le Hungry Spoon Diner est dans un centre commercial, entre un magasin Goodwill et une épicerie.

Un néon indique que c'est ouvert.

À l'intérieur, il y a quelques rangées de tables années cinquante. Celles avec le cerclage chromé et les plateaux aux couleurs flashy. Au centre, il y a un grand comptoir en forme de U. Il n'y a pas grand monde, mais ce n'est pas étonnant vu qu'il est à peine dix-sept heures, un jour de semaine. Je cherche Hartley des yeux, mais je ne vois qu'une serveuse qui porte la même tenue noire et blanche que portait Hartley la nuit où je lui ai apporté à dîner.

En fonçant les sourcils, je détaille les boxes pratiquement tous vides, et c'est alors que je la vois. Elle est installée dans le plus éloigné, de dos. Et elle n'est pas seule.

– Asseyez-vous, me gazouille l'autre serveuse après m'avoir souhaité la bienvenue.

– Oh, ok. Merci.

Je hoche la tête et je me dirige vers les boxes du fond. Je ne m'assieds pas dans celui juste à côté de celui d'Hartley, mais deux boxes plus loin. Assez loin pour que sa compagne ne puisse pas me voir, mais assez proche pour entendre ce que dit Hartley.

Et ce qu'elle dit me coupe la respiration. D'une voix tremblante de désespoir, Hartley implore :

– Je veux rentrer à la maison.

Chapitre 15

– Tu sais que cela ne dépend pas de moi.

Je serre les dents pour ne pas intervenir. La femme, je crois, est la sœur d'Hartley. Je la reconnais d'après l'article, mais je n'arrive pas à me rappeler son nom. Elle ressemble beaucoup à Hartley, si ce n'est qu'elle porte ses cheveux noirs coupés court avec des mèches, alors que ceux d'Harley pendent comme un rideau de soie jusqu'au milieu de son dos.

– Non, mais c'est toi l'aînée, dit Hartley d'une voix tremblante. Tu es leur préférée, Parker. Papa t'écoute.

– Plus maintenant, répond Parker. (Sa voix semble tendue.) Maintenant, il se prend pour le roi Lear, il s'attend à ce que toutes ses filles le trahissent. Seigneur, je ne devrais même pas être ici, Hart. Je risque gros.

– Vraiment ?

Je ne peux pas voir le visage d'Hartley, mais à la façon dont son ton se refroidit, j'imagine son visage.

– Qu'est-ce que tu risques exactement, Parker ? Tu n'habites même plus là-bas. Tu as un mari et deux enfants et…

– Et un fonds de placement qui finance les études de mes enfants en école privée, et la maison où nous vivons. Si papa découvre que je t'ai vue…

Hartley émet un son de détresse qui monte du fond de sa gorge.

– Personne ne le saura.

– Tu n'en sais rien. Il a des espions partout.

Je fronce les sourcils. Le père d'Hartley est juste un avocat général adjoint, mais à entendre la sœur d'Hartley, on dirait que c'est un chef de la mafia ou un truc de ce genre. Qu'est-ce qui s'est passé entre Hartley et son père ? On dirait de plus en plus qu'elle s'est fait virer de chez elle, mais pour quelle raison ?

– Je peux vous apporter quelque chose à boire ? Un café, de l'eau ?

La serveuse interrompt ma surveillance. Je réponds, le plus bas possible :

– Euh, bien sûr. De l'eau, c'est parfait, merci.

– Vous avez regardé la carte ? demande-t-elle.

– Vous me manquez tellement, dit Hartley.

Elle a l'air d'avoir le cœur brisé.

Ma frustration augmente au fur et à mesure que je tente de suivre les deux conversations en même temps.

– Pas encore. J'ai besoin d'un peu plus de temps.

– Oky docky. Je reviens vous apporter de l'eau et prendre votre commande.

Elle s'éclipse, et je peux choper la fin de la phrase de Parker.

– … pourrait arranger ta situation. Excuse-toi et dis-lui que tu as surréagi, demande-lui pardon.

– Je n'ai *pas* surréagi, aboie Hartley. Ce qu'il fait, c'est mal, et ça va finir par sortir au grand jour. Ce genre de truc finit toujours par se savoir. À la fin, toutes ces dissimulations seront bien pires, pour nous tous.

– Tu penses que notre famille est la seule qui soit en cause ? siffle Parker. L'argent de tous, c'est de l'argent sale. Tu aurais mieux fait de te taire.

– Et alors, qu'est-ce qui se serait passé ?

Je n'ai pas la moindre idée de ce qu'elle veut dire par là, parce que je ne peux pas voir son visage, mais les yeux gris de Parker sont pleins de tristesse :

– Je ne sais plus qui croire à présent.

– Tu te moques de moi ? Tu as vu ce…

Hartley s'interrompt. Elle penche la tête en avant et elle prend une profonde inspiration.

– Tu sais quoi ? Je me fiche d'avoir été jetée de la maison ou de ne pas avoir un sou. Je me fiche de tout ça. Mais je me soucie de maman et de notre sœur. Je veux qu'on soit ensemble.

– Alors, il faut que tu pardonnes et que tu ailles de l'avant, la supplie Parker. Faire sortir tout ce truc, le jeter en pâture ne servira qu'à faire souffrir notre famille. Fais ce qu'il faut.

– C'est ce que j'essaie de faire ! crie Hartley, avant de baisser le ton à nouveau.

– Pourquoi crois-tu que je suis revenue ? J'essaie d'arranger les choses, mais toi tu n'es pas censée être vue en ma compagnie.

– Maman ne veut plus m'adresser la parole. Je n'ai pas parlé à…

Sa voix se brise et se tait. J'en ai des crampes au ventre. Elle est vraiment tourmentée. Parker se lève.

– Je suis désolée, Hart. Il faut que j'y aille.

La main d'Hartley attrape le poignet de sa sœur.

– Est-ce que, au moins, tu parleras à maman ?

– Je l'ai déjà fait, c'est peine perdue, elle ne veut rien entendre.

– Alors, s'il te plaît, il faut que tu parles à papa.

– Je ne peux pas.

– Pourquoi pas ? Miles gagne bien sa vie. Tu as vraiment besoin de cet argent ?

Parker libère son poignet.

– Je croyais que tu aimais ta nièce et ton neveu. Tu sais combien ils nous coûtent ? La pension du poney de Macy coûte deux mille dollars par mois, et les leçons de violon de Dawson, c'est cinq mille. Je ne peux pas sacrifier leur avenir pour toi, Hartley. Ne me demande pas ça. Ne sois pas égoïste. Si tu te fiches de tes neveu et nièce, pense au moins à ta petite sœur. Elle ne survivrait pas en pension. Elle est trop fragile.

Hartley émet un son étranglé qui me déchire le cœur, mais Parker y reste insensible. Elle sort du resto sans un regard en arrière.

J'ai envie d'aller trouver Hartley et de la prendre dans mes bras, mais je pense que je serais aussi bien accueilli qu'un chien dans un jeu de quilles. En plus, elle me casserait les couilles parce que je l'ai espionnée. Donc, je me cache dans mon box en baissant la tête le plus possible. Je l'entends se lever derrière moi.

– Jess, tu ne m'en veux pas si je prends encore cinq minutes ? J'ai besoin de respirer un peu.

– Pas de problème, ma louloute. C'est mort en ce moment. Prends tout ton temps.

J'entends ses pas se diriger non pas vers la sortie mais vers l'arrière-boutique. Je suppose qu'il y a une autre sortie par-derrière.

Ma serveuse revient avec un verre d'eau.

– Et voilà. Vous voulez commander ?

– En fait, il faut que j'y aille.

Et je lui montre mon cahier et mon téléphone, comme si ces deux objets étaient la cause mystérieuse qui me forçait à partir.

Elle se contente de hausser les épaules, probablement parce qu'elle est payée qu'elle me serve ou non. Ce n'est pas comme si elle avait une commission sur la tarte aux pommes.

– Comme tu veux, mon joli.

Je jette un billet de vingt sur la table et je me glisse hors du box.

– Gardez la monnaie, je lui lance par-dessus mon épaule.

Dehors, j'attends une vingtaine de secondes et je fais le tour de l'immeuble, en direction de ce que je crois être une ruelle.

C'est là que je trouve Hartley, assise sur une caisse de bouteilles de lait, tête baissée. Ses épaules tressautent.

Elle pleure.

Merde. Qu'est-ce que je dois faire ?

M'enfuir avant qu'elle puisse me voir ne me paraît pas être la meilleure solution, mais je ne suis pas doué pour réconforter les gens. En outre, Hartley ne me laissera pas la consoler. Je l'ennuie trop.

En réalité… voilà ma réponse. Je ne suis peut-être pas capable de passer un bras autour de ses épaules, de lui caresser les cheveux et lui promettre que tout ira bien. Comment est-ce que je pourrais le savoir, bordel ? Mais il existe une bonne façon de faire disparaître ces larmes.

Avec un sourire, je m'avance tranquillement en prenant bien soin de faire beaucoup de bruit en marchant pour qu'elle me voie arriver.

– Ne t'inquiète pas, c'est Easton que voilà !

Sa tête pivote dans ma direction.

J'aperçois à peine le reflet de ses yeux brillants avant qu'elle essuie rapidement ses larmes avec ses mains. Puis elle redresse le menton et me balance une réponse acide.

– Ne pas m'inquiéter ? C'est le truc le plus flippant que j'ai jamais entendu !

Je m'approche et je lui tends mon cahier de notes.

– Hé, gaffe ! Ne mords pas la main qui t'offre une bonne note en littérature anglaise, je lance en faisant comme si je n'avais pas remarqué ses larmes.

Elle s'est vite reprise. Ses yeux sont cerclés de rouge, mais ils sont secs à présent.

– Merci.

Sa sincérité est évidente lorsqu'elle saisit mon cahier de notes.

Je tire une autre caisse de lait et je m'écroule dessus.

– Dis donc, tu as encore un peu de temps de pause ? Parce que j'ai un truc de dingue à te raconter.

Elle replace une mèche de cheveux derrière son oreille.

– Ouais, nous avons le temps. Il n'y a personne au resto.

– C'est pour ça que tu as l'air si déprimée ? je demande sur un ton léger. Parce que tous ces pourboires te manquent ?

– Je ne suis pas déprimée.

On sait parfaitement tous les deux qu'elle ment, mais je me tais. Je ne veux pas la pousser à me raconter cette scène avec sa sœur, je veux qu'elle se confie à moi parce qu'elle en a envie.

Je fais semblant d'y réfléchir.

– Oh merde ! Je sais ce que c'est. Tu pensais au fait que tu m'aimais beaucoup et que ça te faisait mal au cœur d'avoir perdu tes chances avec moi.

Un éclat de rire jaillit de ses lèvres.

– J'ai perdu mes chances avec toi ? Hum, je suis presque sûre que c'est le contraire.

Je lui lance un clin d'œil :

– Bébé, je n'ai rien perdu. Tu me comprends très bien. Je n'ai qu'à claquer des doigts pour qu'on se fasse du bien tous les deux sur ton canapé ce soir.

– Ah. J'aimerais encore mieux me faire du bien avec la lampe que tu vois là.

Elle me montre le lampadaire à l'entrée de la ruelle.

– C'est dégueu. Tu imagines combien de mains sales ont touché ce poteau ?

– Probablement autant que celles qui ont touché le tien, de poteau.

Et elle me fait un grand sourire, elle est contente de sa réplique.

– Sympa.

En pouffant de rire, je lève la main pour lui faire un high five.

Après une longue hésitation, elle lève la sienne et fait claquer sa paume contre la mienne.

Ses yeux ne sont plus mouillés à présent et ses épaules sont presque détendues. Je jette un coup d'œil à son profil. L'arrondi très doux de sa pommette, la moue de sa lèvre inférieure, son oreille. Elle est vraiment mignonne, son oreille.

– Alors c'est quoi, cette histoire de dingue que tu voulais me raconter ? demande-t-elle.

Je pousse un gémissement très exagéré.

– Oh Seigneur, tu ne veux même pas le savoir. C'est violent.

Elle semble amusée.

Elle hausse un sourcil provocateur.

– Qu'est-ce que tu as fait ?

Je pousse un énorme soupir.

– Je me suis déchiré la tête et j'ai dit à Felicity que je voulais bien être son petit ami pour de faux.

Le silence s'installe entre nous.

Puis Hartley s'écrie en riant :

– Quoi ? Pourquoi ?

– Pourquoi j'ai accepté ou pourquoi veut-elle un petit ami bidon ?

– Pourquoi tout ça !

– Eh bien, elle veut un Royal à son bras pour pouvoir grimper à l'échelle sociale et se pavaner avec moi dans les soirées.

– Bien sûr, dit Hartley, en hochant la tête comme si cela avait du sens. Et tu as accepté parce que… ?

– Tu n'as pas entendu la partie « je me suis déchiré la tête » ? Je fais des trucs idiots quand je suis ivre mort, Har-Har.

Elle s'accroupit en se tenant les côtes.

– Oh, Easton, tu es impayable.

– Ça, j'aurais pu te le dire moi-même.

– Alors, que vas-tu faire ? me demande-t-elle entre deux éclats de rire, et je suis bien content de voir que toute trace de chagrin a disparu de son joli visage. Tu ne joueras pas le rôle de son petit ami, n'est-ce pas ?

– Non, bordel. Je lui ai déjà dit que c'était hors de question.

Je me mords l'intérieur de la joue.

– Mais elle ne me laisse pas tranquille pour autant. Elle m'a dit qu'un deal est un deal.

Hartley renifle.

Je fais un geste de la main.

– Quoi qu'il en soit, je trouverai bien un moyen de m'en sortir. Je veux dire, tu ne peux pas forcer quelqu'un à sortir avec toi, n'est-ce pas ?

– Ça paraît évident, mais Felicity Worthington a l'air… tenace.

– Je pense que le mot que tu cherches, c'est dingue.

– Nan. Pas dingue. C'est juste une salope pétée de thunes qui sait très bien ce qu'elle veut.

Et ce qu'elle veut, c'est moi. Seigneur !

– J'ai peur, Har-Har. Protège-moi.

Je n'obtiens qu'un autre reniflement.

Nous restons silencieux un moment. C'est étrangement agréable. D'habitude, je déteste les silences. Ils me titillent et me rendent inquiet. Du coup, je les comble par un baratin permanent. Mais là, je suis simplement assis à côté d'Hartley et j'admire à nouveau son profil. Je crève d'envie de lui parler de sa sœur, mais je ne peux pas. Ce n'est pas parce que je suis terriblement curieux à propos de cette conversation au resto que je dois flanquer mon nez là où il n'a rien à faire. J'ai plus de volonté que…

– Je t'ai vue avec ta sœur.

Oui, vraiment beaucoup de volonté.

Le corps d'Hartley se crispe à nouveau.

– Quoi ?

– Je suis entré quand tu étais dans le box, je me suis assis tout près et je vous ai écoutées.

– Tu as… écouté ? prononce-t-elle très lentement, et l'horreur ressort dans ces trois mots. Puis elle éclate :

– Merde alors, Easton !

– Je suis désolé. Ce n'est pas comme si je l'avais fait exprès. Je ne voulais pas vous interrompre.

La mâchoire d'Hartley se raidit.

– Tu aurais dû me faire savoir que tu étais là.

Je me répète :

– Je suis désolé.

Cette fois, le silence qui nous tombe dessus est très bizarre.

– Tes vieux t'ont fichue dehors ?

Elle pivote sur elle-même pour me faire face et me fixe tellement durement que ça me fait frissonner.

– Du moins, c'est l'impression que j'ai eue d'après ce que j'ai entendu. Qu'est-ce qu'il s'est passé ? Ils t'ont chopée en train de sniffer de la coke ou quoi ? Ils ont essayé de t'envoyer en désintox ?

Putain de merde, pourquoi est-ce que je continue ? Il est clair qu'elle ne veut pas me parler de ça. Mais le filtre entre mon cerveau et ma bouche est encrassé. Comme c'est souvent le cas.

– Rien de tout ça, chuchote-t-elle.

– Bon, ok, alors, quoi ?

– Mon père et moi nous avons eu un désaccord.

Voilà sa réponse pour le moins énigmatique.

Je veux en savoir plus. J'en ai besoin. Mais Hartley est trop en colère.

Je peux lui demander n'importe quoi d'autre sans pour autant l'effrayer. En réalité, elle me rappelle Ella. La première fois qu'Ella est arrivée en ville, c'était quasi impossible de lui tirer les vers du nez. Elle a finalement baissé la garde une fois qu'elle a réalisé que nous ne lui voulions aucun mal. Ou plutôt que je ne lui voulais aucun mal. Encore une chose que j'ai obtenue avant Reed. Ella m'a parlé de ses strip-teases avant d'en parler à Reed. Je me demande pourquoi… peut-être parce qu'Ella ne m'a jamais considéré comme une menace ?

Je tapote mes genoux du bout des doigts tout en y réfléchissant. Hartley me voit comme une menace. Voilà pourquoi elle est tout le temps en mode protection. Je pense soudain à la façon dont elle parlait avec Bran Mathis. Elle était tout sourires, sans aucune trace d'hostilité. Pourquoi ? Je pense que c'est parce que… parce qu'il ne l'a pas charriée sur le fait qu'il voulait lui mettre la main au panier, comme moi je l'ai fait ? Non, comme *je le fais* toujours. Je lui avais promis d'arrêter de l'emmerder, d'être un bon copain platonique, mais (c'est l'histoire de ma vie) je n'ai pas tenu cette promesse.

Je suis un connard.

– Hé, si tu veux, je peux entrer et m'installer dans un box pendant que tu travailles et te poser des questions sur la littérature anglaise quand tu n'as rien à faire ?

Hartley a l'air suffoquée.

– Attends, quoi ?

– Je t'ai demandé si tu voulais que je t'interroge…

– Non, je t'ai très bien entendu, mais je ne pige pas… tu ne vas pas me poser des questions à propos de mon père ?

– Non.

Elle ouvre de grands yeux, puis les referme presque immédiatement.

– Pourquoi pas ?

– Parce que ça ne me regarde pas. Si tu veux me parler de ton désaccord avec ton père, ou ce que ça pouvait bien être, alors tu le feras. Un ami ne doit pas forcer l'autre à parler.

Il n'y a pas une seule fausse note dans cette phrase, parce que je suis arrivé à d'autres conclusions pendant notre bref échange.

Hartley ne va pas passer la nuit avec moi. Elle est attirée par moi, je le sais, mais elle ne va rien faire pour autant. Elle possède quelque chose que tout le monde me dit que je devrais acquérir : le self-control. Elle ne va pas grimper dans mon lit, ou à l'arrière de mon pick-up, ou se glisser avec moi sous les gradins, et je crois qu'il est temps que je l'accepte.

Mais je l'aime beaucoup. Je ne veux pas arrêter de lui parler. Je ne veux pas qu'elle se sente menacée par moi. Alors… si Hartley arrête de me considérer comme une menace, il faut que j'arrête de la considérer comme un bon coup. Il faut que je la traite en amie. Une vraie amie qui compte, bordel de merde, pas une du genre « il faut que tu te foutes à poil ».

Je poursuis sur un ton bourru :

– Je veux dire, je suis là, quand et si tu as envie d'en parler. Jusque-là, on peut parler d'autre chose, d'accord ?

Elle me donne l'impression de réfléchir pendant un long moment.

Finalement, elle ouvre la bouche et murmure :

– D'accord.

Chapitre 16

– Sérieusement, tu as changé tout ton emploi du temps ? me demande Ella le lendemain matin.

Je claque la porte de mon casier et me retourne vers elle, tout sourires :

– Nope. Je suis toujours en maths.

– Mais tout l'ordre de tes cours a changé ?

– Quasiment, ouais.

– Et Beringer a donné son accord ?

– Ouaip.

– Il avait pris du crack ?

– Probablement.

Elle m'arrache des mains mon nouvel emploi du temps. Madame G. me l'a imprimé lorsque je suis passé dans son bureau, après l'entraînement.

– C'est ridicule ! Tu dois assister à certains cours pour pouvoir passer ton diplôme, Easton. Tu n'as pris qu'un cours de langue, alors qu'il t'en faut deux ce semestre. Et tu as pris affaires publiques, mais tu l'as déjà passé l'année dernière ! Pourquoi est-ce qu'ils te laissent recommencer ?

– Je suis assez d'accord avec ta théorie sur le crack.

Elle me fouette la poitrine avec ma feuille d'emploi du temps.

– C'est l'emploi du temps d'Hartley, c'est ça ?

– Ouais, et alors ?

Ce n'est pas un bien grand secret. J'ai déjà expliqué à tout le monde la semaine dernière pourquoi je changeais.

– Mais tu ne crois pas que tu devrais la laisser tranquille ?

– Là, je te réponds par la négative.

– Mais… elle a été assez claire sur le fait qu'elle ne voulait pas sortir avec toi.

– Je sais, et ça me va. On est les meilleurs potes, à présent. Ne te bile pas, Ella.

Mais Ella n'est pas prête à gober cette histoire.

– Qu'est-ce que tu mijotes ?

– Rien que du bon, bébé.

Je passe un bras autour de son cou.

Elle soupire :

– J'ai un mauvais pressentiment.

Sa méfiance commence à m'ennuyer.

– Pourquoi ? C'est tellement difficile d'imaginer que je puisse faire du bien à Hartley ?

– En effet. Tu sais que je t'adore, Easton. Mais tu prends en général tes décisions en fonction de ce que les autres peuvent t'apporter, pas le contraire.

Je plaisante :

– Allez, je ne suis pas si mauvais.

Mais Ella est lancée.

– Tu le nies ? Tu nies que tu as baisé avec les petites copines de tes frangins ? Qu'une fois tu m'as dit que…

Piqué au vif, j'ôte mon bras et je ralentis.

– J'ai pissé dans tes céréales ce matin, ou quoi ? Pourquoi est-ce que tu me balances cette merde à la figure ?

– Parce que je tiens à toi. Quand tu blesses les autres, ça te laisse toujours des cicatrices au cœur. (Elle se radoucit.) Je veux que tu sois heureux. Et je ne crois pas que ça, ça va te rendre heureux.

– Pourquoi est-ce que tu ne t'occupes pas de tes affaires ? Assure-toi que Reed te reste fidèle, tout seul là-bas à State.

Devant le chagrin qui envahit instantanément son visage, ma colère se métamorphose en regrets.

– Putain, je suis désolé. C'est moche d'avoir dit ça. Reed vénère le sol que foule ton petit pied.

Je lui ébouriffe les cheveux.

– Bon, écoute, je suis sérieux là, ok ? Hartley et moi sommes tombés d'accord. Elle a besoin d'un ami et, pour une raison que j'aurais du mal à t'expliquer, j'ai envie d'être cet ami. Je ne vais pas lui faire de mal, et elle non plus.

Ella n'a pas l'air convaincue.

– Si tu le dis.

– Je le dis. Ça va ?

Elle me fait un petit signe de la tête, puis elle m'attrape par la taille.

– Je veux que tu sois heureux, murmure-t-elle contre ma poitrine.

– Je le suis.

Je lui réponds et je file vers ma classe.

Je n'aime pas trop réfléchir. Reed et Gideon, eux, sont des intellos déprimants. Moi, j'agis et je ne réfléchis pas trop à la façon dont les choses peuvent tourner. Probablement parce que, la plupart du temps, elles ont bien tourné. Et les fois où ça n'a pas été le cas, eh ben…

Si je passe trop de temps à réfléchir au merdier qui s'est mal passé, je vais finir par prendre des médocs comme je l'ai fait à quinze ans, quand la dépression a rattrapé ma mère pour ne plus la quitter.

Si passer du temps avec Hartley me faisait plonger au plus profond d'un gouffre émotionnel qui m'avale tout entier, j'arrêterais sur-le-champ. Mais je me sens bien avec elle. Elle est drôle, elle ne gobe pas complètement mes conneries, et… j'ai l'impression qu'elle a besoin de moi.

Personne n'a jamais vraiment eu besoin de moi. Ella avait besoin de Reed. Ma mère avait besoin de ses cachets et de l'alcool. Les jumeaux se suffisent à eux-mêmes.

Hartley est toute seule. Et il y a quelque chose dans sa solitude qui fait vibrer une corde sensible en moi. Mais je ne veux pas gamberger là-dessus alors, très exceptionnellement, je m'intéresse à mes quatre cours suivants.

Je réponds aux questions. Je développe les théorèmes. Je participe, à la stupéfaction de mes profs et de mes camarades.

– Tu es bourré ? me demande Hartley en chuchotant pendant le cours d'affaires publiques.

J'écarquille les yeux.

– Non, et toi ?

Elle se contente de plisser son front en m'observant d'un air embarrassé.

Et elle n'est pas la seule.

– Qu'est-ce qui t'arrive ? me demande Pash lorsque nous sortons de littérature anglaise pour aller déjeuner. Ton père t'a engueulé ?

– Nan. Je parie qu'il prépare un gros coup et qu'il lui faut une couverture, pas vrai ? suppose Owen, un autre de mes coéquipiers.

– Un mec ne peut pas répondre à une question en cours sans être soupçonné de préparer un coup ?

Aussi bien Pash qu'Owen secouent la tête.

– Quoi que tu aies planifié, tu peux compter sur moi, m'annonce Pash.

Les deux se font un high five et partent ensuite en courant, vraisemblablement pour raconter à tout le monde que je prépare un truc énorme.

Je les laisse spéculer, parce que la réponse que je cache, à savoir que j'essaie d'accepter qu'une fille ne me touche pas, aurait l'air bien pire encore si je l'énonçais à voix haute.

Bien entendu, la première personne sur qui je tombe à l'entrée de la cafétéria, c'est Hartley. Elle s'avance avec un plateau tellement rempli que je la soupçonne presque de prendre de la bouffe pour quelqu'un d'autre. Je scrute la pièce d'un air soupçonneux, mais personne ne se cache dans le coin. À part moi. Je suis le seul harceleur d'Hartley. Ce qui est dans la logique des choses.

– J'peux t'aider ?

Elle relève si brusquement la tête que le plateau se met à tanguer dangereusement entre ses mains.

– C'est bon, je peux le porter.

Elle s'avance pour récupérer son plateau, mais je le lui arrache des mains. J'aperçois Pash dans la queue et je lui crie :

– Prends-moi un plat au curry, tu veux bien ?

Il me fait signe que oui avec son pouce. Ceci réglé, je me mets en chasse d'une place libre. Habituellement, je m'assieds avec Ella, Val et quelques autres, mais là, j'essaie d'éviter Ella, son regard soupçonneux et ses questions indiscrètes. Je repère une table libre dans le coin que tout le monde évite depuis que l'administration a eu la brillante idée d'y planter quelques arbres pour égayer les lieux. Le truc, c'est qu'il y a eu une invasion de punaises et que les arbres en étaient pleins. Depuis, tout le monde a les jetons de s'asseoir là. Hartley n'était pas à l'école le semestre dernier, elle n'est donc pas au courant.

– Vraiment, je peux très bien le porter, insiste-t-elle.

– Je sais.

Je ne m'arrête pas avant d'avoir atteint la table. Je pose le plateau et je tire une chaise pour elle.

– Mais nous sommes les meilleurs potes du monde à présent, nous devons donc déjeuner ensemble, c'est la loi, regarde autour de toi.

Je lui montre la salle d'un geste de la main. Nos camarades de classe sont regroupés par deux ou trois, voire plus.

– Nous sommes des animaux qui vivons en troupeau. On aime bien se regrouper.

Elle se gratte la nuque et me dévisage avec une certaine méfiance.

– Je crois que je suis plutôt une solitaire.

– Super. Donc, on va être seuls ensemble.

Je desserre mon nœud de cravate. Je me fiche du pantalon ou même du blazer qu'on nous oblige à porter, mais cette cravate me fait franchement suer.

– Voilà ton déjeuner.

Pash apparaît aux côtés de Hartley et pose le plateau sur la table.

– Pourquoi on ne s'assied pas ? Y'a un truc qui cloche ? (Il m'adresse un regard inquiet.) Les punaises sont revenues ?

– Quelles punaises ? demande Hartley.

Je fais un signe de la main pour signifier à Pash de la fermer, mais il ne me calcule pas.

– Je détestais ces horribles bestioles. Si jamais tu as décidé d'échanger avec des punaises, ce sera sans moi, tu peux en être sûr.

Et il se barre avant que j'aie eu le temps d'intervenir. C'est mieux comme ça.

– C'est quoi ce truc à propos des punaises ? répète Hartley.

– Tu en as peur ? Je les tuerai pour toi.

– Je peux tuer mes punaises moi-même, merci.

– Tant mieux. Je déteste ça. Je te nomme tueuse officielle de punaises. Mais ne t'inquiète pas, ici c'est une zone sans punaises.

Du moins je l'espère.

On a à peine eu le temps de poser nos fesses sur nos chaises qu'une voix enjouée m'appelle depuis l'autre bout de la pièce.

– Tu es là, Easton !

Toutes les têtes se tournent vers nous pour apercevoir Felicity qui s'avance vers moi.

– Merci de m'avoir gardé une place, minaude-t-elle.

Elle se penche et m'embrasse sur la joue dans un silence général, avant que le brouhaha des commérages ne reprenne de plus belle. Eh merde ! Pas ça. Elle m'a envoyé au moins une dizaine de textos la nuit dernière, que j'ai tous ignorés. J'avais espéré qu'en continuant ainsi, elle laisserait tomber.

Visiblement, c'était trop lui demander.

De l'autre côté de la table, Hartley se tord la bouche comme pour s'empêcher de rire. Je suis soudain content de lui avoir raconté cette proposition complètement dingue de Felicity sur notre relation bidon. Sans ça, l'entrée en majesté de Felicity l'aurait fait flipper.

– Je ne t'ai pas gardé de place.

Je croise les bras en essayant d'avoir l'air le plus menaçant possible. Felicity possède une capacité à encaisser plus grande encore que celle d'Armadillo[18].

18. Personnage super-méchant de *Marvel Comics* qui possède un corps monstrueux recouvert d'une carapace très résistante.

Elle éclate d'un rire faux et s'assied à côté de moi.

– Bien sûr que si.

Puis elle se tourne vers Hartley.

– Nous n'avons pas été présentées officiellement. Je suis Felicity Worthington.

Hartley hoche la tête.

– Hartley Wright.

Elle tend sa main à Felicity qui, comme la salope qu'elle est, fait semblant de l'ignorer.

– Je suis la petite amie d'Easton. On vient juste de commencer à sortir ensemble ce week-end, pas vrai Easton ?

Je grogne :

– Felicity.

– Quoi ?

Elle cligne des yeux innocemment.

– Je n'avais pas réalisé qu'on devait garder le secret.

En me mordant la lèvre inférieure, j'envoie un regard suppliant à Hartley. *S'il te plaît, pour l'amour de Dieu, aide-moi ! Sors-moi de là !* Au lieu de ça, la petite sorcière fait tout le contraire.

– Oh, wouah ! Je suis si contente pour vous ! s'exclame-t-elle. Les nouvelles relations, c'est tellement chouette, n'est-ce pas ? Ces quelques semaines du début où tout semble lumineux et parfait, où on est tout le temps collés l'un à l'autre ? N'est-ce pas formidable ?

Je ne l'ai jamais vue tellement pleine d'entrain. Dommage que ce soit bidon. Elle me sourit. J'essaie de lui faire comprendre du regard que je vais la tuer après le repas.

– Oui, c'est formidable, confirme Felicity.

Et pour ponctuer ses dires, elle se rapproche encore et pose sa tête sur mon épaule.

Je me recule, sans plus de cérémonie, de dix centimètres vers la droite. Felicity chancelle et manque se cogner la tête contre la table avant de retrouver son équilibre.

– Vous allez tellement bien ensemble, tous les deux. Vous devriez faire de la pub. Oh, attendez, j'ai une idée.

Hartley se retourne et fait comme si elle cherchait quelqu'un du regard.

– Qui est-ce qui fait les photos pour le livre-souvenir de cette année ? Votre premier repas en commun devrait être immortalisé.

Personne ne répond. Elle hausse les épaules et sort son téléphone.

– Et si je prenais moi-même une photo ? Je la passerai au responsable quand je le croiserai.

Et elle braque son appareil sur nous. Si seulement c'était autorisé d'étrangler une fille dans la cafétéria, mes mains seraient déjà autour du cou d'Hartley. Au lieu de ça, comme Felicity saute sur mes genoux, j'ai besoin des deux pour la repousser. Je grogne :

– Pas de photos !

Hartley fait semblant de réfléchir.

– Tu as raison. Il faudrait un photographe professionnel pour prendre votre première photo ensemble. Ça n'arrivera qu'une seule fois.

Je la mets en garde :

– Tu veux mourir, c'est ça ?

Felicity lance alors un sourire condescendant à Hartley.

– J'apprécie le fait que tu essaies de cacher ta jalousie derrière cette joie de circonstance, mais je te préviens, Easton et moi, nous sommes en couple à présent. Tu vas devoir apprendre à l'accepter. En attendant, si tu veux compatir pour quelqu'un, va donc consoler Claire.

Nous nous tournons tous pour nous rendre compte que Claire, deux tables plus loin, a l'air totalement désespérée. Je fais la grimace et je me détourne. Hartley non plus n'a plus l'air très joyeuse, tout à coup.

Felicity, elle, ne peut s'arrêter de sourire comme une folle.

– Oh, voilà notre nouveau quaterback. Bran, Bran, viens par là !

Bran répond à son salut et vient nous rejoindre.

– Hé, merci pour l'invitation ! dit-il en posant son plateau en face de moi. Je ne savais pas trop où m'asseoir aujourd'hui.

– Il y a une table football, je lui réponds en pointant avec ma fourchette les deux groupes de mecs à côté des fenêtres.

– Je les vois tous les matins, je trouve ça suffisant, non ?

Difficile de prétendre le contraire alors que moi non plus, je ne m'assieds pas avec eux.

– C'est très bien comme ça, annonce Felicity.

Et que fait ta famille, Bran ?

– Elle veut savoir où tu t'inscris sur l'échelle sociale. Autrement dit, si tu es assez important pour qu'elle t'adresse la parole.

En signe de désapprobation, Felicity fait entendre un claquement de langue.

– C'est complètement faux, Easton.

Mais elle ruine sa pseudo-humilité en réitérant sa question :

– Alors, que font tes parents ?

– Mon père est comptable et ma mère prof à l'école primaire de Bellfield.

– Ah bon, c'est…

Elle ne trouve pas l'adjectif approprié parce qu'elle est secrètement consternée.

– Il y a une place libre à côté d'Arthur Flemming, dis-je en montrant un élève de dernière année aux cheveux marron foncé et aux lunettes rondes de hipster. Les Flemming possèdent une usine de surgelés. Et je crois qu'il est célibataire.

– Merci, mais je suis très bien ici, me répond sèchement Bran.

– Il me parlait à moi, mon chou.

Felicity tapote la main de Bran avant de se tourner vers moi.

– Qu'est-ce que j'en ai à faire, alors que je t'ai, toi, Easton Royal ?

Hartley éclate de rire, avant de très vite se mettre à tousser pour le camoufler. Puis elle demande à Bran :

– Alors, comment étaient tes cours, ce matin ?

Avec un sourire reconnaissant, il répond :

– Pas mal, bien que je sois surpris par la somme de devoirs à faire à la maison. Mes profs à Bellfield ne nous filaient pas autant de boulot.

– Je sais. Moi, j'ai une dissertation à rendre dans trois semaines et je dois écrire le plan de mon projet en chimie. Je ne veux pas faire ça à la dernière minute.

Bran émet un petit bruit en signe de sympathie.

– J'ai fait ça l'an dernier. Je peux te passer mes notes si tu veux…

– Ella, Val !

J'appelle les deux filles.

Devant mon air contrarié, Bran s'interrompt. Je vois très bien où il veut en venir et je dois tuer ça dans l'œuf. Bran va passer ses notes à Hartley, ensuite il va se rendre dans son petit appart et s'asseoir sur son canapé. Leurs têtes vont se rapprocher l'une de l'autre. Ensuite sa bouche touchera la sienne, je défoncerai la porte et je péterai le bras de notre nouveau quaterback.

Ce n'est pas parce que je me suis résigné à ne pas sortir avec Hartley que je vais supporter la présence de Bran Mathis à ses côtés.

Heureusement, Val et Ella arrivent, ce qui nous permet de changer de sujet.

– Pourquoi est-ce qu'on s'assied là aujourd'hui ? demande Val. On s'assied toujours à côté des fenêtres.

– Il n'y avait pas assez de places, je réponds en tirant une chaise pour lui permettre de s'asseoir.

– Mais notre table a plein de…

– C'est plus tranquille ici, l'interrompt Ella. Je pense que c'est pour ça qu'Easton a choisi cette place. Pas vrai, Easton ?

Je lève les yeux au ciel. Depuis quand dois-je m'expliquer ?

– Vrai.

– Comme c'est gentil de vous joindre à nous, dit Felicity.

Mais son sourire crispé prouve qu'elle n'apprécie pas du tout la tournure que prennent les événements. Je me rappelle qu'elle avait insinué qu'elle pourrait facilement dégommer Ella. Si elle s'amuse à foutre la merde dans ma famille, moi aussi, je vais lui foutre la merde.

Bran et Ella se connaissent, ils sont en espagnol ensemble. Ils se mettent à bavarder. Val et Hartley discutent entre elles du maquillage d'Hartley. Ce qui me laisse seul face à Felicity qui m'attrape par la manche.

– On sort ce soir ?

– Nope.

– Pourquoi non ?

– Parce que je n'ai pas envie.

– On est censés être en couple, elle siffle.

– Pas du tout, je lui rétorque.

– Tu as dit oui.

– Tu ne peux pas me tenir pour responsable de quelque chose que j'ai dit quand j'étais bourré.

Hartley nous lance :

– Ça va, les amoureux ?

Val renifle doucement. Ella se contente de soupirer.

– Très bien.

Felicity rassure la tablée, comme si les autres en avaient quelque chose à faire de savoir si on va « bien ».

– On a juste du mal à choisir un endroit pour notre rencard de ce soir.

Je serre les dents si fort que mes molaires me font mal.

– Vous savez où vous devriez aller ? lance Val.

Je lui adresse un regard assassin pour oser jouer avec cette insanité.

– Nulle part. Nous n'irons nulle part.

Val m'ignore.

– La jetée, dit-elle.

– Qu'est-ce qu'il y a sur la jetée ? demande Bran, curieux.

– Un manège, des jeux, des restaurants, c'est sympa.

– J'ai entendu dire qu'il y a même une maison hantée assez cool, poursuit Ella.

Je la transperce de mon regard assassin. Pourquoi s'amuse-t-elle à faire ça ? Elle déteste Felicity.

– Tu fais quoi ce soir, Hartley ? demande Felicity à ma grande surprise.

Hartley semble vouloir rester l'écart.

– Je bosse mes devoirs.

Felicity sourit gentiment :

– Ah, les devoirs, c'est chiant. Easton et moi allons apparemment sur la jetée. Toi et Bran, vous devriez venir aussi.

– Ça ne me paraît pas bête du tout, dit Bran.

Et il donne un coup d'épaule à Hartley.

– Qu'est-ce que tu en dis ? Tu veux faire un tour de grande roue ?

Oh non, merde !

Chapitre 17

– C'est amusant, n'est-ce pas ? gazouille Val plus tard dans la soirée. On était déjà allées manger sur la jetée, mais je n'étais pas revenue dans la partie fête foraine depuis des années.

– Si par amusant, tu parles du septième cercle de l'enfer, alors ouais, c'est sûr, c'est marrant.

J'ai les yeux rivés sur les dos d'Hartley et Bran qui sont devant le guichet de vente de tickets. Bran essaie de payer pour Hartley qui continue à refuser de la tête. Ça me rassure de voir qu'Hartley est tellement catégorique avec ces histoires d'argent. Si elle était intéressée, elle le laisserait payer, pas vrai ? C'est comme ça que ça marche. Les filles veulent qu'on leur offre des trucs. Si elles n'acceptent pas vos cadeaux, c'est que vous ne les intéressez pas.

Hartley gagne, elle paie pour elle. Je me penche au comptoir, je tends ma carte et en désignant Ella et Val :

– Je paie pour ces deux-là.

– Et moi ? s'étrangle ma petite amie bidon.

Je lui jette un regard par-dessus mon épaule.

– Ton père possède une concession automobile. Tu peux te l'offrir toute seule.

– Easton ! dit Ella, l'air choquée.

– Quoi ? Ce n'est quand même pas moi qui ai eu l'idée de venir ici.

Je récupère ma carte et les tickets, puis je m'avance vers le portillon d'entrée. Peut-être que Felicity va trouver que je suis un trop gros connard et qu'elle va rompre notre relation bidon.

Si je pouvais avoir cette chance !

C'est la raison pour laquelle j'ai accepté cette sortie. J'espère mettre un peu de plomb dans la tête de Felicity et la convaincre de m'abandonner à mon triste sort.

– J'attends mieux de toi, Easton ! s'écrie Felicity, visiblement exaspérée quand elle nous rejoint à l'intérieur du parc.

Ses cheveux blond vénitien sont tressés en une longue natte qui lui descend jusqu'en bas du dos. Elle porte une robe beige et des talons nude absolument pas appropriés pour aller à une fête foraine.

– Ne te fatigue pas. Comme ça, tu ne seras pas déçue.

Sa bouche se pince comme elle a tendance à le faire quand elle est pétard.

– Toi et moi, il faut qu'on parle, ce soir.

– Pas moi.

Je préfère encore être roué de coups pendant une heure par le videur de la salle de poker de Salem Street.

– Sympa ton haut, dit Ella à Hartley lorsque nous les rejoignons, elle et Bran.

Je m'aperçois qu'elles portent toutes les deux le même tee-shirt blanc court, avec une rayure en bas de chaque manche évasée. Celui d'Hartley va avec une paire de jeans skinny qui met en valeur ses fesses splendides, tandis qu'Ella le porte sur une minijupe bleue.

Hartley sourit :

– Je l'ai acheté en solde.

– Moi aussi.

Et hop, les voilà meilleures copines du monde. Si j'avais su qu'il suffisait de ça, j'aurais mis un tee-shirt blanc depuis longtemps. Je n'ai pas peur de mettre en valeur mes abdos. Je demande au groupe :

– Vous voulez boire quelque chose ?

– Un Coca Zéro pour moi. Et une banane glacée mais sans chocolat ni noix, annonce Felicity.

– Donc une banane, dis-je.

– Mais glacée.

Je ne discute même pas.

– Bran ?

– N'importe quoi. Un Coca, c'est parfait.

Lui – comme moi – a probablement envie d'une bière, mais nous sommes mineurs et ils sont assez stricts sur la jetée.

– Et toi, Har-Har ?

Felicity fronce les sourcils en entendant ce surnom.

– Rien, merci.

Hartley secoue la tête. Je plaisante :

– Tu es sûre ? Je ne vais pas t'inviter tous les jours.

La seule raison pour laquelle j'ai proposé ça, c'était pour pouvoir offrir quelque chose à Hartley.

– Je voudrais bien une crème à l'orange, annonce Ella. Et toi, Val ?

– Une root beer[19], pour moi. Et un funnel cake[20] à la fraise.

– Moi aussi, j'aimerais bien un funnel cake à la fraise.

– Tu viens me filer un coup de main, Bran ?

Cette commande est plus importante que je l'imaginais. En plus, je ne vais pas le laisser seul avec Hartley.

– Bien sûr.

Nous allons au stand et je commande trois funnel cakes, une banane glacée (ils n'en ont pas sans glaçage au chocolat), ainsi que des beignets de saucisses.

– On va nourrir toute une armée ? se marre Bran.

Il est peut-être charmant avec Hartley, mais il n'est pas très observateur. Hartley se léchait les babines quand Ella m'a passé commande. Quand elle a pointé sa langue, mes jambes se sont mises à trembler. Dommage, cet air vorace s'adressait à la bouffe, pas à moi.

– On a toujours une faim de loup dans les fêtes foraines.

– C'est vrai.

---

19. Boisson gazeuse US parfumée d'extraits de vanille, de réglisse, de sassafras, de noix de muscade et d'autres plantes.
20. Sorte de beignet de fête foraine US.

Pendant que nous attendons devant le comptoir, Bran enfonce ses mains dans ses poches et me lance un regard bizarre.

– Honnêtement, Royal, ça ne te pose pas de problème que je sois venu avec Hartley ?

Je me raidis. À la façon dont il dit ça, on dirait qu'il pense qu'ils ont un rencard ensemble ou une merde de ce genre. Est-ce que c'est le cas ? Ils sont arrivés chacun de leur côté, ça, j'en suis certain. Hartley est venue en bus, et Bran dans sa Dodge. Mais ça ne veut pas dire grand-chose. Ils ont pu parler de cette sortie comme d'un rendez-vous à un moment où un autre, entre la fin des cours et notre arrivée.

Est-ce qu'il a son numéro de téléphone ?

La jalousie me tord le ventre. Il n'a vraiment pas intérêt.

– Et pourquoi je le serais ?

Je réussis, je ne sais comment, à prendre un ton parfaitement détaché.

Il hausse les épaules.

– J'sais pas. Tu parais vraiment très protecteur avec elle.

– Nous sommes amis. Je suis protecteur avec tous mes amis.

– Comme moi.

Il sourit et m'invite à faire de même, mais là, j'ai le moral dans les chaussettes.

– Tu t'intéresses vraiment à Hartley ?

Bran a l'air d'être un type bien et il est le seul à savoir lancer la balle dans notre équipe, mais ça ne signifie pas pour autant qu'il peut venir tourner autour de ma nana.

– Peut-être ? Elle a l'air d'être une chouette fille.

– Tu ne devrais pas sortir avec qui que ce soit pendant ton année de terminale, cette relation sera sans lendemain.

Bran hausse un sourcil.

– En plus, tu écris dans le courrier du cœur, Royal ?

J'ai du mal à ne pas me mettre à rougir, mais j'y parviens. Des années passées à se foutre de ce que pensent les autres, ça aide.

– Ouais, ça s'appelle *Monsieur qui en savez plus long que moi*. Je suis là pour t'empêcher de te rendre ridicule.

– Et tu dis que si je drague Hartley, je vais passer pour un imbécile ?

Il a l'air amusé.

– Je dis qu'elle n'est pas intéressée.

Il attrape un funnel cake.

– Je vais quand même tenter le coup. Mais merci pour le conseil.

Je ne trouve pas quoi lui répondre, du coup je me tais pendant que nous rejoignons les filles. Au moment où nous les retrouvons, la foule a grandi avec au moins une douzaine de copines de Felicity.

– On dirait que la moitié des terminales sont venues, observe Val pendant que je distribue la nourriture.

Felicity se tapote les cheveux.

– Je suppose que le bruit a couru que j'étais ici.

Je la regarde fixement en me demandant si elle fait de l 'humour, mais apparemment, non. Elle est sérieuse. Je jette un coup d'œil à droite, à gauche, pour voir si quelqu'un d'autre se marre en entendant ses allusions. Mais Ella et Hartley sont trop occupées à mastiquer.

La bande de Felicity hoche la tête comme si un oracle venait de prendre la parole.

Une fois que nous avons terminé de manger, Bran suggère d'aller faire un tour sur les manèges.

– J'aime bien la grande roue, admet Hartley. Je pense que la dernière fois que j'y suis montée, j'avais douze ans.

– Les manèges, c'est bon pour les enfants, lui rétorque Felicity. Pourquoi tu n'essaies pas de me gagner quelque chose à un jeu ?

– Parce que les jeux, ce n'est pas pour les enfants ?

– Que diriez-vous d'un concours de tir ? suggère Tiffany, une de ses copines. Les garçons pourraient nous gagner tous les prix.

Felicity applaudit des deux mains.

– Oui ! Allez Easton, tu peux me gagner un prix pour te faire pardonner de ne pas m'avoir offert l'entrée.

Elle m'attrape des deux mains par le coude et m'entraîne vers les stands de tir.

– Et toi ? demande Bran à Hartley. Je peux gagner un truc pour toi ?

– Oh non, je n'ai besoin de rien, proteste-t-elle.

Bon sang, elle a raison. Si quelqu'un ici gagne un cadeau pour Hartley, ce sera moi et personne d'autre. Elle est mon amie.

– Et si on gagnait nous-mêmes nos prix ? suggère sèchement Ella.

Alors que Felicity et le chœur des autres filles expriment leur déception, Hartley lève le pouce. Hartley, Val et Ella se séparent du groupe et se dirigent vers un stand où un connard propose de deviner le poids des gens. C'est un peu vache, je trouve.

J'essaie de les suivre, mais Felicity m'agrippe à nouveau le bras.

– Je commence à en avoir vraiment ma claque.

Je regarde fixement sa main.

– De quoi ?

Doucement, mais fermement, je lui fais lâcher prise.

– Jusqu'où tu comptes aller ?

Elle pose ses mains sur ses hanches.

– Je ne vois pas de quoi tu parles.

J'étouffe un cri de frustration.

– Felicity, écoute-moi. J'étais bourré quand nous avons passé cet accord. Le lendemain matin, je ne me souvenais même pas de t'avoir vue.

– Eh bien pourtant, tu m'as vue et tu as dit que tu serais mon petit copain. Alors arrête, Easton Royal. Ça va se passer comme ça.

Alors, j'ose mentir :

– Écoute, tu es une chouette fille. Tu ne veux pas de moi comme petit copain, bidon ou pas, ok ?

Je suis un mec horrible et, en plus, je suis super-flemmard. Il faut que tu trouves quelqu'un d'autre à alpaguer.

Ses mains remontent de ses hanches pour venir se croiser fermement sur ses roploplos. Euh. Je n'avais jamais remarqué ses seins auparavant. Probablement parce que je n'y faisais pas assez attention.

– Non.

– Non ?

– Non. J'ai déjà annoncé que nous étions en couple, donc nous sommes en couple. Je me fiche que tu sois grossier ou injurieux. Ton mauvais comportement ne fera que me rendre plus sympathique.

Marie, Jésus, Joseph. À croire qu'elle n'a pas toute sa tête.

– Je ne le ferai pas. Point final. (Je ne sais pas comment le dire autrement, ou comment présenter différemment les choses.) Je ne joue pas à ce jeu.

– Si, tu joues.

Je recule un peu. J'en ai ma claque de cette conversation.

– Parce que sans ça, ajoute-t-elle, je vais rendre la vie d'Hartley impossible.

Je plaque ma langue contre ma joue et j'essaie de garder patience. Après tout, j'ai donné mon accord à cette farce stupide, même si je n'en ai plus de souvenirs très clairs.

Je reprends, en tentant de faire appel à sa raison.

– Soyons raisonnables. Pourquoi tu ne me lâches pas ? Tu n'as qu'à dire que je t'ai trompée et que je suis trop stupide pour que tu perdes ton temps avec moi ou que j'ai un mauvais fond. Raconte tout ce que tu veux, je te soutiendrai.

– Non.

Arghhhhh. Je suis à deux doigts d'écraser mon poing dans le mur le plus proche. Cette nana est complètement tarée. Et si elle veut la jouer salope, moi, je peux faire bien pire.

– Essaie seulement de t'approcher d'Hartley et en moins de vingt-quatre heures, tu me supplieras d'avoir pitié de toi.

Au lieu d'avoir l'air effrayée, Felicity me répond avec un sourire hautain :

– Quand j'en aurai fini avec Hartley, je m'occuperai d'Ella.

Je me moque. Encore ça ? Aucune chance que Felicity parvienne à démolir Ella. Ella s'est déjà battue, elle a filé sa raclée à la fille la pire d'Astor Park, Jordan Carrington.

– Je n'ai aucune envie de prendre part à tes jeux, bébé. Et Ella est bien assez forte pour te résister.

– On verra bien, n'est-ce pas ?

Avec ce sourire de malade plaqué sur son visage, elle part tranquillement rejoindre ses copines.

Je plonge mes mains dans mes poches en refrénant un grognement et je me tourne vers mes camarades de classe. Ils jouent à différents jeux. Bran, au basket-ball, marque à tous les coups. Plusieurs filles l'entourent et l'encouragent.

Hmmmm.

Le spectacle de leur adoration béate pour le nouvel athlète d'Astor Park me donne une idée. Si Felicity veut être en haut de l'échelle sociale, ça aura du sens pour elle de sortir avec Bran. Même s'il n'a pas de fric, c'est un beau mec et, en plus, c'est notre quaterback. Tout le monde adore les quaterbacks. Merde, même Hartley pense qu'il est génial. Le truc, c'est de réussir à convaincre Felicity qu'il est une meilleure prise que moi.

Et en plus, tout l'avantage, c'est que si Bran se met à la colle avec Felicity, ça l'éloignera d'Hartley. Je n'ai aucune autre arrière-pensée. Je me précipite au jeu d'arcade. Je glisse du fric dans la machine à côté de celle de Bran et je commence à tirer. C'est assez facile. Bientôt, j'ai ma propre petite foule d'admiratrices. Quand Bran s'interrompt pour me regarder, je me lance :

– Tu veux parier, Mathis ?

Comme je m'en doutais, il mord à l'hameçon. C'est un athlète avant tout, ce qui signifie qu'il adore la compétition.

– Bien sûr, on parie quoi ?

– Si je gagne, tu achètes des tickets pour tout le monde. Si je perds, c'est moi qui le fais.

– Nous sommes trente-deux. Ça représente presque mille dollars, dit doucement Ella.

Je ne l'avais pas vue venir. Val et Hartley sont derrière elle et lorsque je les regarde, je remarque qu'elles ont, elles aussi, l'air inquiètes.

– Je sais, c'est de l'argent de poche, non ?

Les mômes d'Astor hochent la tête, mais Bran, fils d'une instit et d'un comptable, n'est pas comme les autres mômes d'Astor. Il n'a pas de compte fiduciaire avec une allocation de plusieurs milliers de dollars qui tombe tous les mois.

C'est lorsque je le vois pâlir sous son hâle, que je comprends que j'ai raison.

– Hum, c'est sûr. J'imagine.

Sa fierté lui interdit de refuser. Je lui serre l'épaule, parce qu'il n'y a aucune chance qu'il soit obligé de payer. Je vais perdre un max.

– Génial.

Felicity applaudit des deux mains. Elle est folle de joie.

– Je veux le grand panda.

Elle désigne les animaux en peluche géants qu'on peut sûrement acheter pour cinq dollars dans des magasins où Felicity ne mettrait jamais les pieds. Elle veut ce foutu panda. Elle veut ce que ce panda représente dans son esprit tordu.

Dommage, elle va être déçue.

Nous commençons à tirer. Lors du premier tour, j'entre autant de paniers que je peux. Je dois faire en sorte que mon échec soit crédible. Bran ne m'aide pas vraiment. À l'idée de devoir acheter tous ces billets, il panique sans doute, ce qui est étrange, parce que sur le terrain, il est toujours super-calme. Il commence à rater ses tirs, et mon avance ne diminue pas. Pas même après que j'ai fait semblant de passer.

Au troisième round, il se réveille, mais c'est trop tard. Quand le chrono s'arrête, c'est moi le gagnant.

Merde.

– On fait quitte ou double, je lance à brûle-pourpoint.

– Non, c'est bon, dit Bran, mais il devient franchement vert.

Felicity s'écrie :

– Je savais que tu allais gagner, Easton ! Bon sang ne saurait mentir !

Je sais qu'Ella est déçue, mais c'est le dégoût dans le regard de Hartley qui me tue. Ella croira à mes explications. Comment j'ai essayé de perdre pour que Bran gagne et que j'achète les tickets. Mais pas Hartley. Elle pense déjà que je suis un connard. Je déglutis avec peine et je sors mon portefeuille.

– C'était un pari débile. C'est moi qui paie.

– Non, mec. Un pari est un pari. Je dois tenir parole.

Bran a visiblement du mal à avaler, mais il part acheter les tickets en chancelant légèrement. À son passage, plusieurs de nos coéquipiers lui donnent une tape dans le dos.

– Ça, c'est notre quaterback !

– Merde.

Ella m'attrape par le bras et me tire à part.

– Vas-y, arrête-le.

– Je ne peux pas. Si c'est moi qui achète les tickets, il va perdre le respect de ses coéquipiers.

– Vous êtes vraiment débiles, vous les mecs.

On dirait qu'elle a envie de me gifler.

Franchement, ça ne me ferait pas de mal de me prendre une baffe.

Bran revient avec les tickets et commence la distribution. J'attends sur le côté que tout le monde soit servi avant moi. Quand Bran arrive devant moi, je réitère mon offre.

– J'ai joué à ce jeu tellement souvent avec mes frangins que je pourrais tirer les yeux fermés. Laisse-moi payer, d'accord ?

Bran renifle :

– Alors tu m'as piégé, c'est ça ?

– Pas exactement.

Mais je ne suis pas convaincant, parce que oui, j'ai voulu le piéger, mais ça ne s'est pas passé comme je l'imaginais.

– Je croyais qu'on faisait partie de la même équipe, marmonne-t-il. Mais merci de me montrer qui tu es vraiment. Je comprends les règles à présent.

Il me flanque un ticket dans la main et s'éloigne.

– Tu es vraiment un pauvre mec.

Je lève les yeux, c'est Hartley qui s'approche. Ses yeux gris ressemblent à deux nuages pendant une tempête.

La honte m'étouffe. Je déglutis avec peine et je lui fais signe de me suivre plus loin, pour être hors de portée de nos camarades de classe.

Miraculeusement, elle le fait.

– Ce n'est pas ce que tu crois, lui dis-je en baissant la voix. Je voulais perdre pour pouvoir acheter les tickets moi-même.

Elle secoue la tête d'un air dégoûté.

– Ouais, bien sûr, Easton.

– C'est la vérité.

– Uh uh. Mais alors, pourquoi as-tu joué à ce jeu stupide ? Pourquoi ne pas avoir tout simplement acheté les tickets toi-même ?

– Je voulais que Bran se mette en valeur devant Felicity.

– Quoi ?

Hartley fronce les sourcils.

– J'ai pensé que si elle craquait pour quelqu'un d'autre, elle oublierait cette idée débile selon laquelle elle et moi nous sortons ensemble.

Mince. Tout ce truc me paraît ridicule, maintenant que j'essaie de l'expliquer à quelqu'un d'autre.

– Écoute, j'ai fait une erreur. Je ne voulais pas que Bran dépense tout son fric.

Hartley me dévisage pendant ce qui me semble être une éternité.

– C'est vrai, tu n'essayais pas de te comporter en salaud avec lui, n'est-ce pas ?

Je secoue la tête, l'air malheureux. Je réalise que je suis la version masculine de Felicity. Je ne laisse pas Hartley tranquille, même si elle passe son temps à me le demander. Je suis égocentrique. Je rends les autres malheureux avec mes décisions idiotes et impulsives.

En réalité, je ne suis pas tout à fait comme Felicity. Elle, c'est une calculatrice rusée. Moi, je veux juste passer du bon temps. Mais pas au détriment des autres.

– Oh Easton !

Il y a une telle déception dans ces deux mots.

– Je sais. Je vais arranger ça.

Et je redresse les épaules.

– Comment ?

– Je n'en sais rien. Mais tu es ma meilleure amie. Tu peux m'aider ?

Je la regarde d'un air suppliant. Elle m'étonne, parce qu'elle s'approche et me serre le bras.

– On va trouver un moyen, m'assure-t-elle.

Et elle me stupéfie à nouveau, cette fois en me plantant un baiser rapide sur la joue. Peut-être qu'après tout, je ne suis pas Felicity faite homme. Hartley m'aime bien, et c'est une fille bien.

À ce contact physique, tout mon corps se redresse d'un seul coup. «*Du calme, Popaul !*» j'ordonne. Hartley et moi sommes amis, cela signifie que je ne dois pas m'exciter, n'importe où, n'importe comment.

– Tu viens ? me demande-t-elle à quelques pas devant moi.

Un retour de flamme salace m'envahit[21], mais cette fois, mon cerveau arrive à intimer l'ordre à ma bouche de la fermer. De justesse.

---

21. En anglais, «tu viens» signifie également «tu jouis». D'où le jeu de mots.

Chapitre 18

Le lendemain, je répare les dégâts. Qu'est-ce qui est le plus important ? C'est d'arranger les choses avec mon quaterback. Son seul crime de la veille a été d'être le pion peu coopératif de mon plan pour me débarrasser de Felicity. J'attends que les vestiaires se vident pour l'approcher.

– Tu as une seconde ?

Il fait la moue.

– Qu'est-ce que tu veux, Royal ?

Je lui fais un sourire chagriné.

– Je suis venu te proposer de faire la paix.

– Ah bon ?

Il ne me regarde pas en refermant son casier plus violemment que nécessaire. Il est déjà habillé pour l'entraînement et il semble impatient d'y aller. Je jette un coup d'œil autour de nous pour vérifier que nous sommes bien seuls, avant de lui tendre la liasse de dix billets de cent dollars. Ses yeux verts se mettent à étinceler.

– C'est quoi, ÇA, bordel ?

– Écoute, je suis désolé pour hier soir, mon pote. Tu avais raison, ok ? J'ai essayé de t'entuber, mais pas comme tu le penses.

J'essaie de lui fourrer les billets dans les mains.

– Prends ça.

Il repousse ma main.

– Garde ton fric, Royal. Je n'accepte pas la charité.

– Ce n'est pas de la charité. C'est une réparation.

Bran renifle.

– Je suis sérieux. Je n'essayais pas de te foutre la honte parce que tu n'es pas blindé comme nous.

– Non ? (Sa voix est dure.) Alors, qu'est-ce que tu essayais de faire ?

Je pousse un soupir.

– J'espérais que tu ferais un score de malade et que ça rendrait Felicity tellement dingue qu'elle me laisserait tomber pour toi.

Ses sourcils remontent jusqu'à ses cheveux.

– Hein ? Quoi ?

– J'ai fait une énorme erreur en acceptant de sortir avec cette fille. Elle me collait à la fête foraine, et je me suis dit que je pourrais m'en débarrasser si je te la flanquais entre les pattes. Un gagnant-gagnant.

Un sourire timide apparaît sur son visage.

– Gagnant-gagnant ? Tu veux dire que tu gagnes et que Felicity gagne aussi ? Parce que je ne vois pas en quoi je suis gagnant dans cette histoire.

– Hé, ce n'est pas une mauvaise fille.

Là, je mens. Elle est horrible. Mais j'ai déjà merdé et j'ai probablement coûté à Bran toutes ses économies. J'aurais vraiment l'air d'un enfoiré si j'avouais que j'ai voulu le brancher avec un vrai démon.

– Elle est super-chaude, j'ajoute, et cette fois je ne mens pas. Elle est populaire, elle vient d'une vieille famille aisée. (Je hausse les épaules.) Ce ne serait pas le choix le pire si tu cherchais une fille avec qui sortir à Astor.

Il se penche pour lacer ses chaussures.

– Euh euh. Si elle est tellement chouette, pourquoi tu n'en veux pas ?

– Parce que je ne veux pas de petite amie, je lui réponds honnêtement. Je suis nul pour ces trucs. J'étais complètement bourré quand je lui ai dit que j'allais sortir avec elle, je ne faisais pas gaffe à ce que je disais.

– Ok.

Bran se redresse et passe une main dans ses cheveux coupés ras.

– Si je comprends bien, tu m'as défié à un jeu de tir pour pouvoir perdre et que j'impressionne favorablement Felicity ?

Je hoche timidement la tête.

– Parce que tu voulais que je sorte avec elle.

Il s'interrompt.

– Pour que toi, tu n'aies pas à le faire.

Je hoche à nouveau la tête en me retenant de rire. Mais c'est Bran qui éclate de rire, et je ne peux me retenir plus longtemps.

– C'est vraiment tordu comme logique.

– Je suis un Royal. Tordu, c'est mon deuxième prénom.

Je secoue la tête de façon exagérée.

– Je ne m'attendais pas à ce que tu pètes de trouille et que tu foires lamentablement.

– Hé, proteste-t-il, il y avait mille dollars en jeu. J'ai flippé.

Je me penche et lui balance une claque sur le bras. Pas celui avec lequel il lance la balle.

– Ne dis jamais ça devant le coach. Flipper, avec lui, c'est interdit.

– Il n'y a pas d'argent en jeu pendant nos matchs, répond-il, ce qui signifie pas de pression financière. Juste celle que nous met le coach pour qu'on gagne.

– Une pression financière ?

– Ouais, ce genre de merde me stresse à mort. Probablement parce qu'on n'a jamais eu beaucoup de fric à la maison.

Une fois encore, la culpabilité me serre la gorge, ce qui me fait paraître enroué.

– Sérieusement, mon pote. J'ai fait un truc nul l'autre soir. Et ce n'est pas parce que je pense que tu ne peux pas payer tes dettes. C'est juste parce que je n'aurais jamais dû parier.

Je lui prends la main de force et je glisse les billets dans sa paume.

– Prends-les. Ça n'a rien à voir avec de la charité. C'est plutôt une promesse que je fais de ne plus jamais te flanquer sous un bus pour sauver ma propre peau. Je me débrouillerai autrement avec Felicity. Si tu n'acceptes pas, je vais te coller au cul et essayer de fourrer ces biffetons dans ta poche à chaque instant. Je suis même capable de t'acheter une bagnole et de la garer sur le parking extérieur, avec un gros nœud à la con autour. Je peux vraiment devenir chiant.

– Vraiment ? Je ne m'en serais jamais douté.

– Donc, tu acceptes ?

Après un long moment, il hoche la tête.

– D'accord, dit-il avec une gratitude et une sorte de respect dans la voix. Je suis content que tu m'aies dit la vérité. Je n'avais pas vraiment envie d'être obligé de te détester.

Je me marre :

– De toute façon, tu n'aurais pas pu. Personne ne peut me détester.

Bran et moi, nous nous faisons un high five, puis nous sortons des vestiaires. L'étape suivante, c'est Hartley. Pendant que je quitte ma première étape, je touche la chaîne dans ma poche, du bout des doigts. Il y a un écrin en velours qui va avec, mais je me suis dit que ça serait too much.

– Hey, copine !

Je choppe Hartley juste avant qu'elle entre en classe. Elle s'éloigne de la porte pour laisser passer quelques étudiants.

– Qu'est-ce qu'il y a ?

– Je me suis arrangé avec Bran.

– Vraiment ?

Elle repousse une mèche sur son front. Je sens des démangeaisons dans mes doigts, tellement j'ai envie de le faire moi-même. Je la taquine :

– Il n'a pas pu résister à mon charme.

– Personne ne le peut. Même pas moi, me répond-elle en souriant.

Un grand sourire illumine mon visage. Je glisse la main dans ma poche et j'attrape le collier.

– De toute façon, pour m'excuser, j'aimerais te donner ça.

Elle écarquille les yeux quand je laisse pendre le collier sous son nez. Elle regarde fixement un moment avant de repousser du doigt, comme à regret, la chaîne délicate.

– Je ne peux pas accepter.

– Je l'ai eue dans une tirette à cinq balles. Alors, ou bien tu la prends ou bien je la jette.

– Une machine à tirettes ? demande-t-elle.

Le bout de ses doigts s'attarde sur la chaîne, ils glissent vers le bas pour effleurer les trois petits charms en or. Elle en a envie, mais pour la première fois de ma vie, je ne la force pas.

Ella veut décider elle-même, à son propre rythme.

– Ouaip.

Je prends sa main et j'y fais tomber la chaîne.

– Voilà. Fais-en ce que tu veux. Si tu n'en veux pas, jette-la.

Et ensuite, j'entre dans la salle de classe sans dire un mot.

Le reste de la journée se passe comme par enchantement. À mon grand soulagement, Felicity m'évite, même à déjeuner. Elle est assise avec ses copines qui portent toutes des bandeaux. On dirait un groupe de chanteuses des années 50. Moi, je me marre en compagnie de mes amis.

En maths, je suis assis entre Ella et Hartley, mais nous n'avons pas beaucoup d'occasions de parler, parce que madame Mann nous flanque une interro surprise. À ma grande gêne, elle passe son temps à me fixer d'un air mécontent.

Je ne suis pas le seul à le remarquer. À un moment, Hartley me donne un coup de coude dans les côtes et chuchote :

– Qu'est-ce que tu as encore fait ?

– Rien. Je n'ai pas eu de contact avec madame Mann depuis que, eh bien, que j'ai eu un contact avec elle.

– Monsieur Royal, Mademoiselle Wright, lance d'une voix aiguë notre professeur, moins de bavardage et plus de résolutions de problèmes, je vous prie.

Elle vient de demander à tout le monde de faire les exercices un à cinq du livre.

Hartley se penche pour reprendre sa tâche. Moi, j'ai déjà résolu les cinq équations, donc je griffonne autre chose dans mon cahier. Je déchire le coin de la page, j'attends que madame Mann regarde ailleurs et je glisse le billet sur le bureau d'Hartley.

J'ai écrit : *Tu viens au match vendredi soir ?*

Elle se raidit un instant, regarde devant, vers le tableau, et déplie le billet.

Après l'avoir lu, elle prend son crayon, écrit quelque chose et me repasse le papier.

Peut-être…

Je griffonne à nouveau et je lui repasse le papier.

Peut-être ? Mais nous sommes les meilleurs potes ! J'ai besoin de supporters. Les meilleurs amis doivent s'épauler.

Elle me le repasse.

Je vais peut-être devoir bosser. J'ai dit à une des autres serveuses que je pouvais la remplacer si elle avait besoin.

Le billet passe entre nous encore un certain nombre de fois.

Ok. Mais tu n'es pas encore certaine que tu vas devoir bosser ?

Pas encore. Je le saurai la veille.

Ok. Tu me diras. Si tu ne bosses pas, tu viens au match. SANS ÇA…

Hartley pouffe doucement, mais pas assez. Le regard perçant de madame Mann se pose une nouvelle fois sur nous.

– Gardez les yeux sur votre travail, Mademoiselle Wright.

Hartley se met à rougir à l'idée qu'on puisse penser qu'elle triche. Elle glisse discrètement notre billet sous son cahier et se remet au travail.

Dès que la cloche sonne, j'enfourne mes cahiers dans mon sac et je me lève.

– Un instant, s'il vous plaît, Monsieur Royal.

Merde. Je lance aux filles :

– On se retrouve au déjeuner.

Ella hoche la tête en me tapotant sur le bras. Hartley, elle, lance un regard circonspect à madame Mann puis à moi. Bon. C'est vrai. Hartley était à la porte ce jour-là, ce qui craint vraiment, parce que la dernière chose que je souhaite, c'est qu'elle repense à ça. Elle pense déjà que je suis un obsédé.

– Monsieur Royal, m'ordonne madame Mann.

En serrant les dents, je m'approche de son bureau.

– Madame Mann, je raille.

Elle jette un coup d'œil vers l'embrasure de la porte pour s'assurer qu'il n'y a personne, mais elle ne se lève pas pour aller la fermer. Je suppose qu'elle veut m'interdire toute tentation.

Quand son regard revient vers moi, il exprime de la frustration et sa voix est à peine plus forte qu'un chuchotement.

– Quoi que vous racontiez aux gens, il faut que vous arrêtiez.

Je plisse le front.

– De quoi parlez-vous ?

– Bon sang, Easton !

Elle sursaute quand sa propre voix monte, elle déglutit nerveusement et fixe à nouveau la porte d'entrée. Puis elle reprend le chuchotement.

– Vous avez raconté à quelqu'un ce qui s'est passé entre nous.

Ça me fait réfléchir.

Je n'ai parlé à personne de… non, attendez. Ella est au courant. Hartley aussi et Reed. Et Pash, c'est sûr, soupçonne quelque chose.

– Un autre professeur y a fait allusion dans la salle des professeurs ce matin.

La panique se lit dans ses yeux.

– Si ça arrive aux oreilles du directeur, monsieur Beringer, je vais être renvoyée.

Je ne peux m'empêcher de lui faire une réponse sarcastique :

– Vous ne croyez pas que vous auriez dû y penser avant de faire des conneries avec moi dans cette salle de classe ?

Et je lui montre l'espace vide d'un large signe de la main.

Son joli visage se défait. On dirait que je viens de la gifler. Une vague de culpabilité m'envahit, mais j'essaie de la refréner. Pourquoi est-ce que les gens n'assument pas leurs actes ?

Je savais qu'on faisait une connerie quand nous l'avons faite. Je le reconnais. Elle aussi doit le reconnaître. Cette femme m'a clairement fait comprendre, dès l'instant où je suis entré dans sa classe, qu'elle voulait passer un bon moment avec moi.

On n'a même pas fait grand-chose.

Je tente de la rassurer.

– Détendez-vous. Regardez. Personne ne nous a vus, il n'y a aucune preuve. Si Beringer nous pose des questions, nous nierons, c'est tout.

Madame Mann se mord la lèvre.

– Nous nierons…

– Oui. Ce n'est jamais arrivé, d'accord ?

Un petit sourire surgit au coin de ses lèvres.

– Qu'est-ce qui n'est jamais arrivé ?

Je souris d'un air désabusé.

– Exactement ça.

Après la dernière sonnerie, Felicity me coince devant mon casier. Impossible de lui échapper. Elle s'avance à grandes enjambées et me claque un baiser mouillé sur la joue.

– Pfff, soupire quelqu'un derrière nous.

Je ne saurais dire si c'est de l'approbation ou de la jalousie. Je me retourne brièvement et je découvre les regards avides des filles à l'autre bout du vestiaire. Elles nous jettent un regard, à moi et Felicity, puis se remettent à chuchoter entre elles.

Quelque chose me secoue la main. Je baisse les yeux, c'est Felicity qui enlace mes doigts. J'essaie d'ôter ma main, mais elle la serre fort. Mec, cette fille a une poigne de fer pour un si petit corps.

Je grommelle :

– Qu'est-ce que tu fais ?

Elle gazouille :

– Je prends mon petit ami par la main.

J'inspire profondément, puis lentement, méthodiquement, j'approche ma bouche de son oreille et je susurre :

– Je jure devant Dieu que je suis sur le point de perdre mon calme. Je te l'ai déjà dit un million de fois, j'étais ivre mort. Putain de merde, je ne fais pas ce truc.

Elle me regarde fixement :

– Si.

– C'est terminé, Felicity, tu m'entends.

Je ne me donne même pas la peine de parler à voix basse et Felicity se tourne comme une folle pour vérifier que personne ne m'a entendu. Quand elle s'est assurée que personne ne nous a découverts, elle me répond sur le ton qu'on utilise habituellement avec un gamin têtu.

– Easton, nous avons un arrangement et cela ne prendra fin que quand je le dirai.

– Ça ne marche pas comme ça.

– Si, c'est exactement comme ça que ça marche.

Je sens la colère m'envahir. Je déteste les filles comme Felicity. Je préférerai toujours des filles comme Ella, Val et Hartley à Felicity, Lauren ou Jordan. Le sens aigu qu'elles ont de leurs prérogatives me rend dingue. Ce qui est assez ironique, puisque je suis comme elles. J'ai tout ce que je veux, quand je veux. C'est ça, être un Royal. Mais curieusement, ce n'est pas attirant du tout de voir ça chez d'autres personnes. Est-ce qu'Hartley me considère avec le dédain et le mépris que je ressens envers Felicity ? J'espère que non.

Je lui demande poliment :

– Écoute, est-ce qu'on ne peut pas tout simplement faire comme des gens normaux et pas des psychopathes ? Avoir une petite copine, même bidon, ce n'est pas du tout mon style.

Elle émet un petit bruit exaspéré :

– Je te l'ai déjà dit, tant que tu restes discret, tu peux baiser avec qui tu veux.

– Discret ? Mais, bébé, je ne connais pas la signification de ce mot. J'ai baisé avec l'ex-petite copine de mon frère dans son pieu. J'ai pécho la mère de Niall O'Malley pendant un after, chez elle. Je me suis fait deux des Pastel il y a un an, dans la piscine des Carrington. Si on continue comme ça, je vais te foutre la honte, et je vais déteindre sur toi.

Les ailes de son nez se mettent à pulser. J'ajoute à la hâte :

– Pas exprès, parce que je suis comme ça. Je ne pense pas aux conséquences de mes actes. Tu veux vraiment être avec un type qui a rompu avec sa petite amie par SMS ?

C'est ce que Claire aime raconter, même si je le lui ai annoncé de vive voix. Pour une fois, son mensonge va jouer en ma faveur.

Felicity reste calme.

Quand son expression de dédain se brouille un peu, je sais que je l'ai atteinte.

Les filles comme elles tiennent à leur image. Eh oui, avoir un Royal à son bras est un vrai booster d'image, même si nous savons parfaitement tous les deux qu'elle serait mieux lotie si ce Royal était Gideon, le plus vieux de mes frères. Ou Reed, qui peut être un vrai bâtard mais qui ne fait pas de saloperies en public. Moi, je suis le Royal qui déconne, et tout le monde le sait.

Ses mains glissent le long de ses hanches. Je peux voir les rouages de son cerveau tourner et tourner encore.

– Hier soir, sur la jetée… commence-t-elle, tu as dit que je pourrais annoncer à tout le monde que je rompais avec toi.

Je saisis avec empressement la bouée de sauvetage qu'elle vient de me lancer. Je réponds très vite :

– Oui. Tu peux raconter que j'ai fait un truc horrible et que tu m'as viré à coups de pied au cul.

– Non. Leur raconter, ce n'est pas suffisant.

Bordel de merde.

– Mais qu'est-ce que tu veux, alors ?

– Une rupture publique, dit-elle d'un ton décisif. Je veux pouvoir t'engueuler devant tout le monde et préciser que tu ne me vaux vraiment pas et que, désormais, je ne veux plus rien avoir à faire avec toi.

J'ai un peu de mal à ne pas lever les yeux au ciel.

– Bien sûr. Comme tu veux.

– Mon feu de joie sur la plage a lieu vendredi, après le match, me rappelle-t-elle. Tu as dit que tu viendrais.

Vraiment ? Je n'en ai aucun souvenir, mais j'aurais probablement fini là de toute façon.

– Ok.

– Nous traînerons un peu ensemble avant que je me sépare de toi. Et toi, tu resteras et tu encaisseras.

Hé, si le résultat final, c'est la fin de cette dinguerie, je suis prêt à traverser le feu de joie à poil et à la laisser me bombarder de tomates. Je hoche la tête.

– Bien.

Ravie, Felicity se met sur la pointe des pieds et me fait un autre baiser sur la joue, probablement à cause du trio de jolies filles de seconde année qui passent devant nous. Ma peau se hérisse, mais je réussis à faire un semblant de sourire. Lui aussi au profit des étudiantes de seconde année.

– On se voit donc ce soir à la fête ? dit-elle gaiement.

Malheureusement.

– Absolument.

Chapitre 19

Le premier jeu de Bran lors du match du vendredi est une passe des quarante-cinq mètres directement dans les mains de son receveur, qui fonce et marque un touchdown.

Ce ouf' imprime sa marque pendant tout le match. On marque à presque tous les autres drives, par *touchdown*s ou par *field goals*, et quand arrive la mi-temps, nous avons vingt-sept points d'avance.

Finalement, Hartley n'a pas eu besoin d'aller bosser. Du coup, elle est avec Val et Ella. Ainsi que Seb et Sawyer. Étrangement, Lauren est invisible.

Je ne peux pas rater le speech du coach pendant la mi-temps, du coup pas question d'aller bavarder avec eux, mais je souris et je fais coucou à ma bande avant de disparaître dans le tunnel. Je suis sur le cul qu'Hartley soit venue. J'espère que ça signifie qu'elle va se joindre à nous pour l'après-match.

La deuxième mi-temps est aussi mouvementée que la première.

Saint Lawrence Academy réussit à remonter au score grâce à deux *touchdowns*, mais l'avance d'Astor

Park est nette et SLA n'arrive pas à rattraper la raclée qu'elle a prise en première mi-temps. C'est nous qui gagnons. Clairement. Et Bran obtient la balle.

Le coach Lewis la jette dans les mains de son nouveau quaterback, flanque une claque sur l'épaule de Mathis et lui dit :

– Ce soir, tu as joué un putain de bon football, fiston.

Tout le reste de l'équipe, moi y compris, acquiesce. Je cours vers Bran et je lui file une claque sur les fesses.

– Mec. C'était brillant. Tu nous as scotchés !

Sans rire, il a lancé la balle à plus de 365 mètres ce soir. Il hausse les épaules, l'air modeste.

– Hé, je ne peux pas révéler tous mes secrets du premier coup.

Je souris.

– Ah, je vois, un mec mystérieux. Je vais creuser ça.

Bran éclate de rire. Dom rapplique.

– On va tous chez les Worthington après ? Felicity a dit à toute l'école que la fête d'after aura lieu là-bas.

Je hoche la tête :

– Ouais, c'est le plan. Mais je dois d'abord passer chez moi.

J'ai dans l'idée de faire une razzia dans le placard à alcools de papa, parce que je ne fais pas confiance à Felicity pour nous servir des trucs forts. La dernière fois que je suis allé chez elle, il n'y avait que du vin et des cocktails. Les gars et moi, on se rue tous dans les vestiaires et je suis l'un des premiers à sortir des douches. Je lance à Pash et Dom :

– On se retrouve sur la plage. (Puis je me tourne vers Bran.) Tu viens aussi ? (Il hésite. Je lui jette un regard sévère.) Allez, mec. C'est toi la star, ce soir. Il faut absolument que tu te ramènes et que tu acceptes ta récompense : alcool gratuit et des bombes qui rêvent de chevaucher ta queue.

Bran sourit légèrement. C'est vraiment un type bien. Je suis soulagé qu'il ne se soit pas juste contenté de prendre l'argent ce matin, mais qu'il m'ait également pardonné d'avoir été tellement con sur la jetée.

– Bon, je ferai une apparition, accepte-il.

– Ok, superstar.

J'éclate de rire en sortant des vestiaires.

Je ne suis pas le seul à avoir décidé de faire un stop à la maison. Les jumeaux m'ont devancé, sauf que dans leur cas, ce n'est pas pour se ruer sur le placard à alcools. En fait, ils échangent leurs jeans déchirés et leurs t-shirts contre les joggings et les marcels qu'ils ont l'habitude de mettre à la maison.

– Qu'est-ce que vous faites, les mecs ? je demande à Sawyer dans l'embrasure de sa porte. Vous ne venez pas chez les Worthington ?

– Non…

Sawyer semble réticent à l'admettre.

– Oh. Alors, vous faites quoi ?

Il marmonne :

– Lauren avait envie de rester zoner ici. Elle va bientôt arriver.

Seigneur. Bien sûr qu'elle vient. Bien sûr. Honnêtement, l'an dernier je trouvais Lauren vraiment cool, mais c'était avant qu'elle passe son temps chez nous. Plus je la connais, plus elle me déplaît. Elle traite mes frères comme s'ils étaient interchangeables. Comme s'ils étaient deux petits jouets conçus uniquement pour la distraire. Mais Seb et Sawyer ont l'air de s'en accommoder, alors je suppose que je dois faire pareil.

Je descends à la suite de mes frangins. Nous atteignons le salon au moment précis où la porte s'ouvre sur Ella, Val et Hartley.

– Hey, salut, sexy ladies ! dis-je en sifflant mes copines.

Ella et Val font les gros yeux, mais Hartley est trop occupée à examiner le grand hall. Son appréhension est flagrante pendant qu'elle détaille la double cage d'escalier, le plafond cathédrale et le sol en marbre. Je profite de son moment d'inattention pour l'examiner.

Elle est trop mignonne ce soir. Elle porte un jean déchiré aux deux genoux, un débardeur prune et un sweat noir à fermeture Éclair. Elle a détaché ses cheveux, et elle s'est même un peu maquillée, du mascara et un gloss brillant qui rend sa bouche humide et sexy.

Mais le truc le mieux, c'est qu'elle porte mon collier.

Elle le porte. Pour de vrai, elle le porte. Et c'est super-beau à son cou. J'ai envie de déposer un baiser juste au creux de son omoplate.

– J'ai oublié mon téléphone dans ma chambre, explique Ella en se précipitant dans les escaliers.

– Moi, je dois absolument aller faire pipi avant de rendre visite à la pire langue de pute de la côte Est, déclare Val avant de disparaître dans le couloir.

Je pouffe de rire, mais mon rire s'éteint une fois que nous nous retrouvons seuls, Hartley et moi.

Je meurs d'envie de lui dire un truc à propos du collier, mais j'ai peur que du coup elle l'enlève, alors je fais comme si je ne le remarquais pas. Elle continue à regarder l'environnement hyper-chic, mais je n'ai pas l'impression qu'elle me juge. Peut-être a-t-elle tout juste l'air un peu triste.

Je lui demande :

– Tout va bien ?

Elle acquiesce, mais elle se mord la lèvre inférieure, ce qu'elle fait quand elle est nerveuse. Je l'ai déjà remarqué. Puis ses lèvres s'entrouvrent et elles laissent sortir un léger souffle, rapide.

– C'est juste (son ton devient mélancolique) que ta maison est tellement belle, Easton. Tout ce verre…

Elle fait référence aux énormes fenêtres qui composent la majeure partie de notre hôtel particulier de bord de mer.

– Maman aimait la lumière du soleil. Elle voulait que toute la maison soit baignée de lumière.

Sauf à la fin. Là, il n'y avait plus de lumière dans la vie de ma mère. Seules la noirceur et la dépression qui ont fini par la pousser à bout.

Le silence retombe sur l'immense entrée. J'entends de doux murmures d'Ella depuis l'étage et des bruits d'eau courante dans la salle de bains.

Soudain, Hartley s'écrie :

– Tu sais quoi, je pense que je vais rentrer.

Je suis super-déçu.

– Et la soirée ?

Elle hausse les épaules.

– Je ne suis pas d'humeur.

– Allez, viens. Tu ne peux pas refuser maintenant.

Apparemment elle a déjà pris sa décision, parce qu'elle sort son téléphone de sa poche :

– Je vais appeler un Uber.

– C'est nul !

Ses yeux gris croisent lentement les miens.

– Je ne me sens vraiment pas capable d'aller à une fête ce soir, Easton.

Quelque chose dans le ton de sa voix me fait lâcher prise.

– Bon, bon, alors on reste là.

Je lui prends son téléphone des mains et je ferme l'appli Uber. Elle proteste :

– Qu'est-ce que tu fais ?

– Écoute, Hartley Davidson. On a joué un foot de dingues ce soir et on a gagné dans les grandes largeurs. Je veux fêter ça (je hausse un sourcil) avec ma meilleure amie.

Hartley éclate de rire :

– Tu continues vraiment cette connerie de meilleurs amis, pas vrai ?

– Ce n'est pas une connerie. J'adore passer du temps avec toi. Si tu ne veux pas aller à la soirée, je reste glander ici avec toi.

Felicity va devenir dingue si je laisse tomber notre grand show, mais elle peut faire semblant de me quitter n'importe quand. Ce n'est pas obligé que ce soit ce soir.

– Les jumeaux et Lauren restent à la maison, eux aussi. On ira faire quelques parties de billard dans la salle de jeux, ou regarder un film dans la salle de home cinéma. Ou bien on peut se baigner. La piscine est chauffée…

Elle piétine maladroitement d'un pied sur l'autre.

– Je ne sais pas.

– Nous sommes vendredi, il n'est même pas dix heures du soir. Vis un peu.

Comme elle ne répond pas, je lui demande :

– Tu travailles demain matin ?

– Non, admet-elle.

– Bon. Alors, on va passer la soirée ici. Oublie la fête.

– Ça me paraît être la meilleure idée que j'ai jamais entendue, répond la voix d'Ella.

Elle descend l'escalier, mais Val, qui apparaît dans l'embrasure de la porte derrière nous en même temps, oppose immédiatement son veto à cette idée.

– Non, je te l'ai dit, ce soir nous faisons une démonstration de force.

Ella lui répond :

– Je pense que tu donnes trop d'importance à Felicity. Elle est inoffensive.

– Pas du tout, dis-je, mécontent. Je dois dire que je suis d'accord avec Val à ce sujet, petite sœur.

Elle me fait ses yeux noirs.

– Sérieusement ?

– Sérieusement. Elle m'a déjà dit un certain nombre de fois qu'elle veut diriger l'école et que ça ne lui pose aucun problème de te dégommer.

Les yeux d'Ella brûlent de fureur.

– Elle a vraiment dit ça ?

– Ouais.

Val lance un regard sévère à Ella.

– Tu vois ? Il faut qu'on montre à cette salope qu'Ella Harper O'Halloran Royal n'a pas peur d'elle.

– Simplement Royal, ça suffira. Bon, j'irai là-bas. Mais je pense toujours que vous faites tout un plat de rien du tout.

Elle nous jette un coup d'œil, à Hartley et moi :

– Vous, vous restez ?

Un minuscule frisson remonte le long de ma colonne vertébrale quand Hartley hoche la tête. Ses grands yeux gris se perdent un court instant dans les miens lorsqu'elle répond :

– Je suppose que oui.

Chapitre 20

– Un film ? Un jeu ? De la bouffe ? je propose après le départ de Val et d'Ella. (Je me tourne vers les jumeaux.) Qu'est-ce que vous voulez faire ?

Ils haussent les épaules et regardent Lauren.

– Un jeu, c'est bien.

Elle détaille Hartley d'un air intrigué.

– Sauf si vous voulez rester seuls, vous deux.

– Non, mais je ne suis pas très bonne aux jeux, à moins qu'on joue aux Pokémon, répond Hartley.

Seigneur, elle est trop mignonne. Je rigole :

– Je pensais à un jeu de société.

– Un jeu de société ?

– Ouais, on en a plein. Ma…

Je m'interromps en me rappelant comment maman jouait à Serpents et Échelles avec les jumeaux et moi, quand nous étions petits. Nous nous asseyions dans un coin de la cuisine. Ses cheveux bruns semblaient vivants à la lumière du soleil. Je me rappelle que j'étais distrait par l'envie de compter toutes leurs nuances.

– Ta quoi ?

Je me ressaisis. Pas question de devenir trop fleur bleue ce soir.

– Ma mère adorait ça. Vous vous rappelez quand on jouait à Serpents et Échelles avec elle ? je demande aux jumeaux.

– On avait cinq ans, dit Sawyer.

Je me dépêche de changer de sujet.

– Qu'est-ce que vous diriez d'un Monopoly ?

Les jumeaux demandent son avis à Lauren. Encore une fois. Elle sourit :

– Ça me va.

– Le Monopoly, ça nous va, répètent les jumeaux.

Je ravale un soupir de frustration.

– Super. Les jeux sont dans la salle du home cinéma.

Je demande à Seb et Sawyer de nous apporter des sodas et des paquets de pop-corn. Lauren se jette immédiatement par terre et attend d'être servie, pendant qu'Hartley me suit jusqu'au placard des jeux.

– C'est la version originale à l'ancienne, remarque-t-elle lorsque je sors la boîte blanche du placard.

– Bien entendu. Je suis un puriste.

– C'est aussi un requin, l'avertit Sawyer en entrant dans la pièce, les bras chargés de nourriture.

Derrière lui, Seb porte un seau à glace rempli de diverses bouteilles.

– Je ne savais pas de quoi tu avais envie ce soir, bébé, explique-t-il à Lauren en lui apportant les bouteilles.

Elle regarde ces offrandes d'un air dédaigneux et désigne sans un mot une citronnade de régime.

Sébastien la sort, la décapsule et verse le fichu breuvage dans un verre avant de le lui tendre.

– Qu'est-ce que tu veux ? je demande à Hartley sur un ton très légèrement énervé.

– Je peux me servir moi-même, répond-elle d'un air amusé. Pourquoi est-ce que tu n'installes pas le plateau du jeu ?

Je dépose la boîte devant les jumeaux et Lauren.

– Je choisis le chien, annonce Lauren.

Je passe une main dans les pièces restantes.

– Qu'est-ce que tu veux, Har-Har ?00

– Le fer.

Elle prend sa pièce et la pose sur le plateau.

Sawyer choisit le bateau et Sebastian la vieille chaussure.

Moi, je choisis la voiture.

Après les quatre premiers tours, Sawyer et Hartley gagnent.

– Hé, je suis l'aînée, respecte un peu tes aînés ! taquine Hartley quand Sawyer se pose à une case d'une de ses propriétés.

– Désolé, je suis à la merci des dés et ils me disent que je devrais acheter la rue Saint James.

Il me tend l'argent, donc je lui donne la carte de propriétaire.

– Eh bien moi, les Dieux de la Chance me disent de passer et de prendre un billet de deux cents.

Hartley agite la carte sous le nez de Sawyer :

– Et avec cette richesse tout juste acquise, je pense que je vais construire une maison, pour que tu aies un endroit où te poser la prochaine fois que tu passeras chez moi.

– Il ne passera pas chez toi, dit Lauren.

Je lui fais les gros yeux.

– Cool. C'est juste un jeu.

– J'en ai marre. (Elle se lève.) Allons voir un film dans votre chambre.

Avant que j'aie eu le temps de protester, les jumeaux ont suivi Lauren vers la porte.

– C'est quelque chose que j'ai dit ? me demande Hartley.

– Non, Lauren est juste… (Je m'interromps, je ne veux pas casser une fille que je connais à peine.) C'est Lauren, dis-je pour finir. Tu veux encore jouer ?

– Ouais, plutôt. Je suis en train de casser la baraque.

Elle pousse le dé vers moi.

– C'est à toi.

Je tombe sur la case Chance. La carte que je tire m'envoie direct en prison. Ma malchance fait sourire Hartley aux anges. Elle fait un tour de piste, achète une nouvelle propriété, puis m'observe m'agiter dans tous les sens.

Je lance le dé, et je tombe sur les cinq, qui m'envoient directement sur la propriété qu'Hartley vient d'acheter.

– Merde. Tu me saignes déjà à blanc.

Elle se frotte les mains comme après un mauvais coup. Je lui remets son dû et je la regarde atterrir sur la case Caisse de Communauté. Mon prochain coup de dé m'envoie avenue du Tennessee.

– Enfin.

Je fais semblant de m'essuyer la sueur sur le front.

– J'ai bien cru que j'allais me retrouver sans terre.

– C'est un peu tôt.

– Je ne savais pas que tu étais du genre impitoyable.

– Regarde et prends-en de la graine, mon p'tit gars.

Elle s'efforce de me prouver que j'avais tort. Un tour de plateau plus tard, elle a cinq propriétés et moi une seule. Ce jeu va devenir un vrai massacre.

– Tu vas me torturer encore longtemps ?

– Tu as encore de l'argent ?

Je baisse les yeux sur ma pile bien maigre.

– Un peu.

– Tu renonces ?

– Nope.

– Mmm. Hmmm.

Elle me tend des biffetons.

– Je vais acheter une maison sur Indiana Avenue.

Je lui passe la maison avec un gros soupir.

– Je découvre ton côté matérialiste !

– Comment ça ?

Elle pousse du coude le dé vers moi.

– J'sais pas. Tu me semblais si sympa et si cool. Tu joues du violon. Ça a l'air tellement…

Je m'arrête, je n'arrive pas à trouver les mots exacts.

– Doux ? propose-t-elle. (Puis elle fronce les sourcils.) Jouer d'un instrument, c'est aussi difficile que de jouer au football. Tu crois que rester assise des heures avec un bout de bois coincé entre ton épaule et ton cou, c'est agréable et facile ?

– Hum, non ?

– Non. Tu sais combien de fois je me suis fait saigner les doigts à force de répéter ?

Elle tend vers moi ses jolies mains.

– Beaucoup ?

– En effet. Beaucoup. Et quand tes doigts te font mal, tu ne peux plus rien faire. Même pas boutonner ta propre chemise.

– Je la boutonnerai pour toi, je lui réponds de façon inconsidérée.

Elle me jette sa maison à la tête.

– Easton !

Je rattrape la maison et la repose sur son terrain.

– Désolé. C'est une vieille habitude.

– Pourquoi ?

– Pourquoi quoi ?

– Pourquoi est-ce une vieille habitude ?

Je marmonne :

– J'sais pas. C'est comme ça, c'est tout.

Je lance le dé et déplace mon pion. Je tombe sur une gare, mais je ne peux pas l'acheter, alors je lui passe le dé.

– Allez, dis-le-moi.

– Pourquoi ?

– Parce que les amis se disent ce genre de trucs.

Je hausse mes deux sourcils.

– Parce que toi, tu t'es tellement confiée à moi.

Elle hausse les épaules.

– Tu connais ma situation personnelle.

Je lui objecte :

– Pas parce que tu m'as confié quoi que ce soit. Je l'ai entendu dire.

Elle poursuit :

– N'empêche, tu le sais.

Énervé, je lui lance :

– Je fais ça parce que c'est mon rôle.

Je regrette immédiatement ma sortie et je fais semblant d'examiner ma voiture comme si c'était une réplique en miniature de la Bugatti à un million de dollars que possède Steve.

– Je ne vais pas prétendre que je comprends ce que ça signifie, mais je sais ce que c'est que d'être l'enfant du milieu d'une fratrie. Tu ne peux pas te mesurer aux autres frères et sœurs plus âgés et tu n'es plus le petit bébé chéri de ta maman.

– Ce n'est pas ça !

Je proteste, mais je sais qu'elle a raison. Reed et Gideon sont extrêmement volontaires. Ils sont autodisciplinés contrairement à moi, et c'est pour ça qu'ils pratiquent un sport universitaire, ce que je ne ferai pas. Les jumeaux sont connectés l'un à l'autre si profondément que même Lauren ne peut pas s'en rendre compte. Et moi, j'ai toujours été celui du milieu. Entouré de mes frères, mais toujours seul d'une certaine façon. La seule chose qui me démarquait, c'était l'immense amour que ma mère avait pour moi, et rétrospectivement, même cela me met mal à l'aise.

– J'aime bien être Easton Royal, il n'y a rien dans ce monde que je ne puisse avoir, je lui déclare pour lui prouver que je ne suis pas ce mec triste pour lequel elle essaie de me faire passer.

– Bien.

Son ton doux me tape sur les nerfs bien plus qu'une dispute, pourtant je me tais. À la place, je me concentre sur le jeu, je jette le dé et je fais avancer ma voiture. Mais je n'arrête pas de penser au passé.

À la façon dont maman me disait toujours que j'étais son favori, son petit garçon spécial, sur lequel elle pouvait compter, qui serait toujours là quand elle aurait besoin de lui. Ce qui signifiait simplement que j'étais celui qui ne pouvait pas lui dire non.

– Parfois, quand on est au centre de l'attention de quelqu'un d'autre, ça peut être un problème, dis-je brutalement.

J'attends qu'elle pose la question inévitable, c'est-à-dire : qu'est-ce que tu veux dire, et de qui tu parles ? Étonnamment, le seul bruit que j'entende, c'est celui du dé qui roule sur le plateau.

Elle atterrit sur la dernière gare, ce qui signifie que je suis baisé.

– J'ai faim, allons nous chercher à manger, ensuite on regardera un film ou un truc du même genre.

– Mais on n'a pas terminé.

– Je laisse tomber, j'ai perdu.

Et je me lève.

– On va manger ?

– Volontiers.

Elle sort son téléphone.

– Qu'est-ce que tu fais ?

En souriant, elle prend une photo du plateau de Monopoly et de mon petit tas de billets minable.

– Je fixe cet événement pour l'éternité. Peut-être que je ne te battrai plus jamais, à rien.

Je m'arrête à ces deux mots, plus jamais. Hartley veut passer du temps avec moi. Voilà qui est suffisant pour gommer mes mauvais souvenirs.

Je me dirige vers la cuisine et lui fais signe de s'asseoir.

– Il doit nous rester des raviolis. C'est oui ou non ?

– Oui. J'aime beaucoup les raviolis. Je peux t'aider ?

– Non. Assieds-toi et tiens-moi compagnie.

Elle se glisse sur un tabouret.

– Comment veux-tu que je te tienne compagnie ?

Quand j'ouvre la bouche, elle m'arrête d'un signe de main.

– Oublie ce que je viens de dire. Tu veux que je te lise les nouvelles ?

– Tu veux m'enfoncer un pic à glace dans la tête ? Non merci.

Je sors le plat du frigo et je me mets à lire les instructions que Sandra à laissées sur le couvercle, indiquant comment le réchauffer.

Four à chaleur tournante, 3 minutes.

Une fois que j'ai enfourné le plat, je me retourne et je m'appuie contre le comptoir.

– Je suis surprise qu'il n'y ait pas plus de gens qui vivent ici, dit-elle en regardant le grand espace vide. Au cours d'un de mes voyages, j'ai habité avec une famille à New York. Leur cuisine devait être huit fois moins grande que cette pièce et il y avait des équipes qui faisaient les trois huit.

– Avant, nous avions beaucoup plus d'employés. Mais après la mort de maman, le personnel passait son temps à accorder des interviews à différents torchons pour expliquer à quel point ma famille était dévastée. Papa a renvoyé tout le monde, sauf Sandra, notre cuisinière.

Je désigne le four avec mon pouce.

– Et elle travaille juste quelques heures par semaine, maintenant qu'elle a un petit-fils dont elle s'occupe. C'est mieux comme ça, je trouve. Tu as bien aimé le Nord ?

– L'hiver, c'était froid. Vraiment froid. Ça ne me manque pas du tout. Pourtant, j'aimais bien les saisons. Mes préférées, c'étaient le printemps et l'automne.

– Tu es partie combien de temps ?

– Trois ans.

Elle hésite. Je sais qu'elle aimerait me poser des questions sur la mort de ma mère, et probablement sur le scandale qui a eu lieu il y a quelques mois. Mais au lieu de partir à la pêche aux confidences, elle me lance une serviette.

– Prends ça, si tu ne veux pas te brûler les mains.

– Bonne idée.

Je sors le plat en verre avec précaution.

– On partage ? Ou alors je sors des assiettes ?

– On partage. Tu veux de l'eau ou tu préfères autre chose ?

J'ai vraiment envie d'une bière, mais je me dis qu'Hartley ne va pas apprécier. Elle n'avait pas semblé ravie quand elle est tombée sur moi bourré l'autre nuit, après la partie de poker.

– De l'eau, c'est parfait.

Après que nous avons nettoyé le plat de raviolis, Hartley me demande où se trouvent les toilettes.

Je lui montre celles de la cuisine et je prends le couloir pour aller utiliser celles du rez-de-chaussée. Lorsque je reviens, j'entends les voix d'Hartley et de Lauren. Je suppose que Lauren est descendue chercher quelque chose, même si cela m'étonne qu'elle n'ait pas demandé à l'un des jumeaux de le faire.

Je n'ai pas l'intention de les espionner. Je ne le fais pas vraiment. Mais avant que j'entre dans la cuisine, Lauren dit quelque chose qui me scotche sur place.

– C'est chouette de voir que tu utilises le nom Royal.

– Qu'est-ce que tu veux dire ? lui demande Hartley sur un ton confus.

– Je veux dire qu'il y a de sérieux avantages à sortir avec un membre de la famille Royal. C'est génial, non ?

Le ton suffisant et désinvolte de Lauren me tétanise. Cette nana est atroce.

– Je ne sors pas avec un Royal. Easton et moi sommes amis, c'est tout.

Lauren pouffe de rire.

– Allez, meuf. Les amis ne s'offrent pas de bijoux de valeur.

– Quoi ? Oh, tu parles de ça ? Easton l'a eu dans une machine à tirettes.

– C'est ça, dans une machine à tirettes.

– Je ne comprends pas.

– C'est un bijou qui vient d'un magasin sur la 6e rue. La gamme de prix des charms commence à cinq mille dollars.

Il y a un moment de silence pendant lequel Lauren additionne de tête les babioles à l'intérieur du cœur de verre du collier d'Hartley.

– Tu as trois charms là-dedans. Principalement en rubis, émeraudes et diamants. Je pense que ça a dû coûter environ quinze mille dollars à Easton. Bien sûr, il peut se le permettre. Tu vois, c'est un bon début.

– Mais je ne veux pas qu'il m'achète des trucs chers, proteste Hartley.

Je suis furieux contre Lauren d'avoir soulevé ce lièvre.

– Oh, je t'en prie, ne fais pas l'innocente. Sortir avec les Royal, ça signifie avoir affaire à leur famille de tarés. Autant en retirer quelques compensations, tu ne crois pas ?

Je recule un peu et je tape fort du pied par terre pour que les filles m'entendent arriver. Bien entendu, elles se taisent. Lauren fait un grand sourire quand j'entre dans la cuisine. Hartley a l'air en colère. Elle soulève le collier dès qu'elle me voit.

– Je ne peux pas le garder.

Je résiste à l'envie pressante que j'ai de dévisager Lauren.

– Pourquoi ça ?

– C'est trop cher. Je ne peux pas me balader avec un collier précieux autour du cou.

Au comptoir, Lauren pousse un soupir d'énervement, comme si Hartley l'avait laissée tomber. Elle se sert un verre d'eau et quitte la cuisine sans se retourner. Je me répète, en me concentrant à nouveau sur Hartley :

– Pourquoi pas ? Ce n'est pas comme si tu étais pauvre. Tu possèdes un fonds de placements.

– C'est uniquement pour pouvoir aller en fac. C'est ma grand-mère qui me l'a offert et je ne peux l'utiliser que pour des cours, des leçons, des trucs comme ça. C'est grâce à ça que je peux aller à Astor.

Je remarque qu'elle tripote le fermoir en tirant dessus comme si la chaîne en or lui brûlait la peau.

– Aide-moi, demande-t-elle.

– Non.

Je recule. Lui enlever le collier serait comme une défaite, et je ne le veux pas.

– Je suis sérieuse, Easton. Je ne me sens pas de le garder. Jamais je ne pourrais m'offrir ce genre de choses. Pourquoi crois-tu que mon père… (Elle s'arrête.) Je ne peux pas accepter.

– Qu'est-ce que tu allais dire à propos de ton père ?

– Rien.

Je pousse un grognement :

– Pourquoi es-tu toujours si difficile ? Pourquoi est-ce que ta vie est tellement secrète ?

Elle arrête de jouer avec le fermoir un instant.

– Qu'est-ce que ça peut faire ?

– Nous sommes amis. Je veux apprendre à mieux te connaître.

Et je suis fatigué d'être le seul à partager tout. Je lui ai dit des choses que je n'ai jamais dites à personne. Alors qu'elle, elle continue à entretenir tous ces mystères, à faire comme si elle préférait se raser la tête que se confier à moi.

Il y a comme une minuscule lueur de mépris au fond de son regard.

– Ouais, tu continues à prétendre qu'on est amis à tout bout de champ. Tu continues à prétendre que ça te va si on est simplement copains. Mais une partie de moi continue à penser que c'est vraiment du pipeau. Que tu fais tout ça pour pouvoir me sauter dessus.

Je serre les poings.

– Si c'est ce que tu crois, pourquoi es-tu venue ici ?

Elle reste silencieuse.

– Tu as de la chance que j'aie décidé de ne pas te toucher.

Elle ouvre grand la bouche :

– De la chance ?

– Ouais. Parce que si j'avais voulu qu'on se retrouve à poil tous les deux, tu te serais mise à poil. Je joue simplement selon tes propres règles.

– Wouah ! C'est super-chouette de ta part, Easton.

Elle tire un grand coup sur la chaîne et le fermoir fragile cède.

– Merci pour le jeu, la bouffe et le cinoche.

Merde.

– Attends. Ne t'en va pas. Je plaisantais.

Elle laisse tomber le collier sur le comptoir sans me regarder.

– Ouais, ouais. Je dois y aller à présent.

Je refrène une bouffée d'angoisse. La nuit vient à peine de commencer et je ne peux pas me retrouver tout seul à la maison.

– Allez, Hartley. Je suis resté ici ce soir pour toi et tu pars déjà ? À cause de quoi ? Du fait que je t'ai un peu bousculée en plaisantant ?

– Non. Parce que je suis crevée et que je veux rentrer chez moi. Je n'aurais pas dû venir. C'est toi qui l'as voulu.

Et elle se dirige vers le hall d'entrée à grands pas.

J'attrape le collier sur le comptoir et je pars à sa poursuite, la chaîne en or entre les doigts.

– J'ai fait ce choix parce que c'est ce que font les amis, tu t'en souviens ? On fait des sacrifices.

– Je n'ai pas besoin de faveurs, répond-elle fraîchement.

Je commence à n'énerver.

– Je ne t'en ferai pas. En fait, tu n'as qu'à rentrer chez toi toute seule.

Elle ouvre violemment les lourdes portes de chêne.

– D'accord.

Et elle sort. Elle… elle passe la porte, descend les escaliers et continue à avancer. Je l'observe de la fenêtre. Sa silhouette fine rapetisse de plus en plus, au fur et à mesure qu'elle descend l'allée.

Pas une fois elle ne tourne la tête vers moi. Je me dis que je suis content qu'elle soit partie. Je meurs de soif et, à présent, je n'ai plus à me soucier de lui être agréable, je vais pouvoir boire. Je regarde fixement le collier dans ma main. J'ai envie de le jeter contre le mur. Finalement, je le fourre dans ma poche, parce que Lauren avait raison. Ce fichu truc m'a effectivement coûté quinze mille dollars. Je pourrais aussi bien le garder pour la prochaine nana. Cette fois, je choisirai quelqu'un qui appréciera le geste.

Je me rends dans le bureau de papa, directement dans son placard à alcools. Le seul truc que j'y ai laissé, c'est son porto dégueulasse. Tant pis, je descends tout de même cette saleté sucrée.

L'alcool, c'est de l'alcool. Ce truc va me défoncer comme il faut.

Je n'arrive pas à y croire. J'ai été sympa avec elle. Je l'ai défendue. Je l'ai protégée. Elle devrait être contente. Elle devrait être dans ses petits souliers et me remercier de jeter la cape protectrice de la famille Royal sur elle.

La cape de la famille Royal ?

Ça me donne envie de dégueuler. Quel genre de type suis-je devenu ? Pas étonnant qu'elle n'ait pas voulu rester plus longtemps avec moi. Je tâtonne à la recherche d'une autre bouteille. Quelque part dans ma tête, j'entends les avertissements de mes frères qui me disent de ne pas foutre ma vie en l'air. Je leur réponds :

« Pas de médocs. Pas de came. Juste un petit coup à boire. Rien de mal à ça. »

En posant le goulot de la bouteille sur mes lèvres, j'aperçois mon reflet dans le miroir accroché au mur. J'avais l'habitude d'y voir le portrait de maman. À présent, c'est un reflet monstrueux. Comment mon père peut-il supporter de se regarder dans cette glace ? Attendez, il n'est jamais là, voilà pourquoi. Je suis le seul à être ici, en train de boire des saletés que je ne supporte pas, parce que je ne veux pas passer une minute de ma vie tout seul. Ma tête est un endroit très, très pourri. Je serre plus fort le poing autour de la bouteille. Boire en solo, c'est bon pour les loosers. Moi, Easton Royal, je ne suis pas un looser. Je vide la bouteille, j'en attrape une autre et je pars en titubant vers la plage.

Chapitre 21

Le trajet jusque chez Felicity n'est pas évident, mais je finis par atterrir au bon endroit. Ou, du moins, ce qui semble être le bon endroit au vu des corps vautrés sur le sable.

– Easton Royal !

Plusieurs mômes m'appellent. Felicity a dû inviter des gens qui ne sont pas d'Astor, parce que je reconnais un certain nombre de visages de personnes qui sont déjà à la fac.

– Felicity te cherche partout, me lance l'un d'eux.

– Elle est assez furax. Tu ferais bien de te planquer.

– Stu' a amené des filles de la fac. Elles sont top.

Un autre type se mord le poing :

– J'ai hâte d'obtenir mon diplôme de fin d'études.

Je murmure :

– Où est la gnôle ?

– Dans le poolhouse. Mais mec… tu as déjà l'air complètement torché. Tu es sûr que tu en veux encore ?

– Si j'ai besoin de ton avis, je te le demanderai.

Et je passe devant lui, sans même remarquer qui c'est. En haut de la pente, j'aperçois la piscine, le poolhouse et une petite piste de danse installée sur le côté. Ella est sur le plancher, avec Val. Elles adorent remuer leurs fesses, toutes les deux.

Je pique un verre dans la main d'un type et je me fraye un chemin. Derrière moi, il y a des mouvements, quelques protestations, mais je file un petit coup au type et ensuite je l'ignore. Il peut sans problème obtenir un autre verre. Je joue des muscles en direction des filles, en renversant la moitié du mien en route.

– Seigneur, mais qui est le poivrot…

Lindsey, une fille de Government, s'arrête au beau milieu de sa diatribe.

– Oh, c'est toi.

– Tu as un problème avec moi ? je lui demande d'une voix traînante.

– Non…

Mais ses yeux disent le contraire.

Je lui adresse un sourire glacial en faisant un pas de côté.

– Bonne réponse.

– Trou du cul, murmure-t-elle.

– Salope.

Une main musclée m'agrippe par l'épaule.

– Je t'ai parfaitement entendu, Royal. C'est toi qui balances de la merde, partout, sur les autres.

Le regard trouble, je scrute ce nouveau visage. C'est Zeke, le petit ami au cou de taureau de Lindsey.

– Je sais que tu n'attires pas assez l'attention, Zeke, mais là, tu t'adresses à la mauvaise personne.

Ou bien tu ôtes tes sales pattes de mon Tom Ford, ou bien tu casques mille balles pour le remplacer.

Zeke, le visage tout congestionné, prend son élan pour me balancer un coup de poing. S'il avait atterri dans ma figure, il m'aurait vraiment fait mal, mais ce type se déplace à la vitesse d'un escargot. J'esquive, j'attrape son poignet et je le tire derrière son dos. Il tombe à genoux.

Lindsey se met à hurler. Une autre voix crie mon nom.

– Easton, Easton !

Une paire de petites mains inefficaces me poussent. C'est Ella. Elle a l'air inquiète.

– Qu'est-ce qu'il y a, p'tite sœur ?

– Qu'est-ce que tu fais ?

Je fais un grand geste de ma main libre, le reste de mon verre se répand et éclabousse toute la piste de danse.

– Je suis ici pour faire la fête.

– Tu es bourré.

Elle s'accroche à mon poing, celui qui tient Zeke.

– Bien vu ! Tu mériterais que je t'applaudisse, mais j'ai les mains prises.

Je lève mon verre. Si je le balançais à l'horizontale, je pourrais assommer Zeke. Ça serait marrant.

Les cris perçants de Lindsey se sont transformés en pleurnichements. Je commence à chantonner pour couvrir ses plaintes.

– Où est Hartley ? demande Ella.

– On s'en fout.

Ma gorge se serre en prononçant ce mensonge. Évidemment que je ne m'en fous pas. Je m'en soucie même beaucoup trop.

– Easton, s'il te plaît.

Je lui fais un clin d'œil, ou du moins j'essaie.

– Tu supplies comme ça quand tu es avec Reed ? C'est pour ça que tu trimballes ses couilles dans ton sac à main.

L'inquiétude sur son visage fait place à une extrême froideur.

– Tu es ivre, répète-t-elle. Rentre à la maison.

D'autres mains se joignent aux siennes. Celles-ci sont grandes et fortes, elles parviennent presque à me faire lâcher Zeke.

Le visage de Bran apparaît devant moi.

– Hé mec, on va aller faire un Frisbee, on aurait bien besoin d'un autre joueur.

– Il fait trop sombre, je bougonne.

– Nan, Bran a installé quelques lampes à led, m'explique Pash à mon côté. Viens.

À contrecœur, je lâche Zeke. Lindsey s'effondre sur lui, ce qui ne doit pas être confortable du tout. Je commence à bredouiller, mais Bran et Pash m'entraînent de force. La dernière chose que j'aperçois, c'est le visage furieux d'Ella. Je suppose que je l'ai encore blessée. Il faudra que je m'excuse demain matin. Elle est tellement sensible.

Quelqu'un lance en l'air un disque lumineux.

Je demande :

– Qui a un joint ?

– Jouons, tout simplement, soupire Bran. On n'a pas besoin d'un mec défoncé ce soir.

J'allume Bran :

– Tu contrôles la façon dont je me détends à présent ?

– J'essaie juste de garder le capitaine de notre défense en bonne santé, et libre de toute suspension.

Le disque arrive à toute vitesse dans notre direction. Bran saute en l'air et l'attrape juste avant qu'il me frappe entre les deux yeux.

– Peut-être que le Frisbee n'est pas un bon plan, dit-il sur un ton ironique et désabusé.

Pash hoche la tête en approuvant.

– Peut-être qu'on pourrait aller se détendre chez moi ? On pourrait regarder un film ?

Un film ? C'est le dernier truc dont j'ai envie. Je frappe dans la paume de main avec mon poing :

– Et si on se battait ?

– Il est hors de question qu'il y ait de la bagarre pendant ma fête ! s'exclame Felicity d'une voix perçante.

Je pivote sur moi-même pour la découvrir quelques mètres derrière moi. Ses yeux lancent des éclairs. Je me demande pourquoi elle est si furibarde. Et, soudain, je me rappelle. Elle voulait me larguer ici, devant tout le monde.

Eh bien, je suis ravi de lui rendre ce service.

– Felicity, te voilà.

Je m'avance et lui passe un bras autour du cou.

– Ma petite copine bidon. Hé, vous autres ! Nous avons un truc à vous annoncer. Felicity veut faire une annonce. Elle va interrompre notre relation bidon.

S'ensuit un profond silence, entrecoupé de quelques gloussements féminins.

Je recule et j'ouvre grand mes bras :

– Je suis là. Vas-y. Tout ce que tu veux dire pour rompre, dis-le, ne te gêne pas. Fais bien les choses.

– Easton, on rentre à la maison.

C'est Ella qui se fraye un chemin à travers la foule.

– Impossible, p'tite sœur. J'ai promis à ma soi-disant petite copine qu'elle pourrait m'humilier devant tous ses amis.

De nouveau, je fais un signe de main à Felicity.

– La scène est entièrement à toi.

Sa bouche en cul-de-poule forme un petit « o », comme si on en avait cousu les extrémités à petits points bien serrés.

– Tu es un sale bâtard, Easton Royal, siffle-t-elle.

– C'est tout ce dont tu es capable ? C'est tout ce qui vient à l'une des nanas les plus salopes d'Astor Park ? Allez, ne me déçois pas.

Je lui fais signe des deux mains de venir me chercher, mais le coup ne vient pas d'elle.

– Désolé, mais je pense que demain matin tu me remercieras.

Bran se recule et m'en balance un, direct. La dernière chose que je vois, c'est son poing.

Je reprends conscience sous une lumière aveuglante, avec un vrai tintamarre qui tambourine dans ma tête. Je pousse un gémissement d'agonie, qui ne fait qu'augmenter le bruit de cette fanfare. Le martèlement du tambour palpite dans mes tempes et pulse dans mon ventre, jusqu'à ce que la nausée me fasse sauter du lit et courir jusqu'à la salle de bains.

Je dégueule jusqu'à ce que je n'aie plus rien à vomir, et je reste là, à genoux, en hoquetant pendant plusieurs minutes.

Finalement, je trouve la force de me lever. Je me brosse les dents et j'écluse deux verres d'eau. Je prends une douche. Je me rase. Lorsque je retourne dans ma chambre pour enfiler un bas de jogging, je me sens dans un état à moitié normal.

La gueule de bois, ça craint. Les miennes ne sont pas si violentes d'habitude. Je n'arrive pas à me souvenir de la dernière fois que je me suis réveillé aussi mal après une nuit de picole. C'est sûr, j'ai beaucoup bu la nuit dernière.

Assez pour agir comme un gros connard, pour faire enrager Felicity et pour prendre un coup de poing de Bran Mathis en pleine poire.

– Combien as-tu bu la nuit dernière ?

Mon père apparaît dans l'embrasure de la porte en fronçant les sourcils.

– Tu ne remonteras jamais dans une cabine de pilotage si tu n'arrêtes pas ça.

Je le défie :

– Qui te dit que j'ai bu ?

– Il est huit heures du matin et tu as passé les dix dernières minutes à avoir des haut-le-cœur assez violents pour que tout le voisinage en profite. Donc, je me répète. Combien as-tu bu ?

Il utilise cette voix sèche, officielle, qui terrorise ses associés. Mais je ne suis pas un de ses associés, je suis son fils, ce qui veut dire que je sais pertinemment qu'une fois sorti de son bureau, Callum Royal est un véritable petit toutou. Il nous a laissés, mes frères et moi, faire les quatre cents coups, même avant la mort de notre mère.

– Peut-être que j'ai chopé une grippe intestinale, tu as pensé à ça, papa ? (Je le défie du regard.) C'est dingue que tu imagines tout de suite le pire à mon sujet.

En marmonnant, je me dirige vers mon dressing et j'ouvre la porte à double battant. Au milieu de ma chambre, le visage de mon père prend une expression horrifiée.

– Je suis désolé, fils. Tu es malade ?

Je lui jette un coup d'œil en souriant :

– Non, j'ai la gueule de bois.

– Easton.

Il passe une main tremblante dans ses cheveux. Ils sont brun foncé, comme les miens et ceux de mes frères aînés. Ceux des jumeaux sont légèrement plus clairs.

– De tous mes enfants, c'est toi qui vas me donner des cheveux blancs, tu le sais, n'est-ce pas ?

– C'est évident. Gid est trop prude. Reed aussi.

Je penche la tête d'un air pensif.

– En réalité, il se pourrait bien que les jumeaux soient pires que moi. Tu sais qu'ils sortent avec la même fille…

– Je ne veux plus t'entendre ! grommelle papa en se bouchant les oreilles et en sortant à toute vitesse de ma chambre.

Je renifle un coup, parce que, bordel, mon père est devenu plutôt cool depuis qu'Ella est arrivée chez nous. Avant ça, jamais il ne prenait le temps de nous demander comment on allait ou de nous faire des remontrances à propos de notre comportement.

En parlant d'Ella, voilà qu'elle entre dans ma chambre, moins d'une minute après que mon père en est sorti. Ses cheveux blonds sont relevés en queue-de-cheval, elle porte un pantalon de yoga et un maillot de football avec le numéro de Reed sur le devant.

Oh merde. J'avais oublié qu'on devait prendre l'avion pour aller voir Reed jouer aujourd'hui.

– Mais, bon sang, qu'est-ce qui se passe avec toi ?

La queue-de-cheval d'Ella se balance au fur et à mesure qu'elle s'avance vers moi.

– Ta question est trop vague, p'tite sœur. Il y a des tonnes de trucs qui déconnent chez moi.

Elle accuse :

– Tu t'es comporté comme un imbécile hier soir.

– Tu veux dire que je me suis comporté comme d'habitude ?

L'inquiétude remplit ses yeux bleus.

– Non, tu ne te comportes pas comme ça d'habitude, du moins pas avec moi.

Je me creuse la cervelle pour me rappeler ce que j'ai fait ou dit à Ella hier soir. Quand je suis arrivé chez Felicity, elle et Val étaient en train de danser. Je me suis frité avec ce débile de Zeke et Ella est intervenue. Et je… oh, c'est vrai. J'ai fait une remarque idiote sur la façon dont elle tient Reed en laisse et je me suis moqué d'elle en affirmant qu'elle suppliait mon frère quand ils sont au pieu.

Je ravale un soupir. Bordel. Je suis un vrai connard.

– Pourquoi fais-tu ça ? demande-t-elle.

Aïe. Sa lèvre inférieure se met à trembler. Je jure devant Dieu que si elle se met à pleurer…

Mais Ella récupère vite. Sa bouche s'apaise et son menton se fige. Cette fille a des nerfs d'acier. Rien ne la démolit. Pas étonnant que mon frangin soit tombé amoureux d'elle à l'instant où elle a passé la porte de notre maison.

– Tu as des problèmes de dépendance, Easton.

– Non, sans blague ?

Ses yeux étincellent.

– Ce n'est pas un truc à prendre à la légère.

Non, c'est vrai. La dernière personne qui a eu des problèmes d'addiction dans notre famille s'est tuée. Mais je ne suis pas comme ma mère. J'aime trop la vie pour y mettre fin moi-même. Je hausse les épaules.

– Bon, j'aime picoler. La belle affaire. Ce n'est pas comme si j'avalais des cachets. (Je cherche mon propre maillot dans mon placard.) À quelle heure part l'avion ? je demande par-dessus mon épaule.

Du coin de l'œil, je la vois qui croise les bras.

– Dans une heure. Mais tu ne monteras pas dedans.

Je me retourne.

– Arrête tes conneries. Reed a un match.

– Je ne veux pas que tu viennes, me lance-t-elle avec une grimace.

Je ne peux m'empêcher de rire.

– Eh ben alors, p'tite sœur, il va falloir que je reste à la maison si tu ne veux pas que je vienne. (Je sors mon maillot.) Pas question.

– Je suis sérieuse, dit-elle d'une voix hautaine qui me fait me retourner. Tu as été tellement odieux hier soir, pas seulement avec moi, mais avec Val et Bran et, même si je n'arrive pas à croire que c'est moi qui dis ça, avec Felicity. Tu ne mérites pas de venir à la Nouvelle-Orléans avec nous pour voir Reed jouer et ensuite manger de délicieux beignets et aller dîner sur Bourbon Street. Ce serait comme inviter le putois qui a renversé tout le contenu de ma poubelle partout sur la pelouse à faire pareil dans ma cuisine.

Je lui réponds ironiquement :

– Heureusement, tu n'as pas ton mot à dire concernant ma venue.

Elle vient de me comparer à un putain de putois ?

– Tu es bien sûr de ça ?

Avec un petit air malicieux, elle sort son téléphone de sa poche et tape quelque chose.

Moins de dix secondes plus tard, mon propre téléphone sonne. En jetant un regard suspicieux à Ella, je recule vers mon lit et je saisis l'appareil. Je lis le message entrant. C'est Reed.

Je ne veux pas que tu viennes. Reste à la maison.

Une vague d'exaspération remonte le long de ma colonne vertébrale. Ils se foutent de moi, ou quoi ?

– Alors c'est comme ça que ça va se passer, hein ? je murmure, en colère.

Ça me fait bien marrer qu'elle se mette en colère parce que j'ai dit qu'elle menait mon frère par le bout du nez. Elle vient juste de prouver que j'avais raison.

– Jusqu'à ce que tu arrêtes ces conneries ? Ouais.

Elle tourne sur ses talons et sort en trombe de ma chambre, contente d'elle.

Ella et Reed ne plaisantaient pas. On m'interdit officiellement de prendre l'avion pour la Louisiane avec mon père et ma traîtresse de demi-sœur. Je suis obligé de les regarder partir sans même se retourner.

C'est vachement puéril, si vous voulez mon avis.

Mais bon. Ça signifie simplement que je vais passer la journée à la maison, à traînasser à la piscine. Je peux très bien passer un après-midi tout seul. Glander, c'est sympa, j'essaie de m'en persuader.

Je m'allonge sur une chaise longue avec une bouteille d'eau et une bouteille de bière sur une petite table, à côté de moi. Je bois alternativement une gorgée de l'une et de l'autre, pour rester hydraté et alcoolisé. Heureusement pour moi, il n'y a personne pour me réprimander de boire pendant la journée. Entre deux sommes, mon esprit vagabonde vers Hartley. J'essaie de l'appeler, mais elle ne répond pas. Je sais qu'elle ne bosse pas aujourd'hui, donc ça signifie qu'elle m'ignore.

C'est quoi son problème ? Je ne comprends pas pourquoi elle ne veut rien me dire. Moi je lui ai parlé de maman, non ? Elle n'a pas assez confiance en moi pour me raconter quoi que ce soit ? Et ce collier, c'était un cadeau. Qui rend les cadeaux ? Pourquoi tout est-il si difficile avec elle ? Elle aurait dû rester dans sa pension. Comme ça, elle ne serait pas en train de me les briser menu.

Et pourquoi est-elle revenue ? Qui refuse d'aller en pension ? Imaginez un peu votre liberté. Je veux dire… ma famille me manquerait, mais ça ne me dérangerait pas d'être envoyé au loin. Enfin, je crois ?

Ça a dérangé Hartley. Assez pour qu'elle revienne à Bayview contre la volonté de ses parents. Comment est-ce que je me sentirais si je ne pouvais plus du tout voir mes frères ?

Ce serait nul. Je peux à peine supporter d'être banni une journée sans noyer mon chagrin dans l'alcool. Je me mets à réfléchir. Pourquoi suis-je si pathétique ? Je peux très bien supporter de rester seul un jour. Ou une semaine. Ou un an, si c'était nécessaire. Hartley est une vraie môme si elle est incapable de supporter la pension. Et revenir chez elle en courant alors qu'ils ne veulent pas d'elle ? Pourquoi agir ainsi ? Mieux vaut se faire une nouvelle vie pour soi tout seul.

Je prends une grande gorgée de bière. Je ne sais pas pourquoi je m'en fais pour ça, de toute façon.

Je n'ai pas besoin d'Hartley, même comme amie. Je peux appeler n'importe quelle nana, elle accourra pour passer du bon temps avec moi. Je peux avoir qui je veux. Les nanas ne peuvent pas me résister, et ça inclut la fille aux cheveux bruns qui apparaît soudain dans le patio, en tenant mon frère par la main.

Dès l'instant où mon regard croise celui de Savannah Montgomery, il y a une certaine tension entre nous.

Je bouge maladroitement et je prends une autre petite gorgée de bière.

J'accueille les nouveaux arrivants par un « Hé » à peine marmonné.

Tous deux sont en maillot de bain et Gideon porte deux serviettes enroulées autour de son bras musculeux. Il rentre à la maison presque chaque week-end depuis que lui et Savannah se sont remis ensemble. Sav est à la fac avec lui parce qu'elle a obtenu son diplôme avec un an d'avance, mais je suppose qu'ils ont plus d'intimité à Bayview. À la fac, ils ont tous les deux des colocataires.

– Hé, ça te dérange si on nage ?

– Non. Faites-vous plaisir.

Je désigne le bassin et je me rallonge sur ma chaise longue.

– Hé, Sav, c'est comment la vie d'étudiante à la fac ?

– Salut. C'est bien.

Je décèle un semblant d'irritation dans sa voix, le même que j'ai ressenti lorsque madame Mann a fait comme si c'était de ma faute qu'on se soit fait surprendre. Savannah et moi, nous avons baisé ensemble l'année dernière, bien avant qu'elle se remette à la colle avec Gid. À l'époque, elle voulait lui faire de la peine, et moi, je voulais blesser… moi-même, je suppose.

Reed venait tout juste de faire fuir Ella et j'étais en pétard. Je ne ressentais plus la moindre attraction envers Ella, mais nous étions toujours très proches l'un de l'autre. La vérité, c'est que bien que j'aie beaucoup de copains, je n'ai pas beaucoup de vrais amis. Ça reste superficiel. Avec Ella, c'était bien plus profond comme amitié. Je lui faisais confiance. Je lui fais toujours, même si elle s'est comportée comme une vraie pute ce matin. J'avais perdu cette confiance quand les agissements tarés de Reed l'ont fait fuir. J'ai été pris dans une spirale. Je suis parti en vrille, comme les avions tests d'Aviation Atlantic qui ne décrochent pas la timbale et s'écrasent en plein désert, ce qui renvoie les ingénieurs de papa à leur planche à dessin pour trouver la cause de l'accident. Je suis le défaut de conception de la famille Royal, celui qui n'est pas tout à fait comme les autres, celui qui s'effondre et brûle, le plus souvent.

Cela dit, personne n'a forcé Savannah. Ouais, c'est vrai, je me suis senti coupable après, mais pas assez pour endosser toute la culpabilité. Nous étions deux dans ce pieu. Gideon le sait, et il ne nous a pas condamnés. Honnêtement, je crois qu'il est tellement heureux d'être de nouveau avec sa copine qu'il est prêt à tout lui pardonner. Et vu la liste de ses péchés personnels, il serait vraiment faux-cul de ne pas le faire.

– Tu as décidé de ne pas aller au match de Reed ? me demande Gid en laissant tomber les serviettes sur la chaise longue à côté de la mienne.

Je suppose que personne ne lui a dit que j'étais interdit de Louisiane. Je lui mens :

– Je ne me sentais pas d'y aller, j'ai la gueule de bois.

– J'avais entendu, répond-il sèchement.

Savanah se dirige vers la partie la moins profonde du bassin et trempe un orteil dans l'eau.

– Elle est bonne, viens nager, Gid.

– J'arrive dans une seconde.

Il se tourne à nouveau vers moi.

– Sawyer m'a dit que ton nouveau quaterback t'a ramené à la maison par la peau du cul hier soir et t'a fourré au lit.

Je note de filer un coup de pied au cul de Sawyer plus tard. Ou de Sebastian. L'un ou l'autre fera l'affaire, puisque ces deux connards sont pratiquement une seule et même personne. Demandez à leur petite amie.

– Tu devrais moins boire, me conseille Gideon. Tu deviens trop vieux pour ces conneries, East. Je croyais que tu voulais pouvoir voler à nouveau.

Ces mots me pincent. Gid peut être tellement critique.

– Je volerai de nouveau. J'attends simplement d'être loin de cette maison et de l'autorité parentale. En plus, ce n'est pas parce que la fac t'a transformé en vieillard que je dois suivre ton exemple, mec.

Je veux jouir de mon adolescence le plus longtemps possible.

La déception qui se lit sur son visage me fait mal.

– Bien sûr, East. Vas-y, et profites-en alors.

Il se dirige vers Savannah, et moi je m'étends sur la chaise longue. Ils sautent tous les deux dans la piscine, et nous faisons tous comme si je n'avais jamais vu la petite amie de mon frère à poil.

Chapitre 22

Le reste du week-end passe vite. Je pense à Hartley plus souvent que je devrais. J'ai envie d'aller la voir, mais je parviens à résister. Je décide d'attendre pour lui parler à l'école. Je m'excuserai en espérant qu'elle ne sera pas trop têtue pour pouvoir me pardonner.

Pendant la nuit du dimanche au lundi, Ella décide de me parler à nouveau.

Elle me rejoint dans la pièce du home cinéma et se met à fixer l'écran. Je suis en train de regarder un film de Tarantino, super-gore.

– Quelqu'un est d'humeur sanglante, remarque-t-elle en frissonnant.

Je hausse les épaules en continuant à fixer l'écran.

– Oh, on se reparle alors ?

– Oui.

Sa voix est pleine de remords. Je dissimule un sourire. Le truc avec Ella, c'est qu'elle n'est pas aussi dure qu'elle veut le faire croire. Elle a le cœur le plus tendre que j'ai jamais rencontré et elle se soucie vraiment des autres. Si elle pense que vous en valez la peine, elle remuera ciel et terre pour vous faire sentir aimé et apprécié.

– Je sais que j'ai été salope avec toi ce week-end. Je l'ai fait exprès, admet-elle.

– Non, vraiment ?

Elle me tourne autour avant de s'asseoir à mes côtés.

– J'ai essayé de te faire comprendre quelque chose.

– Que tu es vraiment balèze pour traiter les autres par le silence ?

– Non. Que tu fais fuir les gens.

Elle secoue la tête, elle a l'air déçue.

– Tant de gens s'inquiètent pour toi, Easton. Ton père, tes frères, moi, Val, tes coéquipiers. On t'aime tous.

Ma colonne vertébrale me démange, comme si une centaine de hérissons me piquaient. Je me penche instinctivement en avant pour attraper mon verre, avant de me souvenir que c'est de l'eau gazeuse. Merde, j'ai besoin d'un truc plus fort.

Je commence à me lever, mais Ella me retient par le bras.

– Non, dit-elle doucement comme si elle lisait dans mes pensées, tu n'as pas besoin d'un verre d'alcool.

– Ben si, plutôt.

– Chaque fois que cela devient émotionnel, ou qu'une conversation est un peu trop sérieuse, tu essaies de prendre tes distances. De t'engourdir toi-même…

– Je n'ai pas besoin que tu me fasses la leçon.

– Ce n'est pas une leçon.

La frustration se lit dans ses yeux.

– Simplement, je n'aime pas te voir tellement ivre que tu te mets à parler à tes propres amis comme s'ils étaient des merdes.

La voix de Sawyer dans l'interphone interrompt Ella :

– Yo, East. Hartley est là.

Je suis tiraillé entre joie et surprise. Elle est là ? Pour de vrai ? Sans attendre, je me lève et je me rue vers la porte. La voix d'Ella m'arrête avant que je puisse sortir :

– Je t'aime beaucoup, Easton, mais je m'inquiète pour toi.

La profonde préoccupation dans sa voix me fait hésiter. Je n'aime pas qu'Ella se sente mal à cause de moi. Elle est une des personnes que je préfère sur cette terre. Je me retourne lentement vers elle.

– Je suis désolé de t'avoir dit ce truc à la fête, je marmonne. Je ne voulais pas te faire de la peine.

– Je sais. C'est juste que je veux que tu sois là pendant longtemps, alors… prends soin de toi.

Je la salue négligemment d'un doigt :

– Tu peux compter là-dessus.

Quand j'arrive dans l'entrée, je découvre Hartley dans le salon en train d'examiner le portrait de maman.

– C'est maman.

– Elle est belle.

– Tu veux entrer ?

– Bien sûr.

J'ouvre la porte en grand. Le salon était l'un des endroits préférés de maman. C'est une pièce immense avec deux portes-fenêtres à une extrémité et une cheminée à l'autre. La dernière fois que j'y suis entré, c'était quand mon père nous a annoncé ses fiançailles avec Brooke.

– Tu lui ressembles, remarque Hartley, les yeux toujours rivés sur le portrait.

Je fixe le visage ovale de ma mère.

– Nous avons tous ses cheveux et ses yeux.

Hartley secoue la tête.

– Non, c'est la forme du visage et tes sourcils. Ta mère avait des sourcils parfaitement dessinés, et toi aussi.

– Je suppose ?

Je n'y ai jamais vraiment réfléchi.

– Et toi, auquel de tes parents ressembles-tu ? Ton père ou ta mère ?

Immédiatement, je regrette ce que je viens de dire. Je sais qu'elle déteste parler de ses parents.

– Oublie ce que je viens de te demander.

– Non, ça va. (Hartley hausse les épaules.) Je pense que je ressemble plus à mon père. Parker, ma sœur, ressemble à ma mère. Elle est douce, délicate.

Je renifle.

– Elle ne m'a pas paru tellement douce au resto.

À nouveau, j'ai envie de me mordre la langue. Pourquoi est-ce que je passe mon temps à dire des bêtises ?

Mais Hartley me surprend. Elle pose un bras sur le manteau de la cheminée. Ses doigts caressent la partie inférieure du cadre en acajou.

– La douceur et la délicatesse, ce sont ses armes. Tu ne veux pas la mettre en colère puisque c'est un ange. Tu cherches son approbation. Son amour et son affection.

Wouah. On pourrait croire qu'elle parle de ma mère.

– Mais tu ne les obtiendras jamais, parce qu'elle est trop égocentrique.

C'est à mon tour de surprendre Hartley. Elle hausse les sourcils.

– Tu connais quelqu'un comme ça ?

Je lui montre le tableau.

Les lèvres ravissantes d'Hartley font la moue.

– Ça craint.

Elle se retourne pour me faire face. Ses mains sont jointes. On dirait qu'elle tient quelque chose, mais je n'arrive pas à voir ce que c'est.

– Je suis désolée pour l'autre soir. J'ai perdu mon sang-froid, j'étais furieuse contre toi, sans raison.

Je pousse un soupir comme si un énorme ballon venait d'exploser en moi.

– Non, putain, c'est moi qui suis désolé. Je t'ai poussée à bout.

Elle lève une main pour me faire taire.

– Que dirais-tu si je te faisais d'abord des excuses, et toi ensuite ?

– Bon.

Je fais un mouvement de la main comme pour me fermer la bouche. Ses lèvres à elle se contractent nerveusement.

– Je te demande pardon pour avoir été égoïste l'autre nuit. Je suis désolée de t'avoir crié dessus. Je suis désolée d'avoir arraché le collier. C'était horrible de ma part.

Elle dépose ensuite quelque chose dans ma main. Avec une grande curiosité, je baisse la tête pour découvrir son cadeau. C'est un mince bracelet en cuir avec une boucle en argent.

– Je sais, ce n'est pas grand-chose…

Je l'interromps :

– C'est génial. Tu m'aides à le mettre ?

Elle le fait, ses doigts tremblent. J'ai envie de la prendre dans mes bras pour la remercier, mais je vais attendre qu'elle ait terminé de refermer la boucle. Le cuir brun ressort bien sur ma peau bronzée, et j'aime beaucoup le détail en argent. Je le lui dis :

– J'aime beaucoup.

– Je sais que tu ne portes rien d'autre que ta montre, mais…

– C'est parfait. Ne dis rien de plus parce que je l'adore et j'interdirai à quiconque, même toi, d'en dire du mal.

Je lève mon poignet en l'air :

– C'est géant.

Elle sourit.

– Je ne sais pas si c'est géant, mais je suis contente que tu l'aimes. Oh, j'ai un autre cadeau pour toi.

– Ouais ? je demande avec prudence.

Je ne veux pas l'inquiéter par mon ardeur.

– Voilà mon autre cadeau. J'ai fait un truc qui a déplu à mes parents et ils m'ont chassée.

Ses doigts courent distraitement le long du cadre du tableau.

– J'ai une autre sœur. Je t'en ai parlé ?

– Non, mais j'ai vu sa photo dans l'article de presse que j'ai trouvé.

– Elle s'appelle Dylan. Elle a treize ans. J'ai seulement pu lui parler huit fois en trois ans.

Hartley s'arrête. Elle est au bord des larmes. Je m'avance vers elle, mais elle me fait signe de la main de m'arrêter.

– Non, je ne veux pas que tu me consoles. Sinon, je vais m'effondrer, et je ne le veux pas.

Je me surprends à avouer :

– Moi, je parle à Reed au moins une fois par semaine. Je serais probablement dans un terrible chaos mental si je ne pouvais pas parler à mes frères plus d'une ou deux fois par an.

– Ouais… ça n'a pas été facile.

Elle se tourne et baisse la tête. Je la soupçonne de laisser couler quelques larmes, mais je fais semblant de ne rien voir.

– On devrait la kidnapper.

– Ma sœur ?

– Ouais. On irait la chercher à son école, on la prendrait avec nous pour une journée et on la ramènerait le soir. Qu'en dis-tu ?

– J'aimerais bien.

– Je suis sérieux. Je suis balèze pour monter ce genre de coup. Je pourrais très bien faire ça. Nous achèterions des gâteaux, je sais que tu aimes ça. Des bandeaux avec des oreilles d'animaux. De lapin pour Dylan et toi, et de tigre pour moi.

Hartley sourit.

– Pourquoi pas de tigre pour moi et de lapin pour toi ? Tu serais mignon en rose.

– Je serais tellement mignon qu'on serait sûrement arrêtés en chemin et que Dylan ne pourrait pas monter sur le moindre manège, dis-je en clignant de l'œil.

Le sourire d'Hartley s'épanouit, et le sentiment d'inquiétude qui m'a titillé ces dernières vingt-quatre heures se dissipe.

– Je veux la voir ! crie quelqu'un dans l'entrée.

Cette voix familière me glace sur place.

– Ella n'est pas à la maison, répond mon père sur un ton glacial.

– Conneries. Je sais qu'elle est ici, aboie Steve. Ôte-toi de mon chemin, Callum. C'est ma fille, et je dois lui parler.

Hartley me tape sur l'épaule.

– Je ferais sans doute mieux de partir, murmure-t-elle.

Elle semble aussi mal à l'aise que moi d'entendre ça, mais pour des raisons différentes. Elle doit trouver ça gênant pour moi, mais moi je m'inquiète pour Ella. Je chuchote :

– Non, reste ici.

– Tu as intérêt à te tenir loin d'elle, le rembarre papa. La seule raison pour laquelle nous n'avons pas demandé de mesure d'éloignement contre toi, c'est parce que nous avons pensé que tu ne serais pas assez stupide pour te montrer ici.

– C'est toi qui m'as ouvert, dit Steve d'une parfaite mauvaise foi.

J'entrouvre la porte, et les voix de Steve et papa deviennent immédiatement plus fortes. Je suis étonné que papa ait laissé entrer Steve. J'espère qu'Ella est loin et qu'elle ignore que son père est chez nous. Je sors mon téléphone de ma poche et j'envoie un texto à Reed.

Steve est ici.

Je sais. Ella m'a envoyé 1 SMS.

Merde.

Ou es-tu ? me demande Reed.

Dans le salon. Où est Ella ?

En haut de l'escalier.

– C'est la merde, je murmure.

Hartley s'avance à mes côtés.

– Qu'est-ce qui ne va pas ?

– Le père biologique d'Ella est en train de causer des problèmes.

Je désigne l'entrée du pouce, où la dispute devient de plus en plus violente.

– Quel choix est-ce que j'avais ? dit papa. Tu ameutes tout le voisinage, garé en bas en klaxonnant comme un fou. Tu as de la chance que je n'aie pas appelé les flics.

– Et pourquoi tu ne l'as pas fait ? raille Steve.

– Parce qu'Ella en a déjà trop supporté. La dernière chose dont ait besoin une jeune fille, c'est de voir son père embarqué à nouveau, menottes aux poignets. Mais je te le dis, Steve. Tu ne dois pas t'approcher d'elle. Tu n'es plus son tuteur, c'est moi. La cour…

– J'emmerde la cour !

Hartley tressaille. Je pose une main sur son épaule pour la rassurer.

– C'est ma fille, Callum. Et je ne sais pas quelle connerie t'ont servie tes avocats, mais Ella va être un témoin de la défense, pas de l'accusation. Ma fille ne va pas témoigner contre moi.

Hartley pose sa main sur sa bouche.

Je lui glisse à l'oreille :

– Et tu penses que tu es la seule à avoir des cadavres dans ton placard ? Crois-moi, aucun de tes secrets n'arrive à la cheville de ceux de la famille Royal.

– Vous autres, les Royal, vous devez toujours faire tout mieux que les autres, essaie-t-elle de plaisanter.

Son visage est très pâle et ses yeux tout écarquillés.

– Bienvenue dans ma vie.

Je lui prends la main et je la serre fort dans la mienne. Elle répond à mon geste en serrant, elle aussi.

Dans l'entrée, les deux pères continuent. Nous, nous nous consolons.

– Tu ne fais plus partie de la famille, dit froidement papa. Tu n'es plus le père d'Ella. Tu n'es plus le parrain de mes fils, tu n'es plus mon ami ni mon associé. La prochaine fois que nous nous verrons, ce sera au tribunal, quand ta fille témoignera contre toi.

– On verra ça, réplique Steve.

La porte d'entrée claque. J'attends de ne plus entendre les pas de papa sur le sol en marbre pour jeter un coup d'œil dans le couloir.

Il est vide.

– Viens, dis-je à Hartley en la tirant par la manche.

– Où allons-nous ?

– Chercher Ella.

Hartley secoue la tête.

– Vas-y, toi. Moi, ça me gêne de lui parler de ça.

– Ça ne la dérangera pas.

– Ça ne me regarde pas, dit fermement Hartley. En plus, il faut vraiment que j'y aille. Je suis venue directement en sortant du travail.

Je lui attrape la main avant qu'elle passe le pas de la porte.

– Attends. Je voudrais en savoir plus sur ta sœur et ce qui se passe dans ta famille. Peut-être au déjeuner ?

Comme elle reste silencieuse, je ravale ma déception.

– Ou alors, tu préfères continuer à garder ça pour toi, bien sûr.

Ses joues rosissent.

– Je suis désolée. Tu as raison. Je continue à garder mes secrets. Je ne le fais pas exprès. Je n'ai jamais beaucoup aimé parler de moi. Même avant de partir en pension, j'étais assez solitaire. Je veux dire, j'ai eu des petits amis…

J'ordonne :

– Leurs noms et adresses. Je dois savoir contre qui me battre.

Elle pouffe de rire.

– Oh, détends-toi! C'est de l'histoire ancienne. Mais ouais, à part eux, je ne me suis pas confiée à grand monde. Je ne suis pas très douée pour ça.

– C'est clair.

Hartley sourit faiblement.

– Je suis jeune, j'apprends encore, je dois encore grandir, enfin toutes ces conneries.

Puis elle hausse les épaules.

– Je vais essayer de devenir une meilleure amie. Voilà ce que je suis venue te dire, en fait.

Elle me tend la main. Ma première réaction, c'est de l'éviter et de la prendre dans mes bras pour lui faire un câlin, mais je réalise alors que je dois répondre à son geste d'amitié par un autre, qui me soit personnel.

Je prends sa main dans la mienne. Je la serre sans doute plus longtemps que ne doivent le faire les copains, mais moi aussi, je suis jeune. J'ai encore à apprendre, à grandir, et toutes ces conneries.

Mais ça me paraît chouette de faire ça avec quelqu'un qui me prend par la main. Surtout avec son cadeau à mon poignet.

Chapitre 23

Le lendemain matin, je vais à l'entraînement en traînant des pieds. Pas à cause de la gueule de bois, mais parce que j'ai veillé tard, la veille au soir. J'ai regardé des films avec Ella. Comme elle était angoissée par la visite de Steve, j'ai essayé de lui changer les idées. Mais à présent, je fonctionne avec seulement quatre heures de sommeil. Le coach me prévient que, putain, si je ne me réveille pas, il va me faire faire des putains de pompes jusqu'à ce que je gerbe, putain, partout sur cette putain de pelouse.

Le coach Lewis a un langage assez cru.

Je descends un Gatorade dans l'espoir de retrouver un peu d'énergie. Ça ne marche pas, mais le coach me laisse tranquille pour le reste de l'entraînement. Il est trop occupé à parler avec Bran de deux ou trois nouvelles tactiques de jeu que nous allons essayer vendredi.

La journée d'école passe à toute vitesse, et avant même que je m'en sois rendu compte, c'est le dernier cours. La première chose que je remarque en entrant dans la classe, c'est que madame Mann n'est pas à son bureau. Quelqu'un d'autre la remplace. Normalement, je serais préparé psychologiquement à ça. Ce qui signifie que je pourrais parfaitement parler à Ella et Hartley et ne rien faire de très productif, sans en craindre les conséquences. Mais je suis bien trop crevé. Je me traîne jusqu'à ma chaise et je m'écroule en soupirant.

– Eh bien, on n'a pas l'air très joyeux, me glisse Ella avec un sourire désabusé.

– J'ai trop sommeil, je bougonne. Je me suis couché à deux heures et levé à cinq heures et demie.

– Moi aussi, gazouille Ella (elle se lève avant l'aube pour aller bosser dans une boulangerie, *La Baguette Française*) et je vais parfaitement bien .

– Tant mieux pour toi, je murmure.

Elle me lance un petit sourire moqueur.

– Joli bracelet, cela dit.

Je soulève mon poignet pour mettre en valeur la bande de cuir.

– Ce truc ? C'est ma meilleure amie qui me l'a filé.

Et je pousse du coude Hartley qui rit d'un air embarrassé.

– Où étais-tu au déjeuner ? demande-t-elle.

– J'avais une réunion d'équipe. Nous avons plein de nouveaux mouvements à apprendre et à répéter d'ici vendredi. Le coach ne nous ménage pas.

Elle ouvre la bouche pour me répondre, mais le prof remplaçant lui coupe la parole.

– Easton Royal ? demande-t-il en fouillant du regard la classe, derrière ses lunettes cerclées noires de hipster.

Il tient l'iPad que tous les profs de l'école trimballent avec eux. Cette tablette est leur principal moyen de communication.

Je lève la main, puis je la pose sur ma poitrine.

– C'est moi, Prof. Qu'est-ce qu'il y a ?

– Vous êtes attendu dans le bureau du directeur. Ramassez vos affaires et allez-y tout de suite.

– Oh oh, murmure Hartley à mes côtés.

Ella, elle, prend une expression résignée :

– Qu'est-ce que tu as encore fait, Easton ?

Le ressentiment me brûle la gorge. Tous mes proches ont une si mauvaise opinion de moi. Ils pensent toujours que j'ai fait quelque chose de mal, même quand je n'ai rien fait du tout.

Malheureusement, Ella a parfaitement le droit de me le demander, parce que j'ai fait quelque chose.

Ou plutôt, j'ai fait quelque chose à quelqu'un.

Quand j'entre dans le bureau du directeur, cinq minutes plus tard, la première personne que je vois, c'est madame Mann. Beringer est derrière son bureau et mon père est assis en face de madame Mann.

Merde.

– Asseyez-vous, Easton, m'ordonne Beringer d'une voix qui ne supporte pas la moindre réplique.

Il y a une lueur assassine dans ses petits yeux de fouine, que je n'ai jamais vue auparavant. Habituellement, il a une expression abattue, comme un condamné à mort qui vient tout juste d'entendre sa sentence. Beringer sait qu'il n'a aucun contrôle sur l'école. Ce sont les parents milliardaires qui le paient qui détiennent le pouvoir. Mais ce matin, à en juger par son expression, c'est comme s'il avait une réelle influence sur quelque chose.

Sur moi ?

Mon regard glisse sur madame Mann. Non, c'est sur elle qu'il a du pouvoir. Mon père me sortira toujours d'affaire, et je sais très bien pourquoi nous sommes ici ce matin, mais Beringer semble très en forme. C'est lui qui tient la lame de la guillotine, et c'est la tête de madame Mann qui est posée sur le billot.

– Qu'est-ce qui se passe ? je demande.

Je lance un regard ennuyé à Beringer. À mon père, un regard chagriné. Je sais très bien mentir quand c'est nécessaire.

– Oui, qu'est-ce que tout ça signifie, François ?

J'aime bien quand mon père utilise les prénoms des gens comme une arme.

Beringer se tord les mains sur son bureau en acajou ciré.

– Quelques allégations très sérieuses sont parvenues à mes oreilles. Des allégations que je crains fort ne pouvoir ignorer…

Il s'interrompt d'un air sinistre, comme un détective à la noix dans une série policière. Il ne lui manque plus qu'une musique angoissante. Ta ta ta tam…

– Crachez le morceau, lance mon père, lui aussi irrité par ce spectacle. Vous m'avez dérangé pendant une importante réunion de mon conseil d'administration.

Il jette un coup d'œil à madame Man.

– Vous êtes le professeur de maths de mon fils ?

Elle hoche doucement la tête. Si elle blêmit encore un peu plus, elle va ressembler à une feuille de papier.

– Quel problème a-t-il causé dans votre cours ? lui demande papa. Il a triché ? Il a volé les corrections d'un contrôle et les a vendus à ses camarades ?

Il cite tous les trucs que j'ai faits précédemment.

– Non Callum, la situation est plus grave que ça, dit Beringer d'un air sinistre.

C'est à cet instant que mon père comprend. Il regarde à nouveau madame Mann, l'air préoccupé, comme s'il la voyait pour la première fois. Sa jolie silhouette, sa jeunesse. Puis il me jette un coup d'œil. Il a l'air vraiment déçu.

– Une source anonyme nous a prévenus que madame Mann et votre fils auraient eu une relation… (il marque une pause pleine de tact) inopportune.

Madame Mann pousse un petit cri de détresse. Son regard plonge dans le mien, très vite, mais je sais que nous pensons tous les deux au pacte que nous avons passé dans la salle de classe l'autre jour. Nier, nier, nier.

Je suis le premier à suivre notre plan.

– C'est des conneries !

Je regarde Beringer droit dans les yeux, d'un air parfaitement stupéfait, comme si un adolescent qui a une relation sexuelle avec un de ses profs était la chose la plus dingue que j'aie jamais entendue.

– Je ne l'ai jamais touchée !

Beringer a l'air stupéfait que je nie. Quoi, il croyait que j'allais avouer, cet idiot ?

– Je vois, dit-il.

Puis, en s'adressant à madame Mann :

– Et vous Caroline, qu'avez-vous à dire ?

Elle s'appelle Caroline ? Je n'en savais rien.

– Qu'est-ce que j'ai à dire ? répète-t-elle, et je suis sacrément impressionné par son calme et son ton. Ce que j'ai à dire, François, c'est que je suis choquée et écœurée, et franchement insultée, que vous m'ayez fait venir dans ce bureau pour m'accuser d'avoir fraternisé avec un élève.

– Donc, vous démentez ? demande Beringer.

– Bien entendu que je démens.

Je cache un sourire. Oublions les maths. Elle pourrait enseigner l'art dramatique.

– C'est un démenti, à cent pour cent.

Je la suis, en prenant un air tout aussi scandalisé.

– Jamais je ne sortirais avec une vieille… (je la regarde rapidement) sans vouloir vous offenser.

– Il n'y a pas de mal, répond-elle fermement.

– Croyez-moi, j'ai toutes les filles de mon âge que je veux.

Il y a un petit silence.

Papa examine madame Mann à nouveau.

– Quel âge avez-vous, Caroline ?

– J'ai vingt-quatre ans, Monsieur.

Papa se tourne vers Beringer.

– Easton a dix-huit ans. Même si quelque chose de fâcheux s'est produit, ce n'est pas un crime.

– Vous avez raison, il ne s'agit pas d'un crime, mais bien d'un problème éthique. Si cela est vrai…

– Ce n'est pas le cas, répondons-nous à l'unisson, madame Mann et moi.

Nous leur offrons la performance de toute une vie. J'ai presque envie de lui faire un high five.

– En fait, dis-je après coup, j'aimerais bien savoir qui a fait ces allégations, parce que c'est à cette personne que vous devriez parler.

Je hausse les sourcils, face à Beringer.

– Vous savez, pour avoir colporté des mensonges et tenté de détruire la réputation d'un membre du corps enseignant d'Astor Park.

Et je désigne madame Mann d'un geste mélodramatique. Je commence vraiment à me prendre au jeu.

– Madame Mann est une prof formidable. Elle arrive à rendre les mathématiques marrantes, qui pourrait croire ça ? Vous savez comme il est difficile de capter mon attention (papa renifle doucement), mais elle réussit à si bien me motiver que chaque jour, j'ai hâte d'aller en cours de maths.

Lorsque les yeux de Beringer se plissent, j'ajoute très vite :

– Pour apprendre, Monsieur. Et rien de plus.

Mon père s'écrie alors :

– Je crois que mon fils et cette jeune femme nous ont tous les deux raconté leur vérité. À part cet informateur anonyme, quelle autre preuve avez-vous qui suggère qu'ils sont impliqués dans une relation inopportune ?

Le directeur hésite. Puis ses épaules s'affaissent imperceptiblement. Il n'a aucune preuve, et nous le savons tous.

– Un témoin oculaire ? Quelqu'un qui puisse jurer les avoir vus ensemble ? insiste mon père.

Beringer secoue la tête.

– Non, nous n'avons que le mot de l'élève…

– L'élève ?

Ça attire mon attention. Quel est le trou du cul qui a mouchardé auprès de Beringer ? Pas Ella ni Val. Pas Hartley ni aucun de mes coéquipiers. Cela dit, un des types a pu bavarder avec quelqu'un. Et ce quelqu'un a pu le dire à Beringer.

Bon. Qui est assez cruel pour vouloir faire renvoyer madame Mann et assez méchant pour tenter de me faire avoir des ennuis ?

Euh euh. J'ai une idée de qui ça pourrait être.

Heureusement, cette stupide petite réunion ne se poursuit plus très longtemps, puisque Beringer finit par admettre qu'il n'a pas la moindre preuve. Avant de nous libérer, il nous fait bien comprendre qu'il nous a à l'œil. Madame Mann prend un air outragé et pousse des hauts cris en exigeant de lui parler en privé.

Papa et moi sortons du bureau sans un mot. Il pose une main sur mon épaule et tous deux nous saluons poliment de la tête la secrétaire de monsieur

Beringer. Ce n'est qu'une fois sortis dans le hall, hors de portée de quiconque, que mon père se met à jurer dans sa barbe.

– Jésus, Easton, une professeure ?

Je cligne innocemment des yeux.

– Je ne sais pas de quoi tu parles.

– Contrairement à ce que tu peux croire, tu ne mens pas si bien que ça, fils. Assure-moi au moins que tout ça est terminé.

– Qu'est-ce qui est terminé ?

Il pousse un long soupir.

– Easton. Très bien. Tu sais quoi ? Ne dis rien. Contente-toi de hocher la tête si cette insanité irresponsable est du passé.

Cette fois-ci, je ne joue pas les imbéciles. Je hoche rapidement la tête en signe d'approbation. Papa a l'air soulagé.

– Bien. Assure-toi qu'il en soit ainsi, à présent.

Après un rapide au revoir, il se dirige vers les portes d'entrée.

À travers les fenêtres vitrées, je le regarde descendre les marches et s'avancer vers l'aire où l'attend sa limousine. Son chauffeur, Durand, referme la portière derrière lui et se glisse sur le siège conducteur. La limousine démarre, probablement pour aller déposer Callum Royal au siège de l'entreprise Atlantic Aviation.

Le bruit de talons sur le plancher me fait me retourner. Je fronce les sourcils en découvrant de qui il s'agit.

– Tout va bien ? me demande Felicity, et je ne peux ignorer la jubilation dans sa voix. J'ai entendu dire que tu avais été convoqué chez le directeur. Et quelqu'un m'a dit qu'une de tes profs avait, elle aussi, été convoquée. Quelle coïncidence !

– Arrête ton char. Je sais que c'est toi qui es derrière tout ça.

– Tout ça quoi ?

J'ignore ses battements de cils.

– Cette femme aurait pu perdre son boulot, Felicity.

Elle ne réagit pas. En réalité, elle est parfaitement indifférente.

– Hé, comme on fait son lit, on se couche. Elle a fait l'idiote avec un élève, maintenant elle doit rendre compte de ses actes.

C'est exactement ce que j'ai pensé il n'y a pas si longtemps. À présent, je ne peux m'empêcher de songer à la peur que j'ai lue dans les yeux de madame Mann quand elle a réalisé qu'elle risquait de perdre son job. Mes actes déplacés et stupides ont bien failli ruiner la carrière de cette femme, et je m'en veux. Je détaille l'expression victorieuse sur le visage de Felicity. Elle semble être très contente d'elle-même.

– Félicitations, tu m'as fait payer le fait d'avoir foutu la merde pendant ta soirée de vendredi, je grince entre mes dents. On peut faire une trêve, à présent ?

– Vraiment chéri, une trêve ?

Elle éclate d'un rire qui se répercute et résonne dans l'immense entrée vide.

– Désolée, mais la guerre ne fait que commencer.

Chapitre 24

À ma grande surprise, je retrouve Hartley qui m'attend devant mon casier, l'air inquiète.

– Tout va bien ? me demande-t-elle en serrant son livre de maths contre sa poitrine.

– Ça baigne.

Je jette mes affaires dans mon casier et je la prends par le bras.

– Tu veux manger un morceau ?

Je m'attends à ce qu'elle refuse, mais elle me suit sans discuter.

Ella m'accoste quand nous quittons le bâtiment principal.

– Easton, que s'est-il passé ? Quelqu'un m'a dit qu'il avait vu Callum sur le campus.

– Je te le dirai plus tard. Hartley et moi, on doit y aller.

Je tire Hartley par le bras.

Nous grimpons dans ma camionnette. Hartley ne dit pas un mot. J'ai peur de lui raconter ce qui s'est passé dans le bureau du directeur. Elle va me détester. Ma bouche, qui n'a jamais vraiment su rester fermée, s'ouvre toute seule et se met à tout déverser.

– Quelqu'un a découvert ce qui s'est passé entre madame Mann et moi et a tout raconté au directeur.

Hartley tressaille.

– Oh non.

– Eh ouais.

– Je n'en ai jamais parlé.

– Je n'ai pas pensé que c'était toi. Mais comment est-ce que ça a pu arriver ? Je suis le seul à avoir ouvert la porte.

Elle reste muette un moment, comme si elle repensait à ce jour-là.

– J'imagine qu'il y avait d'autres gens dans le couloir, qui ont pu voir quelque chose, mais pourquoi attendre jusqu'à maintenant ?

– Je crois que personne n'a rien vu.

– Alors, comment est-ce que ça a fuité ?

Je regarde droit devant moi. Je ne veux pas voir sa tête lorsque je vais admettre ça :

– J'ai pu en parler par inadvertance. C'était stupide. Pash me prenait la tête pour que je sorte avec une fille d'Astor, et quand j'ai dit non, j'ai pu sous-entendre que je préférais avoir un peu plus de challenge.

– Alors, c'est Pash qui a cafté ?

– Je ne crois pas que ce soit Ella ou Val.

– Easton Royal ! Auprès de combien de personnes as-tu bavé ?

– Trop, je réponds d'un air misérable.

– Pourquoi ? Pourquoi diable fais-tu ça ? Tu es tellement fier de ce qui s'est passé entre madame Mann et toi ? Tu es content qu'elle soit renvoyée ?

– Elle ne va pas être renvoyée. Nous avons nié tous les deux. Et non, je ne suis pas fier de ce qui s'est passé et je n'aurais pas été heureux qu'elle soit renvoyée. Je voulais juste… passer du bon temps.

Ma réponse est terrible, parce que je n'ai pas d'autre justification que d'être Easton Royal et de reconnaître que mon but dans la vie, c'est de m'amuser. Tant que je ne fais de mal à personne, tout va bien.

Le problème, c'est que quelqu'un est toujours blessé.

J'attends qu'Hartley me rentre dedans, et elle aurait raison de le faire. Mais elle me surprend :

– Très bien, alors. C'est fait, il n'y a plus de raison d'y revenir, pas vrai ?

D'accord. Je lui jette un regard reconnaissant et je démarre.

– Où on va ? je lui demande lorsque nous laissons l'école derrière nous.

– Tu veux bien aller chez moi ?

Elle semble si peu sûre d'elle que je ne peux m'empêcher de sourire. De quoi a-t-elle peur, que je m'installe chez elle ? J'y suis déjà allé deux fois.

– Bien sûr ? Alors, on s'arrête acheter de la bouffe et on mange chez toi ?

– Pas mon appartement. Elle soupire : mon ancienne… maison.

– Oh ! (J'ai envie de me flanquer une baffe pour être aussi bête.) Bien sûr.

Nous roulons pendant dix minutes en silence. Ça me démange de lui poser des tas de questions, mais miraculeusement, je réussis à me taire.

– Attention au virage, murmure-t-elle lorsque nous approchons.

– Oui, je sais. J'ai failli rentrer dans mes frangins la dernière fois que je suis passé par là.

– Lauren habite un peu plus bas, m'indique Hartley.

– C'est ce que je me suis dit.

Je passe devant son allée et je fais demi-tour pour m'arrêter de l'autre côté de la rue, juste en face de l'entrée principale.

– Ça tombe bien que j'aie un pick-up et pas un van. Sans ça quelqu'un pourrait croire que nous sommes des kidnappeurs. Ce n'est pas ça, n'est-ce pas ?

Et je lui glisse un regard mi-taquin, mi-sérieux. Elle ne me prête pas vraiment attention. Ses yeux sont rivés à la maison.

Des voitures sont garées à gauche, près d'un portail latéral.

L'une d'entre elles est le 4x4 Mercedes qui était garé devant Hungry Spoon. Je suppose que c'est le véhicule de Parker.

Les rideaux de la fenêtre de devant sont tirés, on ne peut donc pas voir ce qui se passe à l'intérieur de la maison.

Sortie de nulle part, la voix d'Hartley s'élève :

– J'aimerais te raconter ce qui s'est passé là-dedans, mais je ne peux pas.

Je fronce les sourcils.

– Pourquoi pas ?

– Parce que j'essaie de trouver un moyen de retourner au sein de ma famille. J'espère réussir à ce que ma mère accepte de me rencontrer. Mais si je parle du passé, je risque fort d'être punie.

Bien que je meure de curiosité, je n'insiste pas.

– Tu veux que j'aille vérifier si ton père est là ? Peut-être est-il sorti chercher le lait.

Elle renifle.

– Même s'il était en train de mourir de soif, il laisserait ma mère le faire. Mais non, il n'est pas à la maison.

Elle montre les voitures du doigt.

– Sa BMW n'est pas là. Parker est à la maison, quoique…

Elle se tait lorsque des gens commencent à sortir. Je reconnais Parker, qui porte dans ses bras un petit garçon brun. Viennent ensuite Joanie Wright et un grand type aux cheveux noirs et luisants. Derrière eux, une petite fille qui porte des chaussures vernies et une jolie robe donne la main à une ado boudeuse en jeans moulants déchirés sous un haut-brassière.

Hartley frappe sur la vitre en gémissant. Je vous jure que l'adolescente boudeuse semble l'entendre. La fille s'arrête net et regarde dans notre direction. Je ne veux pas qu'Hartley se fasse attraper. Je plonge sur elle et je la force à se baisser. Sous ma poitrine, je sens son corps secoué de sanglots silencieux. Je passe une main sur son visage et je lui décris calmement la scène.

– Ils montent dans les voitures. Dylan et un type…

– Le mari de Parker.

– Le mari de Parker et Dylan montent dans la voiture de Parker. Parker est sur le siège passager. La petite fille va avec ta mère.

– Macy est la préférée de maman, marmonne Hartley.

Les portières claquent et les feux arrière s'allument.

– Ces filles sont en sécurité ?

Elle hésite :

– Je crois. (Puis, avec plus de conviction.) Oui. Le truc entre mon père et moi, c'était l'histoire d'une fois seulement.

Je n'ai pas aimé son moment d'indécision, mais je ne dis rien. Je me baisse encore plus quand les voitures passent devant nous. Les moteurs grondent, puis se calment au fur et à mesure que les voitures s'éloignent.

Maintenant que l'on peut s'asseoir en toute sécurité, je libère Hartley.

– Tu veux que je les suive ?

– Non.

– Ok. Alors, on fait quoi ?

Hartley me regarde dans les yeux.

– Que dirais-tu de forcer la porte et d'entrer ?

J'ignore ses yeux brillants de larmes et je souris :

– C'est l'une de mes activités favorites.

– Bien entendu.

Nous sautons tous les deux de la voiture et nous nous dirigeons vers la porte latérale par laquelle la famille d'Hartley vient de sortir. Elle entre. Je la suis à l'arrière de la maison. Dans le Sud, chaque maison digne de ce nom possède une véranda comme celle-ci. La large varangue couverte longe toute la maison. Deux portes-fenêtres, l'une donnant sur le salon et l'autre sur la cuisine, vont du sol au plafond.

Elle essaie d'ouvrir la première. Elle est fermée, mais la seconde est ouverte. J'entends un bip quand elle l'ouvre et je remarque une lumière rouge au-dessus de l'encadrement. Le système d'alarme se met en marche quand on ouvre ou qu'on ferme les portes.

– N'y fais pas attention, me rassure Hartley. C'est juste pour la frime. Papa l'a installé quand j'étais môme, mais il s'est frité avec la compagnie de surveillance qui ne venait pas assez vite quand on l'appelait, du coup il a annulé son contrat.

Je hoche la tête et j'examine les lieux. C'est une maison agréable. Ça sent bon. C'est impeccablement propre.

Hartley traverse le salon et monte les escaliers. Je la suis, en m'arrêtant en haut derrière elle.

– Où est ta chambre ?

Elle désigne la dernière porte à gauche.

– Je peux ? je demande, car je meurs de curiosité.

Elle me sourit à moitié.

– Fais-toi plaisir.

Étrangement, elle choisit d'aller dans la deuxième chambre à droite. Je continue jusqu'au bout du couloir. La chambre d'Hartley. Putain, je suis surexcité. Je vais enfin finir par découvrir quelque chose à son sujet. Ou pas.

Quand j'ouvre la porte, c'est un immense mur de néant qui m'accueille. Il y a quelques cartons au milieu de la pièce. Les murs sont entièrement blancs. Il n'y a ni lit ni meubles. C'est comme si personne n'avait jamais dormi dans cette pièce.

Découragé, je recule et je reviens sur mes pas. En passant pour la deuxième fois dans le couloir, je remarque des photos de famille sur le mur, mais c'est comme s'il n'y avait que deux filles dans cette famille, pas trois. Comme s'ils l'avaient effacée. Merde, c'est violent. Je me demande si elle le sait. Certainement.

Je frappe à la porte ouverte et, en l'ouvrant un peu plus, je découvre Hartley assise sur un lit, un coussin violet serré contre son cœur. Les murs sont violets, eux aussi. Le lit est recouvert d'ours et de chiens en peluche. Aux murs sont punaisés des posters de garçons avec des cheveux teints aux couleurs des œufs de Pâques. C'est évident, cette chambre est celle de sa plus jeune sœur, celle qu'elle n'a pratiquement pas vue depuis trois ans.

Je tire sur le col de ma chemise. L'air devient irrespirable ici.

– Sortons d'ici, dis-je fermement.

Hartley me jette un regard et acquiesce mollement. Je ne veux pas qu'elle puisse changer d'avis. Je la force à se lever et je la pousse en bas des escaliers.

Nous finissons par atterrir sur la jetée. Les lampadaires sont allumés, le crépuscule fait place à la nuit. Je me gare et je cours ouvrir la portière d'Hartley. Elle me laisse l'aider à descendre. Elle me laisse la prendre par la main. Elle me laisse l'emmener devant un stand où je commande un chocolat chaud et un gâteau.

Après qu'elle a bu le chocolat et mangé la moitié du gâteau, son air de zombie s'atténue un peu.

– Merci pour le dîner.

– De rien. Tu veux faire un tour de grande roue ? Tu n'y es pas montée depuis tes douze ans.

– Tu te souviens de ça ?

– Bien entendu.

Je ne lui laisse pas le temps de réfléchir. Je me rue au comptoir de vente, j'achète nos billets et je l'entraîne vers cet immense panier tout rouillé. Qu'est-ce que je ne ferais pas pour cette fille !

– Tu sais pourquoi j'adore la grande roue ? me demande-t-elle quand elle entre dans le panier en métal tout branlant où elle s'assied.

– Parce que tu as des tendances suicidaires ?

Je grimpe derrière elle et j'abaisse la barre de sécurité.

– Parce qu'on peut voir le monde entier de haut.

Je suggère :

– Tu devrais essayer de voler. C'est mille fois mieux et mille fois plus sûr que ça.

La boîte de conserve s'ébranle. Une goutte de sueur perle à mon front et j'ai immédiatement l'estomac retourné. Je penche la tête contre le montant métallique et je commence à compter à rebours à partir de mille. Peut-être est-ce une erreur. Je ferais mieux de descendre. Je pousse la barre, mais elle ne bouge pas.

J'entends Hartley qui me demande :

– Ça va ?

Sa main touche la mienne.

Ok. Je change d'avis. Je peux y arriver.

– Ouaip.

– Tu transpires.

– Il fait chaud.

– Il fait moins de 16 et tu ne portes qu'un tee-shirt.

– Tout ce qui est au-dessus de zéro, c'est chaud pour moi.

– Tu as la chair de poule.

Les secousses du panier et le grincement du métal me donnent des sueurs froides.

– C'est parce que je suis assis à côté de toi, je grince entre mes dents.

Un corps tout doux se presse contre le mien.

– La dernière fois que nous sommes venus ici, j'ai marché dans une grosse merde dans la maison hantée.

– Il faut condamner cet endroit. Val, elle, a marché dans un chewing-gum à la nicotine.

Beurk. Et s'ils ne peuvent pas entretenir correctement la maison hantée, qu'en est-il alors de ce truc flippant ? Je commence à respirer et à compter en cadence.

– Tu as le vertige ?

La voix d'Hartley est tendre. Sa main caresse doucement la mienne.

– Je croyais que tu aimais voler.

– J'adore voler. Je déteste l'incompétence. Dans les airs, je maîtrise. Je sais qui a construit l'avion. Je connais les instruments. Je contrôle. Cet engin pourrait très bien être rafistolé au fil à coudre et au chewing-gum. (Le panier se remet à balancer.) Voire pire encore.

– Mais pourquoi es-tu monté avec moi, alors ?

– Parce que tu en avais envie.

Elle reste silencieuse pendant ce qui me semble durer indéfiniment. Je ferme les yeux. J'arrête d'imaginer que cette nacelle minable se crashe. Je demande :

– On est déjà en haut ?

– Presque.

– Je ne vais pas t'embrasser en haut, je la préviens, même si c'est ce à quoi tu t'attends sûrement, ce n'est pas aussi facile que ça.

Elle pouffe de rire.

– Je n'ai jamais cru que tu étais un garçon facile.

– Tu mens. Tu penses que je suis un chien.

Elle rit tellement qu'elle gigote.

– Je crois que le terme exact est partenaire inclusif.

Et ça me fait rire.

– Ok, je retire ce que j'ai dit. Je t'embrasse en haut.

– Euh euh, les bons copains ne s'embrassent pas.

– Depuis quand ? On est censé n'embrasser que ses meilleures copines. C'est l'un des privilèges des meilleurs copains.

– Alors, tu as embrassé toutes tes meilleures copines ?

La roue s'arrête brusquement.

– Non, je crois que tu es ma seule meilleure copine.

Peut-être même la seule vraie copine que j'ai, en dehors de ma famille. Mais ça, je ne lui dis pas. Je me trouve déjà bien trop pathétique. Soudain, je sens une caresse légère comme une plume sur ma pommette. Je retiens mon souffle. Le contact devient plus ferme. Il glisse de ma joue vers mes lèvres.

Je me tourne vers elle. Ses yeux sont grands ouverts et elle sourit. Je sens la courbe de ses lèvres contre les miennes.

– Ne t'en fais pas. Tu ne m'embrasses pas, c'est moi qui le fais, chuchote-t-elle.

Ma bouche s'entrouvre. Sa langue s'y glisse. Ici, tout en haut, le temps s'est arrêté.

C'est comme un arrêt sur image. Moi, elle, le ciel infini. Dans le vide immense, son baiser me dit que je ne suis pas seul. Elle touche ma langue avec la sienne, et j'entends un gémissement. Je pense qu'il vient de moi. J'ai le vertige, je halète. Je suis rempli d'émotions étranges que je ne comprends pas et que je ne veux pas comprendre. Je saisis juste l'essentiel. Je suis heureux. C'est une altitude que je n'ai jamais réussi à atteindre avec tous mes cachets, mon alcool ou d'autres filles. Hartley fait un bruit doux, voilé, qui me rend dingue. Mes doigts s'agrippent à ses hanches. Je l'attire plus près de moi. Nos langues se mêlent de nouveau, je pense que mon cœur va exploser dans ma poitrine, tellement il bat fort.

Ce baiser est un pur délire. Je veux m'accrocher à elle, la tenir bien serrée contre moi et faire durer ce moment pour toujours.

Mais le mécanisme de la roue de la mort se remet en marche et la cabine commence à redescendre. Hartley me lâche et recule. Pas loin, mais assez pour me faire comprendre qu'elle a replacé la barrière qu'elle aime bien mettre entre nous.

– Merci de m'avoir fait penser à autre chose là-haut, je lui lance à brûle-pourpoint avant qu'elle puisse me balancer un truc bien senti.

– Bien sûr.

Mais son ton est neutre. Est-ce que je l'ai énervée ?

Quand le tour prend fin et que la barrière de sécurité se soulève, Hartley se lève. Je prends mon temps. Merde, j'aimerais pouvoir acheter toute l'attraction et la rapporter à la maison pour la garder, coulée dans le bronze.

C'était ce genre de moment. Le genre de ceux que vous aimeriez vous faire graver à l'encre indélébile pour pouvoir les revivre, encore et encore.

Je finis par la rejoindre.

– Hartley ?

– Oui ?

Une brise légère ébouriffe ses cheveux bruns. Je pose ma main sur son crâne pour en palper la forme. Elle lève une main et attrape mon poignet droit au-dessus du bracelet en cuir, sans l'enlever pour autant. Mais pour la maintenir en place. Ou m'attirer à elle. Je déglutis un bon coup.

– Je voudrais…

– Vous êtes si mignons tous les deux ! Souriez !

Surpris, Hartley et moi levons les yeux en même temps. Un flash m'aveugle. Quand les taches blanches dans mes yeux s'atténuent, la coupable est déjà en train de s'enfuir. Elles sont deux, en fait. Elles ont des cheveux blonds, elles poussent des cris suraigus et n'essaient même pas de baisser la voix en filant à toute vitesse.

– Felicity va être folle quand elle va voir ça !

– Poste-le sur Instagram et fais une Snap story !

Merde. Je fronce les sourcils en les voyant s'enfuir. Dire que pour une fois qu'Hartley baisse sa garde, une bande de commères d'Astor immortalisent le moment.

– Est-ce que je dois m'inquiéter ?

Sa voix sèche me tire de mes pensées.

Je lui jette un coup d'œil et je lui fais un sourire désinvolte.

– Nan, je ne pense pas.

Mais ses yeux me disent qu'elle n'est pas convaincue.

Moi non plus.

Chapitre 25

– Tiens, voilà tes notes, me dit Hartley lorsque je m'approche de son bureau l'après-midi suivant. J'avais oublié de te les rendre.

– Je n'avais pas besoin que tu me les rendes.

– Je sais.

– Ah bon ?

– Bien sûr. Tu as probablement mémorisé tout ton cahier de notes. Tout ton truc « je suis un voyou qui déteste l'école », c'est clair comme de l'eau de roche.

Elle se tourne pour regarder devant elle, mais j'aperçois quand même un semblant de rougeur sur ses joues. Est-ce qu'elle pense à la façon dont elle m'a embrassé hier soir ? Moi j'y pense.

Je ne pense qu'à ça depuis que j'ai ouvert les yeux ce matin. Et je n'ai pensé qu'à ça en rentrant à la maison, hier soir. C'est vraiment difficile de s'endormir quand on bande. Encore une fois, j'ai eu une nuit mouvementée et j'ai été un véritable zombie à l'entraînement ce matin.

Je glisse les pages dans mon cahier.

– Je ne joue pas la comédie. J'ai du mal avec les contrôles.

– Ou alors tu as du mal à te concentrer ?

– Oui, aussi.

J'ai décidé de m'asseoir derrière elle aujourd'hui, pour me vautrer en étendant mes jambes de part et d'autre de son bureau. J'adore la regarder de dos. J'observe ses épaules se crisper et se détendre. La courbe de son cou qui apparaît lorsqu'elle se penche en avant.

Les petites pointes de sa colonne vertébrale sont vraiment trop mignonnes. J'aimerais pouvoir la mordre à cet endroit-là.

Je change de position quand mon jean devient trop serré.

– Où est Ella ? demande Hartley en se tordant vers moi tout en désignant le bureau vide d'Ella.

– Elle a pris a un jour de congé. Mon père et elle ont rendez-vous avec nos avocats.

Le visage d'Hartley exprime sa sympathie.

– Il va vraiment falloir qu'elle témoigne au procès de son père ?

Je hoche la tête. Je suis bien content de me concentrer sur autre chose que le cou bien trop mignon d'Hartley. Non, mais franchement ? Un cou ? Voilà ce qui m'excite ces jours-ci ?

– Ouais, elle était là quand Steve a tout avoué.

– Ça craint.

Je n'ai pas vraiment envie de ressasser les actes de Steve, alors je change de sujet.

– Je me demande bien où est madame Mann ?

Deux rangées plus loin, Tonya Harrisson s'écrie :

– Elle était dans le bureau de Beringer. Ça fait deux fois cette semaine.

– Quelqu'un va avoir des ennuis, chantonne mon coéquipier Owen.

Un groupe de mômes se tourne vers moi. Je fixe Owen, mais ou bien il est vraiment embêté, ou bien il est meilleur comédien que je le croyais. Je lui fais un signe de la main pour lui suggérer de mieux garder sa langue. Il me répond en plissant le front.

Soudain, la porte s'ouvre en grand.

– Oh mon Dieu, quelqu'un va se faire casser aujourd'hui, s'écrie Glory Burke, la capitaine de l'équipe de filles de hockey.

Une foule de questions fusent autour de moi.

– Qu'est-ce que tu veux dire ? demande Tonya.

– Beringer et l'inspecteur Neff fouillent le casier de quelqu'un, répond Glory.

– Ils peuvent faire ça ?

– Et les droits des élèves, alors ?

– Le code d'honneur stipule que s'il existe un soupçon raisonnable qu'un crime a eu lieu, ils peuvent fouiller les casiers, explique Rebecca Lockhart.

Elle s'y connaît. C'est notre déléguée de classe.

Des chuchotements inquiets se font entendre au fur et à mesure que le débat s'ouvre pour savoir qui va avoir des ennuis. Il y a peu d'anges dans le coin. Certains mômes prennent des amphets. D'autres des barbituriques. D'autres picolent. Certains font tout ça à la fois.

Mais seul l'un d'eux a baisé avec sa prof. Cette fois, c'est mon blazer qui me paraît trop étroit et qui me gratte au fur et à mesure que la culpabilité me gagne. Eh merde. Pourquoi est-ce que j'ai cédé à la tentation avec madame Mann ? C'était stupide. Tellement stupide. Et pourquoi ? Pour prendre mon pied cinq minutes ? Je suis un véritable idiot.

Je croise les bras et je me tasse un peu plus sur ma chaise. Hartley me lance un regard compatissant par-dessus son épaule. Je l'évite en fixant mon bureau.

Je sais à quoi elle pense. *Easton Royal est le mec le plus débile que je connaisse. Pourquoi est-ce que je perds mon temps avec lui ?*

Mais elle n'est pas vraiment avec moi, n'est-ce pas ? Elle m'a embrassé en haut de la grande roue. Qu'est-ce que ça peut bien vouloir dire ? Probablement rien du tout.

En plein milieu de ma crise d'autoapitoiement, je me ressaisis soudain. Parce que merde. Qu'est-ce que j'en ai à faire de savoir ce qu'Hartley, que sa propre famille a rejetée, peut bien penser de moi ? Qu'est-ce que j'en ai à faire de ce que pensent les autres, à Astor Park ? Je n'ai même pas baisé madame Mann. Si je dois être crucifié pour avoir fait l'amour avec une professeure, autant que cela en vaille la peine.

Je me secoue et je lance d'une voix traînante :

– Quoi, il y a quelqu'un qui essaie d'être pire que moi ? Qu'il se lève et qu'il se montre ! Il n'y a de la place que pour un seul connard à Astor Park, et ce connard, c'est moi.

Des rires nerveux se mêlent aux chuchotements.

– En fait, je crois bien que c'est son casier qu'ils fouillent, dit Glory en désignant Hartley.

– Moi ? s'exclame Hartley.

– Tu as bien le quatre cent soixante-cinq, non ?

Hartley hoche prudemment la tête.

– Je suis presque certaine que c'était le tien.

Les murmures se transforment en véritables mugissements. Tout le monde essaie de spéculer sur ce qu'a bien pu faire Hartley. Elle représente un mystère pour la plupart des élèves. Elle est arrivée de nulle part après trois ans d'absence. Elle ne participe à aucune activité périscolaire. Son option, c'est la musique et elle passe des heures, toute seule à répéter, loin du reste des étudiants.

À part les deux matchs de football où elle est venue avec Ella et Val, Hartley a toujours été absente lors des rassemblements d'Astor.

J'entends des bribes de conversation.

… Elle traîne avec Ella. Je parie que c'est l'une de ses copines de strip-tease.

… Est-ce que son père n'avait pas dû déclarer forfait pendant la campagne pour la mairie, à cause d'un scandale ?

… Il paraît que Royal et elle baisaient dans la salle de musique.

Si je peux les entendre, Hartley le peut également. Je me penche en avant et je lui serre l'épaule pour la rassurer. Elle se fige lorsque je la touche, et ensuite je sens un minuscule tressaillement, une sorte de haussement d'épaules, un rejet silencieux.

Piqué au vif, je laisse retomber ma main sur le bureau.

La porte s'ouvre à nouveau. Toutes les têtes se tournent vers l'entrée. Quand madame Mann entre, je me prépare à voir son air pitoyable. Mais elle lève bien haut le menton et elle nous examine comme si elle était la reine mère, et nous sa cour. Puis elle avance et Beringer entre derrière elle.

Toute la salle de classe se fait silencieuse.

– Mademoiselle Wright, veuillez rassembler vos affaires et nous suivre.

Il désigne Hartley. Elle ne réagit pas tout de suite. Beringer se racle la gorge.

Avec un léger cri d'inquiétude, Hartley bondit de sa chaise, saisit ses affaires et se dirige vers la porte, ses livres serrés contre sa poitrine, raide comme la justice. Beringer tient la porte ouverte jusqu'à ce qu'elle la franchisse. Ils sortent tous les deux en laissant madame Mann sur place.

Elle nous lance :

– Ouvrez vos livres, chapitre quatre, et lisez la règle de dérivation d'une fonction composée. Je veux que vous fassiez les problèmes de un à vingt-deux.

– Vingt-deux ! s'écrie Owen. Il faut bien dix minutes pour résoudre une seule de ces équations !

Madame Mann le rembarre :

– Eh bien, mettez-vous-y tout de suite. Sinon, je vous donne cinquante exercices à faire pour demain.

– Oui, Madame.

Et nous nous y mettons tous, parce qu'il est clair que madame Mann n'est pas d'humeur à rigoler aujourd'hui.

Quand la cloche sonne, j'ai à peine terminé les exercices. Il faut dire que j'ai passé mon temps à regarder la porte, en espérant voir Hartley réapparaître. Elle ne l'a pas fait.

Pash se précipite sur moi lorsque je sors dans le couloir. Il m'attendait.

– Mec, Owen vient de m'envoyer un SMS, Hartley a été arrêtée.

Je soupire.

– Elle n'a pas été arrêtée. Ils ont fouillé son casier.

– Sérieux ? Pourquoi ?

– Je n'en sais rien.

J'ouvre mon casier pour y glisser mes livres.

– Elle a fait un truc illégal ?

– Pas que je sache.

Lorsque quelques feuilles de papier se répandent par terre, je me penche pour les ramasser. Ce sont mes notes de maths.

Le bout d'une chaussure bleu marine se pose sur les feuilles.

– Qu'est-ce que c'est que ça, Monsieur Royal ?

Je lève les yeux sur madame Mann.

– Mes notes.

– On dirait des notes de mon cours. En fait, cela ressemble aux réponses de mes deux dernières interrogations surprise.

Elle avance la main.

Je ramasse les feuilles, et les fourre dans mon casier.

– D'abord, ce ne sont pas les réponses à vos interrogations surprise et ensuite, même si c'était le cas, qu'est-ce que ça peut faire ? Ces contrôles ont déjà eu lieu.

– Pourquoi devrais-je vous croire ?

– Parce que c'est la vérité.

Et je referme mon casier à toute volée.

– Avez-vous partagé ces notes avec mademoiselle Wright ?

Un gros signal d'alarme s'allume dans ma tête. Je ne peux pas mentir, pas quand Hartley a des ennuis, mais je ne peux pas dire la vérité sans savoir si cela va affecter sa situation.

– D'abord, j'ai eu des C, alors un élève qui se servirait de moi serait franchement débile. Ensuite, je ne savais pas que partager des notes de cours était interdit. C'est bon à savoir.

Je fais signe à Pash.

– Tu m'accompagnes ? J'ai envie de bosser mes abdos aujourd'hui.

Il jette un rapide coup d'œil à madame Mann, puis à moi.

– Aujourd'hui, c'est le jour des jambes pour moi, dit-il promptement.

– Ne fait-il pas trop froid pour vous promener en short, Monsieur Bhara ?

Normalement, nous ne sommes autorisés à porter un short que lorsqu'il fait vraiment chaud. Mais chaud, c'est un terme tout relatif dans la tête de Pash. Il porte un short et des Timberland toute l'année. Même quand il fait cinq degrés. C'est un sportif, voilà tout.

– Non M'dame. Il fait jour, je fais prendre l'air à mes cuisses.

Et il tend brusquement une de ses jambes d'athlète vers la prof.

– C'est vraiment dommage que l'administration ne fasse rien contre les élèves qui ne respectent pas le règlement, dit une voix sucrée, insupportable.

Je me retourne pour découvrir Felicity juste derrière nous. Super.

En regardant fixement Pash, elle ajoute :

– Notre réputation d'excellence dans ce pays est mise à mal et personne ne s'en inquiète. C'est honteux.

Madame Mann hoche pompeusement la tête :

– Je suis d'accord avec vous, Mademoiselle Worthington, c'est honteux.

Au lieu de balancer à Felicity la réponse qu'elle mérite, je pousse Pash dans le couloir. Légèrement abasourdi, il me demande :

– Qu'est-ce qui se passe ? Merci de m'avoir soutenu.

– Tu peux compter sur moi.

Puis, en me mordant l'intérieur de la joue :

– Je crois qu'Hartley a de vraies emmerdes.

– Quoi ?

– J'sais pas. Comme je te l'ai dit, son casier a été fouillé et Beringer est venue la chercher avant le début du cours.

Je lui jette un regard en coin.

– Tu n'as rien dit à propos de madame Mann et de moi ?

Il fronce des sourcils.

– Bien sûr que non. Pourquoi ?

– Bon.

Je marque un arrêt devant les bureaux de l'administration.

– Ils sont pourtant au courant, là-dedans.

– Tu n'as pas été très discret.

– Je sais.

Je me frotte le front. Je commence à avoir très mal au crâne, mais avant que je me mette à me cogner la tête contre les murs, la porte du bureau s'ouvre et Hartley apparaît, l'air abasourdie.

– Qu'est-ce qui est arrivé ?

– Je… Je ne peux même pas…

Je l'attrape par le bras et je la guide vers la sortie. Pash nous court après, mais Hartley ne semble même pas le remarquer. Elle continue à secouer la tête d'un air ébahi.

– Je suis suspendue pour le reste de la semaine et une note va être intégrée dans mon dossier scolaire.

Derrière nous, Pash siffle. Je lui demande :

– Mais pourquoi ?

Elle déglutit.

– Pour tricherie. J'ai eu une très bonne note à mon dernier examen, grâce à tes notes. Je ne me rendais pas compte que je trichais.

– Ce n'est pas de la triche. C'est de ça qu'ils t'accusent ? C'est des conneries. Mon père va s'en occuper.

Je sors brusquement mon téléphone et je commence à envoyer un SMS.

– Non, s'il te plaît, ne fais pas ça.

À contrecœur, je range mon téléphone. Mâchoire serrée, je lui demande :

– Qu'est-ce qu'a dit Beringer, exactement ?

– Que mes notes étaient statistiquement bien trop bonnes par rapport aux précédentes, et que je devais avoir reçu l'aide de quelqu'un. Il m'a demandé si j'avais un répétiteur. Je lui ai répondu que non. J'avais oublié tes notes, parce que quand ils m'ont demandé si quelqu'un m'avait aidée, j'ai imaginé qu'ils parlaient d'un répétiteur, tu vois ?

Pash et moi, nous hochons la tête tous les deux.

– C'est facile de se tromper, dit gentiment Pash.

– Mais c'est à ce moment-là que mon conseiller scolaire – il était là, lui aussi – a sorti une feuille de réponses.

– Du contrôle ?

Elle hoche la tête d'un air abattu.

– Ils l'ont trouvée dans mon casier, pliée en deux et scotchée au dos de *All about the girl,* dit-elle en faisant référence au livre de son cours de pensée féministe.

Je gamberge à toute vitesse. Les pièces du puzzle commencent à se mettre en place. Le regard de madame Mann, sûre d'elle au lieu d'être inquiète. Felicity, qui pérorait sur la réputation en déclin d'Astor Park. Oh non, bordel.

– Allons-y, je gronde en attrapant Hartley par le poignet.

– Où ça ?

– Ouais, où ? répète Pash en écho.

– Blanchir Hartley.

C'est très facile de trouver Felicity. Elle n'a pas bougé de son casier, comme si elle m'attendait. Elle est flanquée de deux ou trois pseudo-copines. Claire est l'une d'entre elles.

Je fronce les sourcils, Claire me répond en haussant le menton. Et je devrais me soucier de son air de défi ? En résistant à la tentation de lever les yeux au ciel, je l'écarte et je me tourne vers Felicity, à qui j'adresse un sourire assassin.

– Felicity.

– Easton.

Son sourire est aussi glacial que le mien.

– Je ne sais vraiment pas ce que tu crois que tu es en train de faire, mais ça doit s'arrêter.

– Et pourquoi ça ?

Je suis subitement abasourdi. Je me disais qu'à coup sûr elle allait nier avoir fait quelque chose de mal.

– Attendez une minute.

Hartley me pousse sur le côté, comme si elle venait de comprendre pourquoi je m'en étais pris directement à Felicity.

– C'est toi qui as planqué ces notes dans mon casier ?

Elle se tourne vers moi.

– C'est elle qui a fait ça ?

Je hoche la tête d'un air furieux.

Felicity sourit toujours.

Le choc et la colère envahissent les yeux gris d'Hartley qui prennent un reflet métallique.

– Pourquoi ? demande-t-elle à Felicity. Pourquoi as-tu fait ça, bordel ? J'aurais pu être renvoyée !

– Et alors ?

Hartley se jette en avant, et Pash et moi devons la retenir. Les crêpages de chignon, c'est super-sexy, mais pas quand l'une des combattantes est Felicity Worthington. Et pas quand Hartley est au bord des larmes.

– Ça suffit ! (Je pointe un doigt vers Felicity.) Tu vas me le payer, tu m'entends ? Tu ne peux pas détruire la réputation des gens comme ça…

Visiblement amusée, Felicity m'interrompt en éclatant d'un rire sonore.

– Oh mon Dieu ! Mais quel hypocrite !

Son rire me met hors de moi.

– Reed et toi avez détruit la réputation d'Ella avant même qu'elle arrive à Astor ! Et tu as tenté de détruire la mienne avec ce speech que tu as fait pendant ma fête !

Merde, cette connerie de type bourré va me poursuivre toute ma vie. Je ne boirai plus jamais. Jamais.

– Alors, non, je n'en ai vraiment rien à faire que tu sois virée, dit-elle à Hartley en reniflant. En fait, je trouve que Beringer a été trop laxiste avec toi.

Elle s'éloigne des casiers et passe devant nous. Par-dessus son épaule, elle ajoute :

– En fait, je ne fais que commencer.

Ses amies la suivent, y compris Claire, qui sourit d'un air satisfait en passant devant Hartley et lui balance :

– Ton cul a l'air énorme sur cette photo. Tu devrais songer à faire de la gym.

Et Claire part en courant avant qu'Hartley ait le temps de répondre quoi que ce soit. Elle rejoint Felicity et les autres filles. Leurs rires résonnent au loin.

On les entend longtemps encore après qu'elles ont tourné, au bout du couloir.

Chapitre 26

Le visage d'Hartley est rouge écarlate. Pash, lui, montre la direction dans laquelle Felicity et sa petite troupe se sont enfuies.

– Mais qu'est-ce qui ne va pas chez cette nana ?

Je soupire, exaspéré :

– Pas la moindre idée.

– Elle a probablement besoin d'un bon…

Je sens, plus que je ne vois, qu'Hartley est au bord de la crise de nerfs. Alors, je flanque ma main sur la bouche de Pash avant qu'il nous mette tous deux dans l'embarras. Je le préviens :

– Ne le dis pas.

– Quoi ?

Il marmonne et se dégage.

– J'allais juste dire qu'elle avait besoin d'un bon coup de pied au cul.

Je lui fais un signe qui signifie *tu parles*. Il me répond en sortant son téléphone de sa poche et en se mettant à surfer.

Hartley finit par dire :

– Tu l'as humiliée. Ou nous. Elle racontait qu'elle sortait avec toi, et toi tu as passé ton temps à dire le contraire. Ensuite, tu lui as dit qu'elle pourrait rompre avec toi. Mais au lieu de ça, tu es allé chez elle, à sa fête, et tu lui as foutu la honte devant tous ses amis.

– Et ça, je crois que c'était la cerise sur le gâteau, lance Pash.

Nous nous retournons vers lui afin qu'il s'explique. Il lève son téléphone en l'air.

Merde !

La photo que cette fille a prise sur la jetée, hier soir, s'affiche en plein écran. Elle a utilisé le hashtag Astor, et bien qu'elle ait posté l'image ce matin seulement, il y a déjà un maximum de likes. Plus de mille personnes ont admiré Hartley et moi nous regardant amoureusement dans le blanc des yeux, sur fond de grande roue.

Hartley se met à gémir.

– Oh mon Dieu, c'est le post le plus regardé. Si ça, ce n'est pas comme frotter la blessure de Felicity avec du gros sel, j'ignore ce que c'est. Moi aussi, à sa place, je voudrais me venger.

– C'est une chouette photo, commente Pash.

– Une chouette photo ? dis-je, incrédule.

– Ouais. Une chouette photo. Celui qui l'a prise l'a fait en vitesse rapide et a bien utilisé les lumières. On dirait un truc de pro. (Il fronce les sourcils en me regardant.) Donc, c'est le post le plus regardé parce que c'est une bonne photo, pas parce que vous êtes dessus tous les deux. Désolé de porter atteinte à ton énorme ego.

– Elle vise Hartley à cause de moi. Voilà la vérité. Ce n'est pas mon ego énorme qui parle.

– Vous pourriez arrêter de vous disputer ? nous interrompt Hartley. Est-ce que ça a la moindre importance de savoir pourquoi la photo est populaire ?

– Elle a raison, dit Pash. La question est comment allons-nous faire pour calmer Felicity ?

Je hausse un sourcil.

– Nous ?

– Eh bien oui. Je ne veux pas voir Hart (il lui donne un petit coup sur l'épaule) prendre pour un truc qu'elle n'a pas commis. Alors, nous allons calmer Felicity.

Hartley lui fait un beau sourire.

– Merci.

Je demande :

– Et pourquoi on la calmerait ?

– Parce que tu ne peux pas la rouer de coups.

– Il existe d'autres moyens.

– Comme quoi ? demande Hartley d'un air carrément suspicieux.

J'ouvre la bouche, mais rien ne sort parce que je n'en ai pas la moindre idée. La dernière fois qu'une sale peste a tenté de s'en prendre à ma famille, nous lui avons répondu par la violence.

– Vous vous rappelez quand Jordan Carrington avait ligoté cette fille devant l'école ? Ella lui avait filé une vraie raclée.

Pash et Hartley me regardent comme si j'avais perdu la tête.

– Je crois que tu as pris trop de coups sur le crâne, dit Hartley.

Puis, avec un coup de coude à Pash :

– Tu n'as pas à t'impliquer là-dedans. C'est bien trop compliqué. Même moi, je n'ai pas envie de m'en mêler.

Il hausse les épaules :

– C'est notre dernière année. Je n'ai rien de mieux à faire. En plus, qui me dit que je ne serai pas le suivant sur la liste ? Je suis la deuxième personne préférée d'Easton à Astor.

Cela déclenche un semblant de sourire sur le visage d'Hartley.

– Ah ouais ? Et qui est la première ?

– C'est toi, bien sûr. Ensuite, il y a Ella. Mais elle et moi, nous sommes liés. Cela dit, j'aimerais bien que tu gardes ça pour toi, parce qu'elle a une sacrée droite.

Et il fait mine de se frotter le bras en rigolant.

– Moi aussi, Ella m'a déjà filé des coups. Je dois reconnaître qu'il n'a pas tort, dis-je en appréciant la bonne humeur que Pash essaye d'instiller.

Certains signes de stress disparaissent du visage d'Hartley. Du coup, je me dis que Pash va dans la bonne direction. Nous avons besoin de rigoler davantage. De faire des blagues. La vie n'a pas été marrante, ces derniers temps. Qu'est-ce qui s'est passé pour qu'on ne s'amuse plus ?

– Organisons une fête.

Hartley en reste bouche bée.

– Une quoi ?

– Une fête. Tu sais une fête du genre « plus besoin d'aller en classe ».

– Je suis partant.

Pash lève la main et nous échangeons un high five. Mais Hartley commence à s'éloigner.

– Attends !

J'abandonne Pash pour lui courir après. Il me suit.

– Tu n'aimes pas l'idée de faire une fête ?

– Je dois bosser, répond-elle d'une voix neutre, l'air fermée.

– On peut faire la fête quand tu auras fini ton boulot.

Elle s'arrête brusquement.

– Une fête ? Vraiment, Easton ? Je viens d'être suspendue. Il n'y a vraiment rien à fêter.

À mes côtés, Pash s'arrête.

– Tes parents vont te tuer, c'est ça ? Parce que les miens le feraient, admet-il.

Hartley devient blanche comme un spectre.

Merde.

– Je suppose que c'était une mauvaise idée, je marmonne en me sentant totalement stupide.

Je n'avais pas pensé aux conséquences de sa suspension, et je crois qu'elle non plus, jusqu'à ce que Pash mette sa famille sur le tapis.

La première chose que va faire le directeur, c'est appeler ses parents. Et comme elle n'a pas le droit de les voir, pour une raison mystérieuse, ça ne va sûrement pas arranger ses affaires. Je propose :

– Tu veux que je parle à tes parents ? Je peux leur expliquer…

– Non.

Elle pâlit encore un peu plus.

– Ne leur dis pas un mot. Pas un mot. (Elle s'agrippe à mon blazer, en enfouissant ses doigts dans mon bras) S'il te plaît.

– Ok.

Elle lâche mon bras.

– Il faut que j'y aille.

Avant que j'aie le temps de ciller, elle part en courant. Quand je me mets à la suivre, Pash me retient.

– Laisse-lui un peu de temps seule avec sa famille, mec.

– Elle n'a pas…

Je m'arrête avant de balancer une connerie que je ne suis pas censé dire. Mais voir Hartley s'enfuir n'est pas non plus une bonne idée.

– Je ne peux pas rester ici, comme ça, sans rien faire, mon pote. Il faut que je fasse quelque chose.

– Très bien. Alors, rentre chez toi. Parles-en à Ella. Qui sait, peut-être qu'elle aura une idée pour régler tout ça.

Malgré l'envie que j'ai de rejoindre Hartley, je décide de suivre le conseil de Pash.

Quand j'arrive à la maison, je pars à la recherche de ma demi-sœur. Je la trouve dans sa chambre, en train de bosser.

– Tu as une minute ? je demande en frappant à sa porte ouverte.

Elle lève les yeux de son livre.

– Ouais, entre. Qu'est-ce qui se passe ?

Je lui balance le tout, directement.

– Felicity a piégé Hartley, elle a fait croire qu'elle avait triché en maths. Hartley a été suspendue.

– Oh mon Dieu ! s'étrangle Ella. Mais pourquoi Felicity a-t-elle fait ça à Hartley ?

– Pour m'atteindre. En fait, c'est contre moi qu'elle est furax.

– Bien sûr qu'elle est furax. Tu as été atroce avec elle à sa fête. Mais pourquoi s'en prendre à Hartley et pas à un de tes proches, comme moi, Val ou Pash ?

– Je suppose que tu n'es pas allée sur Inst ou Snap aujourd'hui ?

– Non ? J'ai passé la journée avec Callum et les avocats.

Ella pose son livre et attrape son téléphone. Je me jette sur son lit et je m'allonge contre la tête de lit capitonnée. Je sais exactement à quel moment elle découvre la photo, parce qu'elle s'étrangle à nouveau.

– Vous étiez en train de vous embrasser ? s'exclame-t-elle.

– Presque. On s'est embrassés sur la grande roue, cela dit.

Ella a l'air sidéré.

–Et les règles ? Hartley avait pourtant dit que tu n'avais pas le droit de lui sauter dessus.

Je proteste :

– Je ne l'ai pas fait. C'est elle qui m'a embrassé, si tu veux tout savoir.

Elle est sciée, pendant au moins trente secondes. Elle regarde un point fixe, quelque part sur mon visage. Comme si elle essayait d'entrer dans ma tête et… et quoi ? Je ne sais pas pourquoi elle me regarde comme ça, mais ça commence à me rendre nerveux.

– De toute façon… je commence.

– Euh euh, non. Ne me fais pas ton « de toute façon ». Tu n'en as pas terminé avec cette histoire de baiser.

Ella passe une main dans sa chevelure d'or.

– Alors, vous êtes ensemble à présent ?

– Peut-être ? Je n'en sais rien.

– Tu en as envie ? Parce que les petites amies, ce n'est pas ton truc, tu te rappelles ?

– Mon truc, c'est les nanas, dis-je d'une voix traînante, en passant ma langue sur ma lèvre inférieure.

Peut-être que si je tourne ça en truc sexuel, Ella sera tellement écœurée qu'elle laissera tomber.

Et bien entendu, ça marche.

– C'est dégueulasse. Mais ok, je comprends à présent. Si Felicity pense que toi et Hartley êtes ensemble, alors elle va s'en prendre à Hartley pour te faire du mal.

Ella fait une pause.

– Pour être tout à fait honnête, tu mérites sa vengeance.

– Merci bien. (Je fronce les sourcils.) Pourquoi tu me casses ?

– Oh, la vérité te choque ? Je suis désolée. Peut-être bien que tu n'aurais pas dû te bourrer la gueule ni aller chez Felicity et l'humilier devant tous ses amis et ses camarades de classe. Voilà ce qui arrive quand on ne réfléchit pas aux conséquences de ses actes.

– Seigneur ! Qu'est-ce qui te rend si mal baisée ?

Avant même d'avoir terminé ma phrase, je regrette mes paroles. Ella se jette sur moi et me balance un grand coup de poing dans le bras.

– Eh merde !

Je frotte mon bras et je la regarde d'un air meurtri, mais ça ne marche pas.

Elle croise les bras en me regardant fixement.

– Désolé pour mon commentaire, mais est-ce qu'on peut éviter de passer en revue toutes mes conneries passées, sans ça on sera encore là la semaine prochaine.

– Bon. Mais je ne vais pas m'excuser. Tu l'as bien mérité.

– D'accord.

Cette fille a un sacré punch. Pas étonnant que Jordan ait reculé devant elle.

– Tu peux aller filer une raclée à Felicity pour qu'elle arrête ses conneries ?

– Non.

– Pourquoi pas ? Ça a bien marché avec Jordan.

– Non, pas du tout. Ce qui a marché l'année dernière, c'est que nous avons tous fait bloc et que nous avons décidé que l'intimidation, ça suffisait.

– Donc on n'a qu'à être solidaires et dire à Felicity que l'intimidation, ça suffit comme ça.

– Tu as la preuve que c'est elle qui a piégé Hartley ?

– Ouaip. Elle l'a admis devant Claire et deux autres filles.

Elle penche sa tête d'un côté, puis de l'autre, tout en réfléchissant.

– Elle doit être sacrément sûre qu'elles ne vont rien dire, finit-elle par conclure. Donc, c'est notre parole contre la sienne, et ta parole à toi ne vaut pas un clou. Tu cherches les embrouilles en permanence. Felicity, elle, fait partie de la Honor Society[22] et c'est une excellente élève issue qu'une grande famille.

Je bougonne :

– Merci pour ton soutien.

Mais nous savons tous les deux qu'elle a raison. Embrouille, voilà mon deuxième prénom.

– Peut-être que je devrais l'appeler ?

– Pour lui dire quoi ?

– Que je suis désolé ?

Ella me jette un regard plein d'incompréhension.

– Sérieusement ? Tu ne le lui as pas encore dit ? C'est la première chose que tu aurais dû faire !

– Peut-être que je l'ai fait ?

Je réfléchis, puis je grimace : je ne m'en souviens pas.

---

22. La National Honor Society est une organisation prestigieuse qui a pour membres les meilleurs élèves des lycées qui adhèrent aux valeurs fondamentales de la société américaine.

– Alors ouais, tu devrais l'appeler et lui dire que tu t'excuses.

Elle secoue la tête à plusieurs reprises, comme si elle n'arrivait pas à croire qu'elle puisse avoir affaire à un tel idiot.

– Achète plutôt des fleurs et va chez elle lui dire que tu as été stupide, irréfléchi, débile, et que toutes les mauvaises pensées qu'elle a eues à ton endroit étaient méritées, mais s'il te plaît, pas un mot sur Hartley.

Je tressaille.

– Tout ça ?

– Oui, tout ça, répond-elle sévèrement.

– Bien.

Je jure comme un charretier et je me lève. Arrivé à la porte, je me retourne :

– Je préférerais quand même que tu la dérouilles.

Ella me lance un oreiller à la tête.

– Je ne vais pas la dérouiller !

Je descends, je sors et je grimpe dans mon véhicule. Au bout de l'allée, pourtant, je me surprends à tourner à gauche au lieu de prendre sur la droite.

Je n'ai pas aimé la façon dont Hartley s'est enfuie. Et qu'est-ce qui va se passer si ses parents sont chez elle, en train de lui hurler dessus ? Elle aura probablement besoin d'un soutien moral.

Je décide d'aller d'abord voir Hartley. Je passerai chez Felicity au retour.

Je m'arrête à la station-service. J'achète un litre de glace ainsi que deux sodas et du pop-corn. À la caisse, je prends deux barres chocolatées. Il y a un seau rempli de roses sur le comptoir. J'en prends une.

– Vous avez rendu quelqu'un furieux, c'est ça ? me demande le caissier.

– Comment avez-vous deviné ?

Il se marre :

– C'est le kit de départ spécial « je suis désolé ».

J'éclate de rire. En réalité, seule la fleur fait partie de mes excuses à Felicity. Mais je suis assez intrigué pour lui demander tout de même :

– Quel est le taux de réussite de ce kit ?

– Ça dépend de la vacherie que vous avez faite. Une grosse connerie nécessite de grosses excuses.

J'attrape les autres fleurs.

– Allons-y pour les grosses excuses, alors.

Il fait glisser ma carte de crédit dans la machine.

– Bonne chance.

Mais, au ton de sa voix, il est clair qu'il pense que je vais me ramasser.

Dix minutes plus tard, je me gare devant chez Hartley et je coupe le moteur. Je prends le sac de bouffe et trois des fleurs, Felicity n'a pas besoin de tout ça, et je grimpe l'escalier délabré quatre à quatre. Je lève la main pour frapper lorsque j'entends des voix.

– Quoi que tu aies espéré auparavant, ça ne se passera pas comme ça. Papa délire depuis plus d'une heure.

Je m'immobilise. Oh merde ! C'est Parker. Je jette un coup d'œil par-dessus la rambarde pour voir si j'ai raté sa Mercedes, mais elle est invisible. Ou bien elle s'est garée plus loin, ou bien elle a pris un Uber.

– Je n'ai rien fait, dit Hartley catégoriquement.

– Tu as toujours tellement de bonnes excuses, se moque Parker.

« *Je n'ai pas voulu t'espionner, papa. Je n'ai pas voulu foutre en l'air ta campagne. Je n'ai pas voulu embarrasser toute la famille. Je n'ai pas voulu foutre en l'air notre famille.* »

Ensuite, c'est le silence.

Hartley ne répond pas. Je suppose qu'elle ne sait pas quoi dire pour que Parker la croie. Je manque frapper à la porte. Je manque faire irruption. Je manque raisonner Parker. Mais quelque chose, une force divine, me retient.

Je déglutis, pour tenter de faire passer de l'air à travers le nœud qui s'est installé dans ma gorge. C'est ma faute. Je me suis saoulé et j'ai embarrassé une fille alors que je n'aurais jamais dû, une fille qui, tout naturellement, a sorti les griffes pour se venger. J'ai été imbécile, inconscient. Et ce serait encore pire si je m'immisçais dans les querelles de famille d'Hartley.

Je dois arranger ça avec Felicity. C'est la seule chose à faire.

Une fois que j'aurai tout arrangé, Hartley pourra regagner les bonnes grâces de sa famille et alors, pour nous deux, ce sera du gâteau.

Je peux arranger ça. Je le peux.

Chapitre 27

Le lendemain, à l'école, tout le monde ne parle que de la suspension d'Hartley. À croire que personne n'a jamais été réprimandé pour quoi que ce soit jusque-là.

Mais voilà, Hartley ne méritait pas d'être punie, elle n'a rien fait de mal, bordel, et la coupable est là, à se pavaner dans les couloirs comme si elle était la reine d'Astor.

Je coince Felicity avant la première heure de cours. Elle est devant son casier avec sa bande de copines. Heureusement, Claire n'est pas là. Bon. Je déteste l'idée que mon ex soit cul et chemise avec Felicity. Qui sait ce que Claire sait sur moi. J'étais souvent bourré quand nous sortions ensemble.

– Du vent ! j'aboie aux copines de Felicity.

Mon expression doit sans doute prouver que je suis sérieux, parce qu'elles s'enfuient comme des rats quittent le navire. Felicity, elle, ne bouge pas. Elle semble amusée.

– Eh bien, voilà le dur à cuire qui terrorise les pauvres filles innocentes, se moque-t-elle.

Je fronce les sourcils.

– Aucune d'entre vous n'a la plus petite parcelle d'innocence.

En levant les yeux au ciel, elle claque la porte de son casier. Je l'attrape par le poignet avant qu'elle puisse s'en aller.

– Tu as reçu les fleurs ?

J'ai frappé chez elle en rentrant de chez Hartley, mais comme personne ne m'a ouvert, je les ai déposées sur le porche.

– Oui.

– Et le mot ?

Je l'ai laissé, lui aussi. Une carte avec trois mots tout simples, *Je suis désolé. Easton*.

– Tu l'as lu ?

– Oui.

– Et ? On est à la cool à présent ?

Elle se met à rire.

– Attends. Tu as cru que cette excuse minable allait tout régler entre nous ? Oh, Easton.

La frustration me serre la gorge.

– Bordel de merde, Felicity ! Ce que tu as fait à Hartley, ce n'est pas juste.

– C'est toi qui vas me donner des leçons sur ce qui est juste ou pas ? Toi, Easton Royal ?

Sans hésiter, je reconnais :

– Ouais, je suis une vraie merde. Je suis un sale type, un égoïste. Je bois, je me bats et je baise avec des nanas que je ne devrais pas baiser. Je le reconnais. Mais Hartley ne t'a rien fait. Alors, s'il te plaît, dis à Beringer que cette histoire de triche est un malentendu total et…

Je m'arrête, parce que je me rends bien compte que je perds mon temps. Felicity n'avouera jamais qu'elle a glissé ces notes dans le casier d'Hartley. Cela signifierait qu'elle a joué un tour pendable à une camarade de classe et elle serait punie pour ça. Alors, même si je n'ai pas envie, je dois laisser tomber. Hartley a eu trois jours de suspension. Ça craint, mais elle survivra et elle sera de retour en classe lundi.

Mon idée de disculper Hartley ne sert à rien. Tout ce que je peux faire à présent, c'est montrer le drapeau blanc à Felicity avant qu'elle ne fasse plus de dégâts.

– Comment puis-je arranger les choses avec toi ? je lui demande, les mâchoires serrées.

Ses yeux bleus brillent soudain d'un éclat incrédule.

– Tu ne peux pas.

– Allez. Il y a bien quelque chose que je puisse faire.

Elle jette un regard aigu sur mon bracelet. Je résiste à l'envie de le cacher.

– Quelque chose que je peux t'offrir, je précise.

– Dans le genre un collier de machine à tirettes ?

– Ok.

– Et que dirais-tu d'un sac Dior en édition limitée ?

– Je n'ai pas la moindre idée de ce que c'est, mais c'est d'accord.

– Ça vaut trente-cinq mille dollars.

Je ne sais pas comment je vais pouvoir expliquer ça aux comptables de ma famille, mais bon.

– Très bien. Toute fille qui se respecte a besoin d'un sac en édition limitée. (Je lève la main.) Marché conclu. Quand Hartley revient, tu lui fiches la paix.

– Non.

– Quoi ?

– Il n'y a pas de marché conclu. Il s'agit juste d'une compensation, et je n'en ai pas encore terminé.

Devant son regard glacial et son petit sourire dédaigneux, j'ai une envie folle de flanquer un coup de poing dans les casiers. Je n'arrive pas à croire qu'elle est restée tranquillement à négocier à propos de bijoux et de sacs, uniquement pour m'humilier. Est-ce que seules les filles d'Astor pratiquent ce genre de vendetta, ou bien toutes les nanas sont aussi sanguinaires ?

– Si tu veux que je te supplie, je te supplierai à genoux.

Le sourire de Felicity s'élargit.

– Ça serait agréable de voir ça, mais… non merci. J'ai prévu des trucs plus sympas.

Et, là-dessus, elle se dégage et s'éloigne.

Je ravale un gémissement en la regardant partir. Qu'est-ce qui ne tourne par rond chez cette fille, bordel ? J'ai bien pigé que je l'avais embarrassée, mais merde, elle pourrait passer là-dessus. Grandir un peu, quoi.

Je le reconnais, c'est tout de même assez ironique que ce soit moi qui demande à quelqu'un de grandir.

Avec un grand soupir, je sors mon téléphone et j'envoie un texto à Hartley.

Ça va ?

Elle me répond tout de suite.

Non.

La culpabilité me saisit. Je m'adosse au casier de Felicity et je tape un autre message.

Je suis désolé, H. C'est ma faute.

Cette fois, il y a un long silence. Je fixe l'écran en espérant qu'elle me réponde.

– East, dit quelqu'un.

Je lève les yeux, ce sont Sawyer et Lauren qui se ramènent. Seb n'est pas avec eux.

– Hé, je les salue distraitement avant de baisser les yeux sur mon écran. (Toujours rien.) Moi ça baigne, et vous ?

Mon petit frère se met à rire.

– Je ne t'ai rien demandé, mais je suis content de savoir que tu vas bien.

– Tu vas être en retard en cours, me dit Lauren tout à fait inutilement. La première cloche a déjà sonné.

J'emmerde la cloche et j'emmerde le cours. Hartley n'a toujours pas répondu à mon texto. Pourquoi ? Est-ce que c'est parce qu'elle est d'accord avec moi pour dire que sa suspension, c'est de ma faute ? Ça l'est, me murmure une petite voix.

Merde, je le sais bien. Voilà pourquoi je me suis excusé. Mais… je m'attendais à ce qu'elle passe là-dessus. Du genre « je ne t'en veux pas, Easton. C'est Felicity qui est… bla-bla-bla ».

Au lieu de ça, c'est silence radio.

– Bien sûr, on se parle plus tard, je murmure à mon frangin. On se voit à la maison.

Je pars en courant et j'entends leurs voix déconcertées derrière moi.

– Il est bourré ?

– Je ne crois pas ?

Je quitte le bâtiment par la porte de côté et je cours vers le parking. Je dois aller voir Hartley et m'excuser en personne.

J'ai besoin qu'elle me pardonne de l'avoir entraînée dans toute cette histoire avec Felicity. Ce n'est pas comme si je l'avais fait exprès. Il faut qu'elle le sache. Le trajet jusque chez elle, en passant dans les bois, est très rapide. Mais comme hier, quelqu'un est déjà là quand j'arrive.

Depuis le fond de l'escalier, je vois un homme de dos, vêtu d'une veste d'un costume gris de luxe. Des cheveux poivre et sel.

– … renvoyée de la meilleure école préparatoire de l'État ! Tu es une honte pour les Wright, dit l'homme avec un dégoût évident.

C'est le père d'Hartley. Merde.

Je me glisse sur le bord de l'escalier pour ne pas être vu.

– Je n'ai pas été renvoyée, c'est juste une suspension, répond-elle froidement.

– Pour tricherie ! aboie-t-il. Tricherie, Hartley, qu'est-ce qui ne va pas chez toi, bon sang ? Quel genre d'enfant ai-je élevé ?

– Je n'ai pas triché, papa. Une fille qui me déteste a glissé cette feuille de réponses dans mon casier. Je ne suis pas une tricheuse.

Apparemment, il ne m'écoute pas.

– Ton directeur est membre de mon club, tu sais ça ? Tous mes collègues et mes pairs sont au courant de ton petit scandale. On n'a pas arrêté de m'en parler depuis le petit déjeuner.

– Qu'est-ce que ça peut bien faire, ce que pense une bande de vieux schnocks au country club ? La seule chose qui compte, c'est la vérité.

– Pour l'amour du Ciel ! Toi et ce foutu mot, tu n'as que ça à la bouche ! Vérité. Ça suffit, Hartley !

Son ton me fait tressaillir.

– Ça suffit, répète monsieur Wright. Tu retournes à New York. Aujourd'hui. Tu m'entends ?

– Non ! proteste-t-elle.

– Si.

J'entends un bruissement, comme s'il glissait quelque chose.

– Voilà ton billet. Ton vol part ce soir à onze heures.

– Non, dit-elle à nouveau, mais sur un ton un peu plus incertain.

– Très bien. Si tu ne pars pas, j'enlève Dylan de son école et je l'y envoie à ta place.

– Pourquoi ? Pourquoi dois-tu toujours la menacer ? C'est encore un bébé, papa.

– Non, elle a treize ans et elle est déjà bien trop influencée par toi.

– Elle est sous médicaments depuis l'âge de huit ans. Elle est fragile, et tu le sais. Tu ne peux pas la séparer de sa famille.

Il ignore ce qu'elle dit.

– Si tu ne quittes pas Bayview, alors nous protégerons Dylan en l'éloignant de cet État. À toi de choisir.

Je serre les poings.

– Si je pars… tu me laisseras la voir ?

Hartley parle si calmement que j'ai du mal à le supporter.

– Si tu prends cet avion, tu pourras passer un moment avec elle, entre ici et l'aéroport.

Quel salaud. L'aéroport est à peine à trente minutes d'ici.

– Je… je vais y penser.

Non, ai-je envie de hurler, n'y pense pas, résiste !

– Je viendrai te chercher à dix heures. Dylan et moi nous t'accompagnerons à l'aéroport, où tu nous souriras et tu nous diras au revoir gentiment, en passant la sécurité.

– Et si je ne viens pas ?

– J'irai quand même à l'aéroport et quelqu'un montera dans cet avion, ce soir, dit Wright d'un ton glacial. Toi, ou ta sœur. (Il marque une pause.) J'espère que tu prendras la bonne décision.

Chapitre 28

Mon plan, c'est d'attendre dix minutes avant de frapper à la porte d'Hartley. Je veux lui laisser le temps de se remettre de la visite de son père et de digérer son ultimatum si brutal. Mais il ne se passe pas deux minutes avant qu'Hartley ouvre sa porte et sorte en titubant.

Si je n'avais pas été garé devant son immeuble à deux étages, Hartley aurait traversé au beau milieu de la rue. Au lieu de ça, elle se cogne presque le nez contre la portière de mon pick-up.

– On dirait que tu as bu ou que tu viens de te faire passer dessus par un camion.

Je lui tends la main. Bizarrement, elle s'en saisit.

– Un camion. C'est exactement ça, j'ai été écrasée par un camion.

– Viens, on va faire un tour.

Je ne lui laisse pas le temps de répondre. En deux temps trois mouvements, je la fais grimper et attacher sa ceinture.

– Tu as des envies particulières ? je lui demande une fois que je suis assis.

– Je m'en fiche. Partons juste loin d'ici.

L'air défaite, elle ferme les yeux et appuie sa tête contre la fenêtre.

– Pas de problème.

Je la joue cool. Comme si je n'étais pas noué à l'intérieur. Je déteste ça. Je déteste me sentir comme ça. Je déteste la voir dans cet état.

Je ne lui pose pas de questions et elle ne se livre pas. Tout le trajet se déroule dans le silence total. Étonnant comme le calme peut être assourdissant. Qu'est-ce qu'elle a dit avant ? Que, dans le silence, on peut entendre battre le cœur ? On peut aussi l'entendre se briser.

À l'intérieur de mon pick-up, l'ambiance devient de plus en plus lourde. On s'arrête dans l'ancienne marina, à deux pas de la jetée. Je bifurque sur le gravier et je me gare. Quand je tourne la tête, je réalise qu'Hartley pleure. Des larmes silencieuses. Juste des gouttes qui coulent le long de ses joues. Je le jure, en tombant, elles font un boucan du tonnerre. C'est pour ça que je laisse tourner le moteur. J'ai besoin de quelque chose pour cacher ces larmes. Elle reste assise là, à côté de moi, elle regarde par la vitre. Je me demande ce qu'elle peut bien voir à travers ses larmes.

J'essaie d'alléger l'ambiance.

– Papa m'a dit que dans les années 70, c'était l'endroit le plus chaud en ville. Je lui ai répondu que j'ignorais qu'ils avaient déjà des bateaux au Moyen Âge.

Elle esquisse un petit sourire.

– Viens, on va faire un tour au bord de l'eau.

Je l'aide à sortir de la voiture. La vieille marina est abandonnée. L'ancien parement en planches de cèdre grisées a été lessivé par le sel et les embruns. Il ne reste que deux ou trois docks. Le reste a été submergé ou démoli. C'est un matin gris qui se marie parfaitement à notre humeur. Hartley a l'air bouleversée. Moi, j'en suis malade. Nous sommes comme deux survivants hébétés errant après une explosion. Mais hé, au moins nous sommes ensemble, non ?

Je lui prends la main. Elle regarde fixement nos doigts entrelacés, avec une certaine suspicion.

– Pourquoi tu n'es pas en classe ?

– Parce que j'étais inquiet pour toi.

Parce que je veux que tu me pardonnes.

Comme toujours, Hartley n'est pas dupe une seconde de mes conneries.

– Tu veux dire parce que tu étais inquiet que je sois furieuse contre toi.

Je déglutis. Son regard perçant lit en moi.

– Tu étais devant chez moi. Tu as vu mon père ?

– Ouais.

– Tu as entendu ce qu'il m'a dit ?

J'hésite à mentir, mais je décide de dire la vérité.

– Ouais.

Je lui prends le bras et nous avançons vers l'eau. Il n'y a pas de rampe, juste une pente rocheuse d'environ un mètre quatre-vingts qui descend vers la mer.

– Tu ne vas pas monter dans cet avion, n'est-ce pas ?

– Je… ne sais pas.

– Franchement, Hartley. Qu'est-ce qui s'est passé entre vous, bordel ? Pourquoi est-ce qu'il te dé…

Je m'interromps avant de prononcer le mot « déteste ». Je ne pense pas qu'elle aimerait que je lui dise que son père la déteste.

– Pourquoi est-il tellement en colère ?

Son regard reste fixé sur la grève remplie de cailloux.

– C'est une longue histoire.

Je lève les bras et je lui fais signe.

– Nous avons tout notre temps.

Elle reste sans bouger pendant un long moment. J'ai envie de remuer, de donner des coups de pied dans les rochers, de gueuler face à l'océan. Nan, ce que j'ai vraiment envie de faire, c'est d'aller chez Hartley et de filer un pain à son père en lui hurlant dessus. Je ne fais ni l'un ni l'autre. Mais ma patience est finalement récompensée.

– Il y a quatre ans, enfin je pense que ça fait presque cinq à présent, une nuit, j'avais du mal à m'endormir. Je suis descendue pour boire un verre d'eau. Papa était dans le salon, il parlait avec une femme. Ils parlaient doucement, mais il avait l'air en colère. Elle, elle pleurait entre deux phrases. Je pense que c'est pour ça que je ne les ai pas interrompus et que je n'ai pas signalé ma présence.

– De quoi parlaient-ils ?

– Il lui disait qu'il pourrait régler son problème, mais qu'il allait lui en coûter La femme a répondu qu'elle paierait tout ce qu'il voulait tant qu'il aidait son fils.

Je fronce les sourcils.

– Qu'est-ce qu'il a dit ?

– Je ne sais pas. Je me suis éclipsée, je ne voulais pas qu'il sache que j'avais écouté. Il a mauvais caractère et nous nous efforçons toutes de ne pas le mettre en colère. Quoi qu'il en soit, deux jours plus tard je l'ai entendu se disputer avec son patron au téléphone, qui lui reprochait d'avoir utilisé son «pouvoir discrétionnaire», ou je ne sais quoi, pour abandonner les charges contre le môme Roquet.

– Qui est le môme Roquet ?

– Tu ne connais pas Drew Roquet ?

– Non.

– Il est plus vieux que toi. À l'époque, il avait dix-neuf ans et il a été pris avec de l'héroïne sur lui. C'était la troisième fois, ils allaient l'inculper pour trafic d'héro à cause de la quantité qu'il avait sur lui. Il risquait de cinq à vingt-trois ans de prison.

La voix d'Hartley est pleine de dégoût.

– Mais devine quoi ? L'héroïne qu'il avait sur lui a disparu de la salle des pièces à conviction, du coup mon père a abandonné les charges contre lui.

– Je n'aime pas ça.

– Moi non plus, je n'ai pas aimé ça à l'époque, mais j'ai essayé d'oublier. Je ne pouvais pas imaginer que mon père agisse mal. Il était district attorney et il détestait les camés. Il les traitait de voyous, de poids pour la société, il disait que tout ce qui ne tournait pas rond dans ce pays, c'était à cause de la drogue. Les meurtres, les violences domestiques, les vols. Selon lui, tout ça menait directement à la drogue.

– Ok, donc, tu as laissé tomber.

– Oui, et tout semblait bien aller, mais… ça me titillait. J'ai commencé à fouiner à droite à gauche, là où je n'aurais pas dû. J'ai cherché dans son ordinateur. Il utilise toujours le même mot de passe, il se contente de changer le dernier chiffre environ tous les mois, alors c'était assez facile à deviner. Et dedans, j'ai découvert ce compte anonyme où des gens lui envoyaient des mails pour lui demander des faveurs en lui disant de la part de qui ils l'appelaient. Il n'y avait pas de détails et aucune autre réponse que celle-ci : « Rencontrons-nous. »

Mes sourcils se dressent en flèche.

– Ils venaient chez toi ? Ça me semble super-risqué.

– Non. En général il les rencontrait dans des lieux publics. Je pense qu'à la maison, c'était très rare, et c'était pour ça qu'il était en colère contre cette femme. Je n'ai aucune idée du nombre de cas qu'il a « traités », mais il y avait tellement de mails, Easton. Vraiment beaucoup.

Elle se mord les lèvres, elle a l'air désespérée.

– Tu lui en as parlé ?

– Non. À la place, je suis allée voir Parker. Elle m'a dit d'arrêter de me monter la tête et de n'en parler à personne.

– Parker était au courant de ce que faisait votre père ?

– Je n'en sais rien.

Je crois qu'elle le sait, mais qu'elle ne veut pas se l'avouer. J'attends qu'elle continue, mais elle ne le fait pas. Elle se penche, ramasse quelques cailloux et les jette dans la mer. Je l'imite sans rien dire pendant une minute. Mais il faut que je lui pose la question qui me brûle les lèvres depuis que nous nous sommes rencontrés.

– Comment t'es-tu cassé le poignet ?

Cette question la fait sursauter. Elle lance un petit caillou qui touche l'eau en faisant un ricochet. J'insiste :

– Hartley ? Comment t'es-tu cassé le poignet ?

– Comment as-tu su que je me l'étais cassé ?

– Tu as une cicatrice à l'intérieur du poignet.

– Oh, ça ?

Elle frotte la cicatrice. Au bout d'un moment d'hésitation, elle pousse un soupir incertain.

– Quelques mois après que j'ai parlé à ma sœur, papa nous a annoncé qu'il se présentait à la mairie. Nous avons dû apprendre à nous comporter en public. Une femme est même venue chez nous, nous montrer comment marcher, sourire et dire bonjour.

– Ouais, nous aussi, on en a une. Les relations publiques, ça compte beaucoup dans le Sud.

Elle a un petit rire méprisant.

– C'est incroyable, mais j'avais tellement peur de ne pas être la fille parfaite ! Je me suis même filmée devant ma glace. Bref, juste avant ma première année de lycée, un jour je casse une corde de mon violon et j'en commande une nouvelle sur Internet. J'ai suivi la livraison en ligne et quand j'ai vu que ça allait arriver, j'ai couru en bas de la rue pour demander au postier s'il l'avait. C'est là que j'ai vu papa et cette femme, dans une voiture.

Hartley s'arrête brusquement. Je vois bien que c'est difficile pour elle de parler de ça. Je la comprends. Ça a été très dur pour moi d'apprendre qui était vraiment Steve. Je l'admirais tellement. Il pilotait des avions, buvait comme un trou, avait les plus belles voitures, les plus belles nanas. Il vivait la plus belle vie qui soit, et moi je voulais être comme lui. Mais mon modèle s'est avéré être le pire être humain qui puisse exister, et à présent, qu'est-ce qui me reste ?

– Je les ai espionnés longtemps, reprend finalement Hartley. Ils parlaient. Elle lui a tendu un téléphone et des papiers, et ensuite il est sorti de la voiture avec son attaché-case et un sac à dos. Le sac à dos, c'était vraiment bizarre, tu vois ? Il ne portait jamais ce genre de chose. J'étais tellement occupée à le regarder que je ne me suis pas rendu compte que la voiture derrière laquelle je me cachais avait démarré. Je me suis mise à revenir en courant vers la maison. Il m'a rattrapée à l'extérieur de la porte d'entrée. Il m'a attrapée par le poignet et il a tiré très fort. Il était fou de rage. Voilà pourquoi il ne s'est pas vraiment rendu compte de sa force.

Est-ce qu'elle est en train d'essayer de chercher une excuse à la violence de son père ? Ça me met en colère. Je serre le poing et je le laisse pendre de côté pour qu'elle ne s'en rende pas compte. J'ai envie de hurler ou de cogner quelque chose, mais à présent, je comprends pourquoi elle déteste la violence. Pourquoi elle est devenue dingue la nuit où je l'ai entraînée aux combats des docks.

– Il m'a demandé ce que j'avais vu. J'ai commencé par nier, mais mon poignet me faisait tellement mal que je me suis mise à hurler que j'avais tout vu, qu'il ne devrait pas faire ce qu'il faisait et que j'allais tout raconter à maman.

Sa lèvre inférieure se met à trembler.

– Il m'a giflée de toutes ses forces et m'a envoyée dans ma chambre.

– Et ton poignet ?

Ses lèvres tremblent encore, et des larmes se mettent à couler.

– Je n'ai pas vu de docteur tout de suite. C'est pour ça que ça ne s'est pas bien réparé.

– Comment ça, pas tout de suite ?

– J'ai attendu trois semaines.

– Quoi ?

– Le lendemain matin, papa est entré dans ma chambre et m'a annoncé que je partais. Je suppose que je n'ai pas vraiment réalisé ce qui se passait. Je n'avais que quatorze ans. Peut-être que j'aurais dû lui résister.

– Tu n'avais que quatorze ans. Et tu avais peur. Merde, quand ma mère m'a pris mes médocs et a dit qu'elle allait les jeter dans les W.-C., je les lui ai donnés en sachant qu'elle était accro. On veut faire plaisir à nos parents, même si on pense qu'on les déteste.

– Je suppose, mais… ouais, je me suis retrouvée dans un avion, puis dans le nord-ouest de l'État de New York avant d'avoir compris ce qui m'arrivait. Quand je suis arrivée à ma place dans le dortoir, j'ai appelé à la maison et j'ai supplié maman de me laisser revenir, mais elle m'a répondu que c'était papa le chef de famille, et qu'on ne pouvait pas désobéir au chef de famille.

Je perçois le sarcasme dans sa voix.

– Elle m'a dit que quand j'aurais appris à être une gentille fille, je pourrais revenir. Je ne savais pas ce que cela voulait dire, mais j'ai dit d'accord. Je pense que c'est pour ça que je n'ai rien dit au sujet de mon poignet. Mais c'est devenu de pire en pire, et un de mes profs l'a remarqué. Il m'a envoyée à l'infirmerie. Il a fallu m'opérer.

– Qu'est-ce que tu leur as dit ?

Elle détourne le regard.

– Que j'étais tombée.

Je tourne son menton vers moi.

– Tu n'as pas à avoir honte.

– C'est difficile de ne pas avoir honte.

– N'aie pas honte.

– J'ai été si parfaite cette première année. Maman m'a rappelé que papa se présentait à la mairie et que si je me tenais bien, je pourrais rentrer.

– Mais il a perdu les élections.

– Oui. Parker m'a dit que le fait de m'avoir envoyée en pension l'avait fait passer pour un père incapable de tenir sa famille, et donc incapable de diriger Bayview.

Des larmes perlent sur les cils d'Hartley.

– Et ils n'ont pas voulu me laisser rentrer. Papa ne voulait plus me parler. Maman disait que je n'avais pas montré que j'étais une gentille fille et que, comme j'étais mauvaise, il fallait m'éloigner de ma petite sœur. Que j'avais une mauvaise influence.

– Je ne comprends pas. Comment peux-tu avoir une mauvaise influence sur elle ?

D'après ce que je vois, Hartley se soucie énormément de sa famille, bien plus que sa sœur.

– Ma petite sœur est compliquée. Elle est adorable, mais parfois…

Hartley se tait. Je remplis les cases vides pour elle.

– Parfois elle hurle sur les autres sans raison ? Elle est heureuse un jour et frustrée le lendemain ? Elle peut devenir violente et agressive d'un seul coup ?

Des éclairs de surprise illuminent les yeux d'Hartley.

– Comment tu… (Elle s'arrête, et soudain comprend.) Toi aussi ?

– Maman était comme ça. Je tiens d'elle. Je suppose que ta sœur n'aime pas prendre ses médicaments, elle non plus.

Hartley hoche la tête.

– Elle est bipolaire, ou du moins c'est le diagnostic qu'a fait un pédopsychiatre. J'ai entendu mes parents se disputer, parce que papa refuse de croire que c'est une maladie mentale. Il pense qu'elle a juste besoin d'un peu de discipline.

Où est-ce que j'ai déjà entendu ça ?

– Pauvre môme.

– C'est aussi ton cas ? me demande-t-elle d'un air hésitant.

Je fixe l'eau, je ne suis pas prêt à lire un jugement quelconque sur le visage d'Hartley.

– Je ne crois pas. Moi, c'était un TDAH[23]. J'ai commencé à prendre de l'Adhéral à sept ans. C'était censé me calmer, mais au bout d'un moment, ça n'a plus marché. Je n'ai pas voulu le dire à maman, et que j'avais des bruits permanents dans ma tête, parce qu'elle était déjà assez perturbée elle-même. C'est facile d'obtenir de la drogue à l'école. Il y a toujours quelqu'un qui est prêt à vous vendre la sienne. Et partant de là, j'ai glissé facilement vers l'oxi et les autres cames.

Je marmonne cette dernière phrase :

– Nos parents sont censés être là pour nous aider, pas pour nous faire du mal.

J'ai une poussière dans l'œil. Je cligne plusieurs fois des paupières.

– Dis-moi, quand as-tu vu ta sœur pour la dernière fois ?

– Il y a trois ans. Je lui ai parlé plusieurs fois, mais uniquement parce qu'elle a décroché le téléphone

23. Trouble du déficit de l'attention, avec ou sans hyperactivité.

avant mes parents. Parfois je lui manque. D'autres fois, elle me déteste de l'avoir abandonnée. Ils ne peuvent pas l'envoyer en pension, Easton. La pension, c'est terrible. J'étais tellement seule là-bas. En trois ans, je n'ai pas eu un Noël, ni un Thanskgiving, ni un anniversaire avec quelqu'un qui m'aime. Tu imagines à quoi ça ressemble ?

– Non, je lui réponds d'une voix rauque. Non, je ne sais pas.

À côté de moi, tout son corps est secoué de tremblements.

– Je ne le souhaiterais même pas à Felicity, alors tu imagines, à la personne que j'aime le plus au monde ? Elle serait détruite là-bas. Personne ne la comprendrait, personne ne s'occuperait d'elle comme il faut.

– Comment as-tu fait pour revenir, alors ?

– L'an dernier, j'ai découvert ce plan d'épargne dont je t'ai parlé, celui de ma grand-mère. C'est le Bayview Savings and Loan qui le gère, pas mon père. Mais ça ne prend pas en compte la nourriture ni le logement, voilà pourquoi je bosse au resto.

Elle devient toute triste.

– Je croyais que si j'allais dans la meilleure école de l'État et que je me tenais tranquille sans dire quoi que ce soit à propos des affaires louches de mon père, ils me laisseraient revenir dans ma famille.

– Mais tu as été suspendue pour tricherie.

La culpabilité m'envahit à nouveau, elle me serre la gorge.

– Oui.

– Et c'est entièrement de ma faute.

Hartley penche les yeux pour croiser mon regard.

– Oui.

Cette seule et unique syllabe me déchire. C'est brutal. Vachement brutal.

– Je te l'ai dit, tu n'apportes que des problèmes avec toi, Easton.

Je dois regarder ailleurs avant que la honte me dévore entièrement. Je fixe l'eau. Et je me bourre de coups mentalement pour avoir mis cette fille dans un tel pétrin. La merde dans laquelle je plonge tout le monde. Ella, mes frères, mon père. Je suis un raté.

Ils le savent tous et ils m'aiment tous, malgré ça. Qu'est-ce qui déconne chez eux ?

– Mais c'était écrit que ça allait arriver, avec ou sans toi dans les parages.

Je la regarde, tout surpris.

– Tu crois ça ?

Hartley hoche la tête d'un air triste.

– Dès l'instant où je suis arrivée à Bayview, toute ma famille a été sur le pied de guerre. Parker m'espionne sans doute pour le compte de papa. Maman fait tout pour garder Dylan loin de moi. Mes parents attendaient juste que je dérape, j'en suis certaine. Ils guettaient la première excuse pour me faire quitter Bayview à nouveau.

Je me sens un peu mieux. Juste un peu. Mais ça ne m'empêche pas de prendre ma part de responsabilité dans ce qui lui arrive.

– Sans moi, Felicity ne t'aurait pas emmerdée, Hartley. Ça signifie que c'est à moi d'arranger ça.

– Tu ne peux pas.

– Bien sûr que si.

– Comment ?

Je fais une pause.

– Je ne sais pas. Mais je vais trouver quelque chose.

Elle a un petit rire sans joie.

– Ouais, ben alors, tu ferais bien de trouver avant dix heures, ce soir. Mon père va passer me prendre pour m'emmener à l'aéroport.

– Tu ne vas pas à l'aéroport. Tu ne pars nulle part, je réponds d'un ton ferme.

Elle se contente de hausser les épaules.

Merde ! En fait, elle se prépare à partir. Je le lis dans ses yeux. Hartley fera tout ce qu'elle peut pour protéger sa petite sœur, même si cela signifie pour elle de retourner à la pension qu'elle détestait.

– Il faut que je rentre, me dit-elle, en s'écartant du rivage. Tu peux me ramener à présent ?

Je hoche la tête.

Nous grimpons dans le pick-up et, cette fois encore, nous faisons le trajet en silence. J'examine son profil à chaque arrêt, à chaque feu rouge.

La première fois que je l'ai vue, je l'avais trouvée assez quelconque. Jolie, mais quelconque. Belles jambes, jolies fesses, lèvres qui vous donnent envie de les embrasser. Mais à présent que je la connais mieux, c'est son visage qui m'attire. Tous ces traits composites qui s'associent pour former une seule image splendide. Elle n'est pas quelconque. Elle est unique. Je n'ai jamais vu quelqu'un comme elle auparavant, et je n'arrive pas à croire que je ne la reverrai peut-être jamais.

Le désespoir que déclenche cette pensée atroce me pousse à l'embrasser. Le pick-up vient à peine d'arriver devant chez elle, je l'attire à moi et je pose mes lèvres sur les siennes.

– Easton, proteste-t-elle.

Mais bientôt, elle répond à mon baiser.

C'est intense. Ses lèvres sont chaudes et un peu salées, probablement à cause de ses larmes. Je repousse ses cheveux d'un doigt et je la serre encore plus fort.

Elle entoure mon cou de ses bras si doux. Ses tétons se pressent contre ma poitrine. Je lève une main pour la plaquer sur l'un d'eux. Je le caresse en passant mon pouce dessus. Elle frissonne. Mon propre corps lui répond en se mettant à trembler. Je l'embrasse plus intensément. Mes mains courent désespérément le long de son corps en essayant de la garder rivée à moi. Je ne sais comment, ses jambes enserrent les miennes. Je caresse d'une main le haut de sa cuisse, puis je la pose fermement sur son cul, pour la maintenir bien serrée contre moi. Je suis super-excité. Et je suis un mec. Les garçons n'ont pas toujours le mot juste, quand ils sont allumés et que leur queue leur dicte leur comportement. Pourtant, je regrette mes paroles à l'instant précis où elles traversent mes lèvres.

– Allons à l'intérieur, nous serons plus à notre aise.

Hartley retire sa bouche brutalement. Elle plisse les yeux.

– À notre aise ?

– Ouais. Tu sais…

J'ai un peu de mal à respirer après ce baiser si intense.

– À notre aise, je répète sans conviction.

– Tu veux dire nus ?

Elle parle très froidement.

– Non. Enfin ouais, si c'est ça que tu veux.

Tais-toi mon pote. Ferme-la, bon sang.

– Je veux juste… On est là, assis dans cette camionnette, et tu as dit que tu avais peur que ton père t'espionne ?

– Bien sûr. Je suis certaine que c'est la raison pour laquelle tu veux rentrer chez moi, murmure-t-elle.

En secouant la tête, elle déboucle sa ceinture et la repose sur le côté.

– Tu es vraiment incroyable.

Je fronce les sourcils.

– Tu es vraiment en pétard contre moi ? Tu viens de m'embrasser.

– Je le sais, mais c'est parce que j'étais contrariée et que j'avais besoin de… réconfort, je suppose. Mais comme d'habitude, pour toi tout tourne autour du sexe.

Subitement indigné, je m'écrie :

– J'ai juste suggéré qu'on aille à l'intérieur.

– Ouais, pour pouvoir baiser.

Elle ouvre la portière côté passager, mais ne sort pas tout de suite.

– Merci pour la proposition, mais je vais devoir la refuser. Je dois faire mes valises.

– Tu ne t'en vas pas ! Et je me fiche pas mal du sexe en ce moment. On flirtait et j'ai dit « Allons à l'intérieur », la belle affaire ! Ne transforme pas tout, comme si j'avais fait quelque chose de mal.

– Tu m'as fait suspendre !

– Je le sais bien. Et j'essaie d'arranger les choses, bordel !

– Comment ? En fourrant ta langue dans ma bouche ? Comment est-ce que ça peut arranger quoi que ce soit ?

Ses yeux gris ont soudain un air très las.

En soupirant, elle descend doucement de son siège.

– Rentre chez toi, Easton. Ou retourne à l'école. Va-t'en… c'est tout.

– Qu'est-ce que tu vas faire à propos de la menace de ton père ?

– Je ne sais pas, marmonne-t-elle. Mais je trouverai quelque chose. Je vais arranger ça. Seule. Je n'ai pas besoin de ton aide.

Je serre les poings.

– Mais si, tu as besoin de moi.

– Non. Je n'ai besoin de rien venant de toi.

Elle a l'air en colère.

– Tu ne m'as causé que des problèmes depuis que je t'ai rencontré. Alors s'il te plaît, pour l'amour de

Dieu, n'essaie plus de m'aider. Ne m'aide plus et n'arrange rien du tout. Tu n'es pas capable d'arranger quoi que ce soit.

Tristement elle secoue la tête.

– Tout ce que tu fais, c'est tout détruire.

Et elle me laisse là-dessus. Un couteau planté dans le cœur. Et une accusation contre laquelle je ne peux pas me défendre, bien que j'en meure d'envie.

La seule chose que je puisse faire, c'est rentrer à la maison. Je ne peux pas retourner à l'école alors que j'ai l'impression d'avoir été étripé. Je suis incapable de faire face à Ella, ou à mes coéquipiers, ou à cette pute de Felicity. Alors, je rentre, j'attrape une bouteille d'alcool dans le placard que mon père a fort heureusement réapprovisionné. Je ne veux pas me saouler, j'ai juste besoin de me détendre. De m'éclaircir les idées, pour trouver une solution à ce problème. Ce problème que j'ai créé. Ce bordel dont je suis responsable.

Je le dois à Hartley.

Chapitre 29

À neuf heures, j'ai trouvé.

La solution.

Je me jette hors du lit, mais ça me prend quelques secondes pour que mon corps retrouve son équilibre et que mon vertige disparaisse. Wouah.

Ok. Peut-être que je n'aurais pas dû me lever aussi vite. Je suis resté couché sur le dos pendant plusieurs heures, à siffler une bouteille de bourbon que j'ai piquée dans le bureau de papa.

Note personnelle : passer en position verticale plus lentement.

Je ne suis pas saoul pourtant. Non, non. Juste un peu éméché. Émééééché.

– Easton, ça va ?

Ella, l'air inquiet, passe la tête dans le chambranle de ma porte.

Je lui fais un grand sourire.

– Je vais super-bien, p'tite sœur. Putain de super, hyper, super-bien.

– J'ai entendu un gros bruit. Tu es tombé ? Tu as cassé quelque chose ?

– Tu entends des voix, parce que je ne suis pas tombé, je n'ai rien cassé.

– Alors, pourquoi est-ce qu'il y a une bouteille en morceaux par terre ?

Je suis son regard accusateur jusqu'aux pieds de ma table de nuit.

Hein ? Elle a raison. Il y a une bouteille de whiskey sur le tapis, et elle est en morceaux. Elle a dû cogner le coin de la table de nuit et se casser en deux en tombant. Du whiskey ? Mais je buvais du bourbon.

Mon regard balaie mon dessus-de-lit, sur lequel j'ai laissé la bouteille de bourbon. Oh ! Apparemment, j'ai bu les deux.

– Tu vas quelque part ?

– Ça ne te regarde pas.

Je lâche la bouteille des yeux et je cherche mes clés. Merde, je ne me rappelle plus où elles sont.

Je fouille dans une pile de vêtements. Un tintement dans la poche arrière d'une paire de jeans retient mon attention.

– Ah, ah, vous voilà ! je bafouille en attrapant le trousseau.

Ella m'arrache les clés des mains.

– Il est hors de question que tu sortes. Tu n'es pas en état de conduire.

– Bon.

Je les lui abandonne et je sors mon téléphone de l'autre poche du même jean. Je tape à plusieurs reprises et je souris avec satisfaction en regardant l'écran.

– Et voilà. J'ai commandé une bagnole.

La petite carte m'informe que ma voiture est à cinquante-cinq minutes. Ou non, attendez, peut-être que c'est cinq minutes. Je jurerais avoir vu deux cinq. Il vaut mieux pas, parce que je dois rattraper le père d'Hartley avant qu'il parte pour l'emmener à l'aéroport.

– Bon, dit Ella, soulagée. Mais à tout hasard, donne-moi aussi tes clés de vélo.

– Elles sont dans le vestibule. Je ne les prendrai pas, je te le promets.

De toute façon elle me suit, comme si elle voulait vérifier par elle-même que mes clés ne sortent pas de la maison. Je lui facilite les choses en les lui refilant quand nous arrivons dans le vestibule.

– Prends-en soin, je la taquine.

– Dis bonjour à Hartley pour moi, dit-elle sur un ton désabusé.

Je descends l'allée et j'atteins le portail d'entrée au même moment que la conductrice du Uber. Je lui donne l'adresse et je m'installe à l'arrière pour téléphoner à Hartley.

– Qu'est-ce que tu veux, Easton ?

Je suppose que c'est sa façon à elle de dire bonjour.

– Salut, bébé. Je voulais juste te dire de ne pas partir avec ton père quand il va venir te chercher, ce soir.

Une pensée me traverse l'esprit.

– S'il vient te chercher ce soir. Il ne va peut-être pas venir.

– Pourquoi pas ?

– Je ne dis pas qu'il va venir ou pas, je bredouille. Mais s'il vient, n'y va pas. Ok ?

– Je ne comprends pas ce que tu dis, mais je dois monter dans sa voiture, sans ça c'est Dylan qui ira en pension. Mon père ne profère pas de menaces en l'air. Quand il dit un truc, il le fait toujours.

– Ne t'inquiète pas pour ça, je m'occupe de tout.

Il y a une petite pause :

– Qu'est-ce que tu veux dire ?

– Je m'en occupe, je répète, en souriant tout seul.

– Oh mon Dieu, Easton. Qu'est-ce que tu vas encore faire ? Qu'est-ce qui se passe ? En réalité, ne me réponds pas, tu sais quoi ? Je me fiche de ce qui se passe, je veux juste que tu t'arrêtes. Tu dois t'arrêter tout de suite.

– Peux pas. Suis déjà en route.

– En route pour où ?

– Chez ton père. Je vais avoir une conversation avec lui.

– Quoi ? Easton, non !

– Ne t'inquiète pas, bébé. J'ai pigé.

– Easton…

Je raccroche, parce que tous ces cris me font mal au crâne. Ce n'est pas grave qu'elle soit en colère contre moi. Elle ne le sera plus si je réussis à persuader son père de la laisser vivre à Bayview. J'ai un plan. Monsieur Wright accepte des dessous-de-table. Je vais donc le soudoyer. Je suis Easton Royal. Je suis pété de thunes. La seule chose que j'ai à faire, c'est de lui filer un peu du fric de papa, et il nous fichera la paix. L'argent nous a toujours sortis du pétrin jusqu'à présent. L'argent, et un bon coup de poing dans la figure. Je suis toujours content d'ajouter cette deuxième partie quand c'est nécessaire. Je ne suis pas sûr de savoir comment je vais réussir à l'obliger à laisser tranquille la sœur d'Hartley, mais je projette de régler ça aussi.

La voiture s'arrête au bord du trottoir. Je commence à sortir, mais je m'aperçois que l'allée est vraiment trop longue. Trop longue pour marcher, surtout quand on a un véhicule. Je tape sur l'épaule de la conductrice :

– Avancez jusqu'à la porte.

– Nous ne sommes pas censés entrer dans une propriété privée, répond la jeune fille.

Je sors quelques billets que je lui secoue sous le nez.

– Je suis attendu.

Elle hésite, puis redémarre. Vous voyez ? Un problème plus du fric égale plus de problème. Hein.

Je chancelle vers la porte d'entrée et je sonne. À l'intérieur, j'entends le carillon qui résonne, encore et encore.

C'est embêtant.

Quelqu'un devrait venir ouvrir bientôt.

Lorsque j'entends du mouvement à l'intérieur, je me remets à appuyer sur la sonnette pour attirer leur attention.

Ça marche. La porte s'ouvre et un homme me regarde. Il a l'âge de mon père, mais il a les cheveux plus gris.

– Comment allez-vous ? (Je le salue d'un signe de tête.) Vous avez une minute ?

– Mais qui êtes-vous ? me demande monsieur Wright.

Je me redresse de toute ma hauteur et je le regarde d'en haut. Il est plus petit que ce que je croyais. Il paraissait bien plus grand quand je l'ai vu, plus tôt, à la porte d'Hartley.

– Easton Royal.

Faudrait-il que je le salue ? Nah. Laissons de côté tout ce truc des présentations. Je plonge la main dans ma poche arrière et je sors le chéquier de mon père.

– Combien est-ce que ça va me coûter, John ?

Je souris de mon audace en l'appelant par son prénom.

– Mais qui diable êtes-vous ? répète-t-il.

– Mec, je te l'ai déjà dit !

Ce type est lent. C'est vraiment un avocat ?

– Je suis Easton Royal. Je suis ici pour passer un marché avec vous.

– Descendez de mon porche et fichez le camp.

La porte commence à se refermer, mais je suis plus rapide, je me glisse dans l'entrée avant qu'il puisse m'en empêcher.

– Enfin, John, ça n'est pas comme ça qu'on fait pour passer un deal.

Je lui montre le chéquier.

– J'ai ce qu'il faut sur moi. Dites-moi quel est votre prix.

– Easton Royal, vous dites ?

Wright croise les bras et plisse les yeux.

– Voyons. Votre frère le plus âgé a eu des problèmes de diffusion de pédopornographie. Le second a été le principal suspect dans le meurtre de la maîtresse de votre père, parce qu'il avait, lui aussi, une relation avec ladite maîtresse. Votre père a failli mettre en faillite une entreprise familiale vieille de plus d'un siècle et votre mère était une toxicomane qui a mis fin à sa propre vie. Et vous êtes ici pour passer un marché avec moi ?

Je reste bouche bée.

– Qu'est-ce que vous venez de dire ?

Je n'arrive pas à croire ce trou du cul. Je suis venu ici avec les meilleures intentions du monde et il a l'aplomb d'insulter toute ma famille ?

– Vous m'avez parfaitement entendu. Bougez votre pseudo-cul de Royal et fichez-moi le camp.

– Pseudo-Royal ? Je suis faux ? Vous, vous êtes un fraudeur. Vous n'avez aucun honneur. Vous bidonnez des affaires. Vous acceptez de l'argent, vous dissimulez des preuves. Vous êtes plus crade que n'importe lequel des criminels que vous mettez derrière les barreaux.

Wright se marre.

– Vous n'êtes même pas au courant, n'est-ce pas ? Au courant que vous êtes un trou du cul ?

Je le pousse par les épaules. Il trébuche en arrière, il ne sourit plus.

– En réalité, vous êtes pire qu'un trou du cul. Les trous du cul se sentiraient insultés d'être associés à vous. Vous maltraitez les enfants. C'est le pire qui soit. Même les taulards vous cracheraient à la figure.

Rouge de colère, il fonce sur moi.

– Vous ne seriez pas si brave si vous ne portiez pas le nom de Royal, pas vrai ?

– Je le porte, alors on ne le saura jamais.

– Comme on ne saura jamais si vous êtes le bâtard de Steve O'Halloran ou l'enfant de Callum Royal, n'est-ce pas ?

– Quoi ?

Je trébuche et je me rattrape juste à temps, avant de tomber tête la première sur le parquet.

Il glousse :

– Mais nous le savons, n'est-ce pas ?

– Sa… savons quoi ?

– Que votre pute de mère a ouvert ses cuisses à l'associé de votre pseudo-père.

Il me pousse de côté et je perds l'équilibre. Je tombe à genoux.

Je secoue la tête et je lève les yeux. Qu'est-ce qu'il raconte ? Je ne suis pas le bâtard de Steve. Je suis le fils de Callum. Je suis un Royal.

– Vous avez cinq secondes pour ficher le camp de ma propriété, après, j'appelle la police, bout Wright.

Sans comprendre comment, je me retrouve de l'autre côté de la porte d'entrée fermée. Je la regarde fixement. Qu'est-ce qui vient d'arriver ? Est-ce qu'il vient juste de…

En respirant violemment, je lève le poing et je cogne. Bizarrement, le bruit est celui d'une portière de voiture qui claque.

– Mince alors, Easton !

Tout surpris, je me retourne. Hartley s'avance vers moi sur la pelouse. Une Volvo pourrie est garée dans l'allée. Je suppose que c'est sa portière que je viens d'entendre.

– C'est à qui cette voiture ? je demande, totalement confus.

Plus rien ne fait sens pour moi, en ce moment. Ma tête est tout embrouillée. Il y a trop d'alcool dedans. Et l'accusation de Wright m'a secoué et glacé jusqu'aux os. Je ne suis pas le bâtard de Steve.

Non.

– C'est la voiture de José. (Elle m'attrape par l'avant-bras, de sa poigne féroce.) Allons-y.

Je frotte ma nuque en essayant de me concentrer.

– Qui est José ?

– Mon propriétaire. Maintenant, laisse cette putain de porte tranquille et allons-y.

J'ouvre grand la bouche.

– Tu as dit putain. Tu ne jures jamais. Pourquoi as-tu juré ?

– Parce que tu me fais vraiment chier, putain !

Je manque tomber à la renverse devant la violence de sa réponse. C'est à ce moment-là que je remarque que son visage est rouge écarlate. Ses petits poings sont serrés et elle se sert de l'un d'eux pour me taper dans l'épaule.

Hartley est furieuse.

– Tu es en colère, je marmonne.

– Je suis en colère ? Bien sûr que je suis en colère ! J'ai envie de te tuer ! Comment oses-tu te montrer chez mes parents et… et quoi ?

Son regard de furie s'arrête sur la porte close.

– Ne me dis pas que tu leur as parlé !

Je peux mentir. Je peux parfaitement mentir. Ne pas lui dire que j'ai menacé son père et qu'il m'a répondu par des menaces, lui aussi. Que j'ai essayé de le frapper et qu'il m'a dit que je n'étais pas un Royal et qu'il m'a claqué la porte au nez. Ce n'est pas comme s'il était là pour me contredire.

Je peux mentir.

Mais je ne mens pas, parce que je suis trop embarrassé, trop embrouillé pour lui monter tout un bobard.

Je ne suis pas le bâtard de Steve. Je ne le suis pas.

– J'ai essayé de le soudoyer.

Sa bouche s'ouvre, se referme, se rouvre, elle se met à respirer fort, comme si elle venait de terminer un marathon.

– Tu as essayé de le soudoyer ? (Elle s'arrête, incrédule.) Tu. As. Voulu. Le. Soudoyer. Un représentant du ministère public.

– Hé, on sait tous les deux qu'il accepte des pots-de-vin, je proteste.

Hartley me regarde fixement. Pendant très longtemps. Oh merde ! Elle va éclater. Je vois très bien les nuages d'orage dans ses yeux. Le tonnerre va retentir d'un instant à l'autre.

Avant qu'elle ait eu le temps de dire quoi que ce soit, la porte s'ouvre et monsieur Wright apparaît, accompagné de Dylan. La môme a l'air effrayée, mais la surprise remplace la peur quand elle voit sa sœur aînée. Elle écarquille les yeux :

– Hartley ?

– Regarde bien ta sœur, aboie monsieur Wright en désignant Hartley du doigt, c'est à cause d'elle que tu vas devoir quitter cette famille.

Hartley pousse un cri.

Je charge le connard. Je suis stoppé par la voix embarrassée de Dylan.

– Hartley ? répète-t-elle. Qu'est-ce qui se passe ?

– Dylan, viens là.

Hartley fait signe à sa sœur de s'éloigner de son père.

– Tu ne seras envoyée nulle part. Viens avec moi, et…

– Tu ne vas rien faire, Hartley, à part t'en aller. Tu ne fais plus partie de cette famille. Dylan, rentre et fais tes valises.

La voix de Wright est dure et froide.

– Non, s'il te plaît, papa, implore Hartley. S'il te plaît, ne fais pas ça. Je ferai tout ce que tu veux. Tout.

Elle s'avance, mais son père la repousse d'une main.

– Rentre à l'intérieur, Dylan, ordonne-t-il.

Le regard paniqué de Dylan passe de sa sœur à son père. Je fais un ultime effort pour stopper cette folie.

– Hé, je vous le dis, je paierai tout ce que vous voulez.

– Tais-toi ! hurle Hartley. S'il te plaît, tais-toi !

Elle se tourne vers son père :

– S'il te plaît !

– S'il arrive quoi que ce soit à Dylan, il ne faudra t'en prendre qu'à toi. Tu aurais mieux fait d'y penser avant d'ouvrir ta grande bouche, espèce d'idiote !

Sur cette menace, Wright claque la porte derrière lui. Quand le bois frappe l'encadrement, c'est comme si Hartley recevait une balle en pleine poitrine. Elle s'effondre sur la pelouse et se met à pleurer.

Je cours vers elle.

– Bébé, je suis désolé.

Les vapeurs dans ma tête commencent à se dissiper, en même temps que m'apparaît la gravité de ce qui vient de se produire. La gravité de tout. Hartley. Son père. Sa sœur. Moi. Steve.

– Pourquoi ? Pourquoi es-tu venu ici ?

Les larmes remplissent ses yeux, mais elles ne débordent pas. Sa respiration est courte et saccadée.

– J'ai essayé d'aider.

Je me penche sur elle.

– Dis-moi ce que je dois faire.

Elle prend une profonde inspiration.

– Tu es ivre. Je le sens à ton odeur. Tu es venu ici bourré et tu as raconté à mon père tout ce que je t'avais confié ?

Ma gorge se noue, à la fois de culpabilité et d'anxiété.

– Non. Je veux dire, j'ai un peu bu, mais je ne suis pas ivre.

Elle cherche mon regard, voit mes mensonges et se lève lentement. Sa lèvre inférieure tremble et sa voix aussi, mais elle a une telle expression de sérieux que je ressens une spirale de peur m'envahir.

– Tu es ivre. Et tu n'as pas tenu ta promesse. Tu n'as fait qu'aggraver la situation. Ça partait peut-être d'un bon sentiment, mais tu as agi pour te sentir mieux. Tu as d'abord pensé à toi, et voilà le résultat.

Les larmes commencent à couler à présent. Sur son visage, c'est un tsunami de tristesse.

À l'intérieur de moi, l'embarras et le remords se mélangent. Je n'aime pas ce qu'elle dit ni ce que je ressens en entendant ses paroles. Est-ce vraiment ma faute si son père est un enfoiré de premier ordre ? Est-ce ma faute s'il a refusé mon argent ? Est-ce ma faute s'il a raconté des horreurs à propos de ma mère, de mon père et d'un certain trou du cul qui n'est pas mon père ? Voilà que je me remets en colère.

– C'est moi qui ai tenté d'arranger les choses pour toi. Tu allais juste t'enfuir et éviter le problème. Moi au moins, je l'ai affronté. Tu devrais me remercier.

– Te remercier ? hurle-t-elle. Te remercier ? Tu te moques de moi ! Tu n'es pas le chevalier blanc dans cette histoire. Tu es le méchant !

– Quoi ? Moi ?

À présent, je suis furax.

– Oui, toi.

Elle trébuche un peu, ses cheveux noirs flottent derrière elle.

– Éloigne-toi de moi. Je ne veux plus jamais, plus jamais te parler.

Ses paroles semblent tellement définitives. Affolé, je l'appelle.

– Attends, Hartley, Allez, attends !

Elle m'ignore.

Je fais un pas en avant, et bien qu'elle me tourne le dos, c'est comme si elle avait senti que je bougeais. Elle fait demi-tour, un doigt pointé en l'air. Elle m'ordonne :

– Non. Ne me suis pas. Ne t'approche pas. Ne fais rien.

Elle se retourne à nouveau et se jette pratiquement sur la portière rouillée de la Volvo dans laquelle elle est arrivée. Le rétroviseur ne tient pratiquement plus au pare-brise, je le vois qui pendouille, il forme un angle bizarre. La vue de cette épave me fait mal au ventre.

Je visualise Hartley frappant chez son voisin du dessous, le suppliant de lui prêter sa voiture merdique pour pouvoir venir m'empêcher de détruire encore un peu plus sa vie. Mais elle n'est pas arrivée à temps. Comme toujours, Easton Royal a tout foutu en l'air.

Impuissant, je l'observe faire marche arrière dans l'allée. Je voudrais lui crier de revenir, mais je sais qu'elle ne m'entendra pas. En plus, le moteur de la Volvo fait un vacarme d'enfer. Tout comme le crissement des pneus de l'autre voiture sur la route et…

Quelle autre voiture ? Je cligne des yeux à plusieurs reprises.

Peut-être est-ce parce que je suis ivre que les pièces du puzzle ne prennent pas leur place immédiatement. Mon cerveau enregistre chaque chose séparément.

Les éclairs des phares.

Le bruit du froissement des tôles l'une contre l'autre.

Le corps sur le côté de la route.

Mes jambes se mettent à courir. Je sprinte, je tombe à genoux à côté d'une fille et mon esprit enregistre vaguement qu'il s'agit de Lauren. Pourquoi est-elle ici ? Elle n'habite pas ici.

Non. Elle vit en haut de la rue. Mais, pour l'instant, elle est penchée sur l'asphalte, elle tente de secouer mon frère pour le réveiller. Il est allongé à moitié sur le côté, à moitié sur le ventre, comme s'il avait fait un vol plané. Son tee-shirt blanc est déchiré et couvert de sang. Il y a du sang sur le trottoir, aussi.

Tellement de sang.

Je sens que je vais être malade, mais je réussis, je ne sais comment, à ravaler mon envie de vomir.

Quelque chose me fait mal aux genoux. C'est du verre. Le pare-brise, je comprends. Le pare-brise de la Rover a sauté.

– Sawyer, supplie Lauren. Sawyer.

– C'est Sebastian, je m'étrangle.

Je sais reconnaître les jumeaux, même quand je suis ivre.

Lauren gémit de plus en plus fort.

Mon pouls s'accélère, alors comme un fou, je regarde à nouveau la Rover pour vérifier comment va mon autre frère. Sawyer est effondré sur la roue, sa ceinture de sécurité lui cisaille le cou, l'airbag est gonflé contre son visage. Une traînée de sang dégoutte de sa tempe droite vers son menton.

Je me tourne vers la Volvo. Elle est plus ou moins intacte, à l'exception de la portière arrière et du pare-chocs qui sont complètement emboutis. Mon cœur remonte quand je vois la portière du conducteur s'ouvrir. Hartley en sort en titubant. Elle est aussi blanche que l'est d'habitude le tee-shirt de Seb. Elle a les yeux écarquillés, mais il y a un grand vide en eux. Comme si elle était complètement défoncée.

Son regard fixe se pose sur Sebastian. Il ne bouge toujours pas, son corps ensanglanté ressemble à une marionnette de chiffon. Elle se contente de le regarder fixement, fixement, comme si elle ne comprenait pas ce qu'elle voyait.

Finalement, elle ouvre la bouche et pousse un cri étranglé, puis perçant, désespéré. Et mêlés à son cri, ces trois mots déchirants qui me saisissent d'effroi et me font trembler comme une feuille :

– Je l'ai tué !

Restez connectées

Inscrivez-vous à la newsletter pour être les premières au courant des nouveaux titres d'Erin Watt ! Nous vous promettons de ne vous envoyer de mail que quand ce sera vraiment important. Restez connectées avec nous, via la page Facebook d'Erin Watt, en likant les mises à jour ou les teasers fun !

LIKEZ-NOUS SUR FACEBOOK :
https://www.facebook.com/authorerinwatt

SUIVEZ-NOUS SUR GOODREADS :
https://www.goodreads.com/author/show/14902188.Erin_Watt